KB269476

少林棍王 소림곤왕

한성수 新무협 판타지 소설

FANTASTIC ORIENTAL HEROES

소림군왕 1

한성수 新무협 판타지 소설

초판 1쇄 찍은 날 § 2009년 7월 3일
초판 1쇄 펴낸 날 § 2009년 7월 13일

지은이 § 한성수
펴낸이 § 서경석

편집장 § 문혜영
편집 § 서지현

펴낸곳 § 도서출판 청어람
등록번호 § 제1081-1-89호
등록일자 § 1999. 5. 31
어람번호 § 제2-1776호

주소 § 경기도 부천시 원미구 심곡2동 163-2 서경B/D 3F (우) 420-822
전화 § 032-656-4452 팩스 § 032-656-4453
http://www.chungeoram.com
E-mail § eoram99@chollian.net

ⓒ 한성수, 2009

ISBN 978-89-251-1862-8 04810
ISBN 978-89-251-1861-1 (세트)

1
少林棍王 소림 곤왕
한성수 新무협 판타지 소설
청어람

目次

슬슬 더위가 기승을 부리기 시작하는 계절.

드디어 봄부터 집필하기 시작한 '소림곤왕'을 책으로 내놓게 되었습니다.

졸저인 소림곤왕은 무협의 영원한 태산북두라 할 수 있는 소림사와 소림곤에 관한 글입니다. 커다란 줄기로는 전작인 화산검종과 같은 세계관을 공유하는 구대문파 시리즈에 속하기도 하지만 특별히 참고하진 않으셔도 무방합니다. 거진 백여 년 이상 시대순으로 후대이기 때문입니다.

그럼 어째서 소림사와 소림곤일까요?

각 구대문파마다 대표로 하는 병장기와 절기가 있는데, 소림사를 대표하는 건 권(拳)과 곤(棍)이라 할 만합니다. 그중에서도 소림곤은 무상곤이라 불릴 정도로 명성이 드높았는데, 여태까지 무협에서 제대로 다뤄져 본 적이 없는 것으로 기억합니다.

그래서 이번에 제가 다뤄보기로 했습니다. 그런데 그렇게 열심히 소림곤법을 조사하던 중 알게 된 흥미로운 사실이 있습니다.

현재 소림사에 전해오는 소림곤의 본래 주인!

바로 유대유란 인물이었습니다.

그는 실존 인물로 당시 곤법의 천하제일인이었는데, 소림사에 찾아갔다가 두 명의 소림승에게 자신의 곤법 진경을 전수합니다. 그리고 다시 말년까지 전장을 전전했는데, 유명한 척계광 장군이 또한 그의 제자뻘이 됩니다.

흥미롭지요?

저 역시 마찬가지였습니다. 그리고 약간 이 역사적인 인물과 관련된 외사의 인물들을 조망해 보고 싶어졌습니다. 밖으로 드러나지 않은 속사정과 함께요.

그게 소림곤왕의 탄생 배경입니다.

역사와 가상.

실존의 천하제일인과 가상의 천하제일인에 도전하는 주인공!

이제부터 들어갑니다.

부디 마음껏 즐겨주시기 바랍니다.

　　끝으로 언제나 변함없이 제 졸저를 지지해 주시는 독자님들과 출판을 도와주신 청어람 서경석 사장님을 비롯한 편집부 여러분, 문피아의 문우님들에게 진심으로 감사드립니다. 여러분이 있기에 광협 한성수는 오늘도 열심히 무림이란 환상 속을 뚜벅뚜벅 걸어갈 수 있습니다.

비가 하염없이 쏟아지는 어느 날,
부천의 창작 공간에서 한성수 읍림.

내 이름은 유대유, 자는 지보(志輔), 호는 허강(虛江)으로 복건성(福建省) 진강 출신이다.

군문(軍門)의 자제로 군의 백호를 세습하였는데, 어려서부터 무술 수련에 힘써 특히 기사(騎射:말 타고 활을 쏘기)에 능하였다.

또한 소림외가의 일맥을 이은 이양흠 노사님께 '형초장검(荊楚長劍)'의 곤법을 배워 익혔는데 다행히 자질이 떨어지지 않아 적지 않은 성취를 볼 수 있었다.

사실 노사님께서는 내 재질을 천재적이라 평하셨는데, 후일 '공(公)은 반드시 천하무적이 될 것이오'라 말하기도 하셨다. 더불어 노사님은 소림사(少林寺)에 신전과 격검의 기법이 있음도 전하셨다.

그래서 나는 뒤에 운종에서 돌아올 때 길을 잡아 절에 이르고, 중으로서 그 기법에 정통하다고 자부하는 자 십여 명을 불러 모아 그것을 시연해 보이게 했다.

그러나 그 기법을 보건대, 이미 옛 사람의 진결을 잃은 것이 아닌가!

하여 나는 그것을 일일이 밝혀 여러 중에게 알렸는데, 그들이 모두 원컨대 가르침을 받기를 청하였다.

내가 익힌 형초장검의 곤법(棍法)은 본래 소림에서 온 것이니, 잠시의 숙고 끝에 이르기를 이는 반드시 세월을 쌓고 그런 연후에야 비로소 얻어질 것이라고 하였다.

그리하여 모여 있던 중 모두가 나이가 젊고 용기와 힘이 있는 자 둘을 추천하였다.

한 사람의 이름은 종경, 다른 자는 보종이었다.

그 후 두 사람은 나를 따라 남행(南行)하였는데, 진중에서 틈을 타 음양 변화의 진결을 전수하고, 또 지혜각조의 계로써 가르치기를 소홀히 하지 않았다.

그렇게 삼 년째가 되는 해였다.

두 사람이 나서서, '이제 기법이 남음이 있는지라 돌아감을 청하옵니다. 받은바 곤법으로써 절 무리에게 가르쳐 전수하고 이로써 오래 그것을 전하도록 하겠습니다'고 말하자 비로소 돌아갈 것을 허락하게 되었다.

그리고 어느덧 십삼 년이 지났다.

갑자기 문 쪽에서 전갈이 있어 한 중이 만나겠다 하므로 그를 들여보내라 하니 놀랍게도 그는 종경이었다.

그가 말하기를, '보종은 이미 화하여 이물이 되었습니다. 그러나 저와 보종이 함께 절로 돌아가 검결로써 선계하고 이를 여러 중들에게 가르치니 가장 깊이 터득한 자가 백여 명이 되므로 이를 전하여 길이 보전할 수 있게 되었습니다'라며 엎드려 고두하였다.

정기당집(正氣堂集) 중 발췌.

주(註)

*중국 무술에 있어 '검'이란 단순히 무기로서의 검을 뜻하지 않는다. 검이란 병(兵)이며 무(武)이다. 그래서 권법도 검이라 하고 곤법도 검이라 하며 도법도 검이라 한다. 마찬가지로 일단 기다란 것은 곤이든 봉이든 장이든 '창'이라 통틀어 칭하기도 한다. 일종의 판념적인 표기인 것이다. 형초장검이니 검경이니 한다고 반드시 그것이 검을 다루는 무공인 건 아니다.

第一章
입문곤산(入門崐山)

少林棍王

소림곤왕

　강소성(江蘇省) 소주(蘇州).

　상유천당(上有天堂) 하유소항(下有蘇抗)으로 유명한 도시인 이곳은 서남쪽으로는 태호(太湖), 북쪽으로는 장강(長江)과 접해 있었다.

　전형적인 삼각주를 이룬 지형.

　더불어 도시 전체가 운하로 이루어져 있어 예로부터 아름다운 정원과 미인, 어미지향이라 불리는 민물고기 요리로 유명했다. 하늘 위의 천당에 비견될 정도로 절강성(浙江省)의 항주와 더불어 강남을 대표하는 극히 아름다운 도시라 할 수 있었다.

그런데 근 십수 년 사이 이 아름다운 도시에 새로운 자랑 거리가 또 한 가지 추가되었다. 원나라 시절부터 유행했던 잡극(雜劇)의 새로운 형태인 곤곡(崑曲)이 곤산 일문을 중심 으로 서서히 소주에 자리 잡기 시작한 것이었다.

끼이이이익!

근래 기름칠을 등한시한 터라 낡고 커다란 대문은 큰 소리 를 내며 열렸다.

특이한 건 그 사이로 앳된 투덜거림이 섞여 있다는 거다.

"아야얏! 아파요! 아프다고요!"

"그러게 중간에 어찌 두 번이나 도망을 치려 했누? 처음부 터 이 어르신의 말을 잘 들었으면 좋았지 않느냐?"

"좋긴 뭐가 좋아요? 고작해야 은자 석 냥으로 사람을 사 와 놓고선."

"허어, 네놈이 지금 팔려서 이 어르신을 따라온 걸 알긴 아 는 게냐?"

"……."

말소리가 없어졌다.

언제 잔뜩 투덜거렸냐는 듯 예닐곱이나 되어 보이는 꼬맹 이는 입을 굳게 다물었다. 자신을 은자 석 냥에 사 온 눈앞의 오십 줄 된 중늙은이를 마냥 노려보고만 있었다.

중늙은이가 내심 끌탕 쳤다. 문득 갓 젖이나 떼었을 어린애의 마음에 상처를 줬다는 생각이 든 때문이다.

'쯧! 나이가 여섯이라 했던가, 일곱이라 했던가? 숙모라는 계집이 은자를 받은 후 뒤도 돌아보지 않고 떠나간 걸 보고, 혈육 간에 정이 특별할 것은 없으리라 봤거늘, 착각이었던가?'

착각이 맞다.

눈앞의 꼬맹이를 은자 석 냥에 판 건 숙모가 아니라 생판 남이었다. 고아가 된 꼬맹이와 어쩌다 인연을 맺어 일 년가량을 함께했을 따름이다.

그때 대문 앞에 멈춰 서 있는 중늙은이를 부르는 목소리가 있었다. 소주의 여느 장원과 달리 별다른 장식이 없는 널따란 정원의 저편에 한 명의 꼬장꼬장하게 생긴 노인이 모습을 드러낸 거다.

"포숙아, 왔으면 얼른 안채로 들어설 것이지 어찌 대문 앞에서 서성거리고 있는 것인가?"

"어이쿠, 관 노사께서 어찌 직접 나오신 겝니까? 아이들을 시키실 것이지요!"

"아이들은 현재 내공(內功)을 기르기 위해 강가에 내보냈다네. 반 시진은 족히 지나야만 목청을 틔운 후 돌아올 걸세."

"허허, 벌써 내공을 수련할 정도가 된 것입니까?"

"그게 어찌 내공 수련이겠는가? 그냥 호연지기(浩然之氣)를 키워서 목청이나 틔울 요량인 게지. 그런데 그 아이는 어디에서 주워온 건가?"

어느새 바로 앞까지 걸어온 이곳의 주인 관흠의 관심이 꼬맹이에게 쏠리자 포숙아가 얼른 만면에 미소를 담았다. 나이답게 흐릿하던 눈빛 역시 살짝 윤기가 돈다.

"관 노사, 내 오늘 한산사(寒山寺) 부근에 외유를 나갔다가 보석을 주워왔소이다. 이 녀석의 얼굴을 한번 보시오!"

"으그극!"

꼬맹이가 자신의 얼굴을 손으로 비벼대는 포숙아의 손길에 오만상을 찡그려 보였다. 이런 식으로 타인이 얼굴을 매만지는 것이야말로 그가 가장 싫어하는 일이었다.

대나무처럼 꼬장꼬장하던 관흠의 두 눈에 이채가 어렸다.

그와 포숙아는 오랫동안 알아온 사이다. 평소 성품이 다소 가볍고 입을 경망스레 놀리긴 하나 빈말을 허투루 하는 자가 아님은 알고 있었다.

'과연 아주 잘생긴 녀석이로구나! 눈매가 다소 사납기는 하나 얼굴형이 계란형으로 모가 나지 않고 피부 역시 사내답지 않게 고운 편이니, 잘만 키우면 우리 곤산(崑山) 일문에 제대로 된 단(旦) 역 하나가 나올 수도 있으렷다! 어디 청의(靑衣), 화단(花旦), 무단(武旦) 중 어디에 특화시킬지 근골을 살펴볼까?'

내심 고개를 끄덕여 보인 관흠이 앙상한 손을 내밀어 포숙아에게서 꼬맹이를 뺏어냈다.

견안(見眼).

눈으로 보는 게 끝났으니, 다음은 손으로 더듬어서 재질을 확인하는 거다. 그래서 진짜로 제대로 된 물건으로 키울 수 있을지를 파악할 셈이었다.

주물주물…….

관흠의 앙상한 손이 꼼꼼하게 꼬맹이의 머리에서 등뼈, 골반과 발뒤축까지를 매만졌다. 어디 한 군데 빼놓지 않고서 살펴서 어긋남이 없도록 했다.

포숙아가 그 모습을 초조하게 살폈다. 눈앞의 꼬맹이한테 쓴 돈이 은자 석 냥이다. 만약 관흠이 받아주지 않는다면 어디 가서 그만큼의 돈을 빼낼 수 있겠는가.

그렇게 시간이 흘러 관흠이 꼬맹이의 사추리 사이까지를 빠짐없이 훑던 손을 떼어냈다.

여전한 얼굴 표정.

포숙아는 그의 가느다란 입꼬리가 미묘하게 위로 치켜 올라간 걸 확인하고 내심 쾌재를 불렀다. 자신이 고른 꼬맹이를 관흠이 마음에 들어함을 눈치챈 것이다.

과연 관흠이 그 깐깐한 표정으로 고개를 끄덕여 보인다. 꼬맹이에게다.

"이름은 있느냐?"

"당연……."

포숙아에게 했던 대로 성깔있게 목청을 높이려던 꼬맹이가 움찔 놀란 표정이 되었다. 자신을 내려다보고 있는 관흠의 눈빛이 자못 위압적이어서 감히 반항할 엄두를 낼 수 없게 된 거다.

그래도 눈빛만은 여전하다.

관흠과 시선을 똑바로 부딪친 채 다소 주눅 든 목소리로 뒷말을 잇는다.

"…자건. 엽자건이 제 이름이에요."

"좋은 이름이다."

다시 고개를 끄덕여 보인 관흠이 안채를 향해 버럭 소리 질렀다.

"아호야! 물구나무서기는 그만 됐으니 냉큼 이리로 달려오거라!"

"예, 사부님!"

엽자건과는 성량 자체가 다르다.

마치 격류가 바위를 치듯 우렁찬 대답과 함께 안채 쪽에서 득달같이 한 명의 소년이 뛰어나왔다.

소년이라 해도 장신이다.

족히 오 척 다섯 치는 될 듯한 키에 듬직한 체구.

얼굴에 치기가 살짝 묻어 나오는 걸 제외한다면 영락없는 청년이라 해도 믿음이 갈 정도다.

그런 소년의 등장에 포숙아가 환한 표정으로 고개를 끄덕여 보였다.

"허허, 고 녀석, 체구 건장한 것 봐라! 아호야, 어째서 혼자서 내공 수련을 빼먹고 벌을 받고 있었던 게냐?"

"저기… 사부님의 꿀단지에 손을 대서……."

"혼날 만했구먼."

포숙아가 고개를 가로저어 보이자 관흠이 턱으로 엽자건을 가리키며 소년에게 말했다.

"앞으로 동문이 될 녀석이니 데려가서 씻기도록 해라. 옷과 거처도 마련해 주고."

"예, 알겠습니다!"

소년이 얼른 고개를 숙여 보이곤 엽자건의 손을 억세게 부여잡았다.

덩치만큼 큰 손이다.

족히 엽자건의 두 배는 되어 보인다.

그렇게 안채로 멀어져 가는 두 소년을 바라보던 포숙아가 관흠에게 두 손을 싹싹 비벼 보였다. 슬슬 엽자건을 넘긴 대가를 받아야 할 때가 된 것이다.

"얼마면 되겠나?"

"최소한 은자로 열 냥은 줘야……."

"알겠네."

관흠이 두말없이 품속에서 전낭을 끄집어냈다. 그러자 일곱 냥이나 남기는 장사를 한 셈인 포숙아의 인상이 슬그머니 일그러졌다.

'쯧쯧, 관 노사가 그 꼬맹이 녀석에게 홀딱 빠졌구나! 열다섯 냥을 불렀어도 될 일이었어…….'

은자를 넘겨받으며 포숙아가 내심 혀를 찼다.

안채에 들어서자마자 엽자건은 눈이 동그래졌다.

앞서 봤던 휑뎅그렁한 정원과 달리 안채에는 꽤나 복잡한 기구들이 잔뜩 늘어서 있었다.

한켠에 마련되어 있는 병기대.

살벌한 예기를 머금은 십팔반병기들이 잘 손질된 채 놓여 있다. 그것도 대여섯 개가 넘게 말이다.

반면, 반대편엔 기묘한 목인형들과 여러 가지 알 수 없는 기구들이 빼곡하게 장치되어져 있었다. 어찌 보면 애들이 재밌게 장난치며 뛰어놀기 딱 좋아 보이는 곳인 것도 같다.

두리번두리번…….

입을 절반쯤 벌린 채 주변을 둘러보느라 여념이 없는 엽자건에게 소년이 히죽 웃어 보였다.

"내 이름은 척호이고 열 살이다. 네 이름은 뭐냐?"

"뭐, 여, 열 살?"

"그래."

척호가 고개를 끄덕여 보이자 엽자건이 얼굴을 와락 일그러뜨렸다.

예닐곱 살?

아니다. 그는 아홉 살이었다.

어려서 부모를 잃고 떠돌아다닌 탓에 못 먹고 고생해서 본래 나이보다 조금 더 어려 보이고 몸집 역시 왜소한 거였다. 적어도 엽자건은 그리 생각하고 있었다.

'…저런 덩치가 나하고 고작 한 살밖에 차이가 나지 않는다고?'

엽자건이 자신보다 머리통 하나가 더 큰 척호를 쏘아봤다. 은연중 아이다운 경쟁심이 솟구친 까닭이다.

"난 엽자건. 너랑 같은 열 살이다!"

"열 살?"

"그래! 못 먹고 자라서 몸집이 작기는 하지만 이래 봬도 서소문(西小門) 일대에서 광견(狂犬)이라 불리는 몸이시다!"

"그러냐?"

"그렇다!"

잔뜩 목청을 돋우는 엽자건을 향해 척호가 여전히 웃음기 어린 표정으로 고개를 끄덕여 보였다.

"안됐지만 동갑이라도 내가 사형이다. 대사형. 그러니까 앞으로 내 명령을 따라야만 한다."

"대사형? 역시 그런 거냐?"

"뭐?"

"여기… 무림인들처럼 무공을 연마하는 무관 아니야?"

엽자건이 십팔반병기가 놓여 있는 병기대를 눈짓해 보이
자 척호가 다시 입가에 미소를 담았다.

"그렇게도 착각할 수 있겠구나. 하지만 애석하게도 아니
다."

"아냐?"

"이곳은 소주 잡극계의 총본산이라 할 수 있는 곤산 일문
의 곤산장이다."

"그게 뭔데?"

"응?"

항시 여유가 넘치던 척호의 얼굴에 낭패한 기색이 떠올랐
다. 엽자건에게 설명한 말은 전적으로 사부이자 이곳의 주인
인 관흠에게 주워들은 거였다. 입문하여 이 년 동안 기본적인
수련만을 해온 그가 더 이상의 걸 알 리 만무하다.

엽자건이 그 같은 사정을 눈치 빠르게 간파해 냈다.

'대사형? 덩치만 커다랗지 그다지 머릿속에 든 게 많은 놈
은 아니로구나!'

그래도 명색이 대사형이란다.

앞으로 이 곤산장이란 곳에서 잘 지내려면 자신 편을 만들
어둬야만 한다. 까마득하니 어릴 때부터 소주의 시장통을 굴
러다녔던 엽자건이 이 같은 점을 모를 리 만무하다.

"그러니까 이곳은 잡극을 배우는 곤산 일문의 곤산장이란
거라는 거지, 대사형?"

"그, 그렇지."

"그럼, 무관은 아니구나."

"그래. 하지만 사부님은 웬만한 무관보다 더 힘들게 체력 단련을 시키니까 내일부터 각오해 둬야 할 거야."

"무관도 아닌데 왜?"

"먼저 몸을 만든 후 내공 수련으로 호연지기를 키우고, 곤 곡을 배운다! 항상 사부님께서 입에 달고 사는 말씀이셔."

"곤곡은 또 뭔데?"

"그건……."

다시 낭패한 표정으로 말끝을 흐린 척호가 갑자기 큼지막 한 손을 뻗어 엽자건의 뒷덜미를 잡아챘다.

"가자, 까마귀가 형님 할 녀석아. 물속에 집어넣고서 박박 씻어주마."

"이거 놔! 놓으라구!"

사납게 소리를 지르면서도 엽자건은 척호에게 질질 끌려 갔다. 몸집 차이가 두 배나 나니 저항할 재간이 없다.

첨벙!

홀딱 벗겨진 채 나무를 덧이어서 만든 커다란 목욕통 속에 몸을 담그고 있는 엽자건을 바라보던 척호가 실실 웃었다. 뭔 가 굉장히 재밌어하는 표정이다.

강제로 목욕통 속에 쑤셔 박힌 후 투덜거리며 몸의 때를 밀고 있던 엽자건이 곧 그 같은 척호의 표정을 발견했다. 얼굴을 온통 덮어버린 기다란 장발을 뒤로 훌쩍 넘겨 버린 그가 인상을 슬쩍 찡그려 보인다.

"왜 그리 기분 나쁘게 바라보는데?"

"달릴 건 제대로 달려 있네?"

"뭐?"

척호가 대답 대신 고갯짓을 해 보였다. 발가벗고 있는 엽자건의 하체 쪽에 시선이 집중되어 있다.

'또!'

엽자건이 더욱 인상을 썼다. 잘생긴 외모와 확연히 구분되는 눈매가 사납게 치켜 올라간다.

척호가 말했다.

"처음에 보고 꽤 놀랐다. 어디서 이리 예쁘장한 꼬맹이를 데려왔나 싶어서."

"누가 꼬맹이야!"

엽자건이 버럭 소리 지르며 목욕통 속에서 몸을 일으켰다. 그러자 땟구정물이 좌르륵 쏟아지며 앙상한 몸이 있는 그대로 드러났다.

아래 사추리 사이.

일반적인 사내와 다를 바가 없다.

하지만 삐쩍 마른데다 변변한 근육도 잡히지 않은 몸매다. 얼굴 역시 곱상하니, 또래 사이에서 제법 놀림을 당했을 법도 하다.

척호가 다시 히죽 웃어 보였다.

"아직 때 좀 더 밀어야겠다. 옆에 옷 놔둘 테니까 다 씻은 후 입고 밖으로 나와라, 자건."

"누가 자건이야!"

"너! 나는 대사형이고."

"어푸푸푸!"

다시 항의하려는 엽자건을 척호의 큼지막한 손이 도로 목욕통 속으로 쑤셔 넣었다.

*   *   *

저녁.

곤산장의 안채에 마련된 커다란 식당에 서른 명이 족히 넘어 보이는 아이들이 모여들었다.

웅성웅성! 왁자지껄!

많게는 대략 십여 세에서 적게는 오륙 세가량.

한참 뛰어놀고 산만할 나이다.

그런 녀석들이 식당 안을 가득 메웠으니 난리도 보통 난리가 아니다. 동그란 탁자 중간에 잔뜩 쌓여 있는 만두를 죽일 듯 노려보고 있는 아이들이 떠드는 소리에 식당 전체가 들썩거렸다. 세상의 어떠한 것으로도 이 소란을 종식시키긴 어려울 듯하다.

아니다.

그렇지 않았다.

갑자기 식당 안이 거짓말처럼 조용해졌다. 방금 전까지 고 래고래 악을 써대며 떠들어대던 아이들이 입을 다물었다. 식당 문이 열리고 이곳의 주인이자 대사부인 관흠이 모습을 드러낸 것과 동시에 벌어진 일이었다.

그는 혼자가 아니었다. 척호에 의해 말끔하게 씻겨진 엽자건이 단단하게 손목을 잡힌 채였다.

'뭐야아!'

'저거 신입인가?'

아이들의 시선이 관흠을 향했다가 곧 엽자건을 주목했다.

하얀 피부.

이목구비가 또렷한 얼굴과 날렵한 몸매.

어느 모로 보나 씻으나 안 씻으나 전혀 달라질 게 없어 보이는 식당 안의 여느 소년들과는 다르다. 마치 더러운 거지 소굴 속에 고귀한 귀족 가문의 자제가 나타난 것이나 다름없었다. 정말 그래 보였다.

물론 척호는 다르다.

이미 엽자건의 모든 것을 두 눈으로 똑똑히 확인한 바 있는 그는 내심 키득대며 웃었다. 목욕 한 번에 까마귀가 백로로 바뀌어 버렸다. 내심 웃기지 않을 까닭이 없다.

그래도 노골적으로 웃음을 터뜨릴 순 없다.

꾸욱!

그는 허벅지를 억센 손으로 꼬집었다. 그렇게 터져 나오려는 웃음을 가까스로 참아냈다.

그때 관흠이 여느 때와 마찬가지의 위엄있는 표정으로 엽자건을 모두에게 소개했다.

"이 아이의 이름은 엽자건이라고 한다. 오늘부터 우리 곤산 일문에 입문해 너희들의 동문이 될 터인즉, 사이좋게 지내도록 하거라!"

"휘이익!"

"우헤헤헤헤헤헤!"

"드디어 단역이 들어왔구나, 단역이!"

엽자건의 얼굴을 뚫어져라 쳐다보던 소년들이 희희덕대며 마구 떠들어댔다.

원대부터 시작된 잡극에서 발원한 곤산 일문!

소주 곤산에서 발원한 곤곡을 주된 장기로 삼는 경극의 일파이다. 당연히 여자를 제자로 삼진 않는다. 오로지 어렸을 때부터 받아들인 소년들에게 곤곡을 가르치고, 남곡(南曲)의 서피와 이황에 의해 엄격하게 가르쳐서 배우로 만들 뿐이었다.

경극이란 노래[唱], 대사[念], 연기[做], 무공[打]의 네 가지 항목을 중시하는 연극이다. 다양한 배우들이 갖가지 상황극의 역할을 맡아서 연기를 해야만 한다.

당연히 다양한 배역을 어렸을 때부터 정해놓지 않을 수 없다.

생(生), 단(旦), 정(淨), 말(末), 축(丑).

생은 노생(老生), 소생(小生)을 가리키며 모두 남자가 배역을 맡는다. 무예를 할 줄 아는 남자 배우는 무생(武生)이라 부른다.

반대로 단은 청의(靑衣)를 포함하여 화단, 무단, 도마단, 노단 등이 있으며 모두 여자 배우가 배역을 맡는다.

그 외 정은 다양한 색깔로 얼굴에 화장을 한 성격이 거칠고 강렬한 남자 배우를 말하고, 말은 경극에서 노생 항렬 다음으로 중요한 배역이며, 축은 성격이 명랑하고 웃음을 자아내는 배역이다.

그런데 이곳 곤산장엔 여태까지 적절한 단역이 없었다.

단역을 맡는 소년은 사내이되 얼굴이 곱상하고, 몸매가 날씬하며, 척추가 곧아서 그야말로 단아해야만 한다. 결코 아무렇게나 동네 저자에서 찾아내기 쉬운 조건이 아님은 자명한 사실이었다.

게다가 관흠은 곤산 일문에서도 완벽주의자로 유명한 사람이었다.

웬만큼 괜찮은 정도의 외모나 자질만으로 극의 주역이라 할 수 있는 단역을 뽑으려 하진 않았다. 오늘 낮 포숙아의 손에 이끌려 곤산장에 이른 엽자건을 보기 전까진 분명 그러했다.

　제자들의 이 같은 반응을 살피며 관흠이 드물게도 흐뭇한 표정으로 고개를 끄덕여 보였다. 아직 세상의 때가 묻지 않은 아이들조차 놀라게 만든 엽자건의 재질이 그의 마음을 즐겁게 만든 것이다.

　엽자건은 어금니를 꽈악 깨물었다.

　무관주도 아닌 주제에 관흠의 팔 힘은 상상을 초월할 정도다. 곰 같은 척호에게조차 몇 차례 반항을 보였는데, 그에게 붙들리자 오금조차 펴지 못하겠다.

　그래도 어느새 동경에서 노골적인 장난기로 돌변한 동문 사형제들의 눈길 정도는 읽을 수 있다. 과거 저잣거리를 굴러다니던 때 무수히 경험한 바 있었기 때문이다.

　'무관이 아니라고 했겠다? 그렇다면 빠른 시일 내에 한 놈을 택해서 박살을 내놔야겠다. 척호란 녀석은 말고.'

　아이들의 세계는 어디나 마찬가지다.

　어른들이 정해놓은 법이나 규율, 신분제 같은 것을 뛰어넘는 강자존의 냉엄한 질서가 존재했다. 특히 엽자건이 여태까지 굴러다녔던 저잣거리에선 더욱 그러했다.

　광견.

　척호에게 했던 말은 결코 허튼소리가 아니었다.

　관흠이 툭 하고 엽자건의 등을 떠밀었다. 강철 집게처럼 옥

죄고 있던 손목을 풀어준 것과 동시다.

"이만 들어가서 사형들과 식사하도록 하거라!"

"…예."

엽자건이 슬그머니 고개를 내리깔며 대답했다. 어른을 대할 때도 강자존의 질서에 따른다. 그렇지 않고선 절대 험난한 세상을 헤쳐 나갈 수가 없음을 알기 때문이다.

밤.

거진 새벽녘이 가까워오고 있었다.

역시 척호에게 이끌려 열 명씩 배정되어 있는 숙소의 침상에 드러누운 엽자건은 어둠 중에 눈을 빛내고 있었다.

다른 날과는 다른 하루였다.

목욕하고 밥까지 든든하게 먹었으니, 몸이 고단하진 않으나 눈꺼풀이 천근만근처럼 무거웠다. 다른 때 같았다면 당장 누가 업어가도 모를 정도로 대자로 네 활개를 친 채 잠이 들었을 터다.

하지만 오늘은 특별했다.

곤산장에서의 첫날이니만치 엽자건으로선 대비하지 않을 수 없었다. 새로 발을 들이민 곱상하고 괴롭히기 좋게 생긴 녀석에 대한 지저분한 환영회를 말이다.

'그 곰 같은 녀석이 주동은 아니어야 할 텐데……'

엽자건이 콧잔등을 찡그려 보였다.

고작해야 한 살 차이.

하지만 힘에서 결코 당해낼 재간이 없었다. 그렇다고 아예 방도가 없는 건 아니다.

대개 저잣거리의 밑바닥 싸움이 그러하듯 힘으로 모든 게 결정되는 건 아니다. 만약 진짜로 악에 받친 싸움이 벌어지게 된다면 어떻게든 상대해 낼 자신이 있었다.

다만 엽자건은 왠지 내키지 않았다.

척호의 상당히 기분 좋은 웃음이 원인이다. 그에게만큼은 정정당당한 싸움으로 이기고 싶다는 생각이 들었다.

그때 덜그럭거리는 소리와 함께 엽자건이 누워 있는 침상 쪽까지 흐릿한 달빛이 스며들어 왔다. 문이 열린 거다.

'늦어!'

엽자건이 내심 소리쳤다.

여전히 침상에서 꼼짝도 하지 않고서였다. 오히려 나지막하고 고른 숨소리마저 입 밖으로 흘려냈다.

곧 희희덕대는 소리가 들려왔다.

엽자건과 같은 숙소를 배정받은 녀석들도 새벽의 방문객을 눈치챈 거였다.

"어디냐?"

"좌측 맨 끝 침상."

"오늘 일은 절대로 비밀이다! 만약 사부님이나 아호의 귀에 들어가면 골치 아파지니까 말야."

"대사형은 모르는 일이야?"

"아호가 모를 리가 있나! 하지만 그냥 언제나처럼 제 귀에 들어가지만 않는다면 굳이 나서서 사단을 내려 하진 않을 거다."

"그렇다면야……."

"자식, 겁은 많아서! 설마 아호는 무섭고 관명은 무섭지 않은 건 아닐 테지?"

"……."

대화는 그렇게 끝이 났다. 그리고 경박해 보이는 발걸음 소리와 함께 침상 쪽으로 다가드는 그림자 하나.

이미 꽤나 오랫동안 눈을 뜨고 있었다.

어둠에 크게 익숙해진데다 문틈으로 새어 들어온 달빛은 침상으로 다가드는 소년의 움직임을 그대로 전달해 줬다. 느긋하게 상대방을 기다리는 처지나 다름없어진 거다.

퍼억!

막 침상 앞에 이른 소년의 정강이에 엽자건의 발차기가 정통으로 들어갔다.

웬만한 장정조차 감당키 힘든 일격!

적어도 여태까지 엽자건이 싸워왔던 비슷한 또래 중엔 비명 하나 없이 견뎌낸 녀석이 없었다. 특히 이번처럼 완벽하게 기다렸다가 내갈긴 게 정통으로 들어갔을 땐 더더욱 그랬다.

"억!"

절로 기분이 상쾌해지는 소리다. 적어도 밤새 잠 한숨 자지 않고 지금 이 순간을 기다려 온 엽자건에겐 그러했다.

당연히 그것만으로 끝일 리 없다.

순간적으로 침상에서 뛰어내린 엽자건이 정강이를 걸어차인 고통에 휘청거리고 있는 소년에게 몸을 날렸다. 무릎에 세운 채 복부를 찍어버린 것이다.

"크억!"

또래보다 몸집이 작긴 해도 체중이 제대로 실린 일격이다. 급소인 복부를 얻어맞은 소년이 견뎌낼 재간이 없다.

나직한 비명과 함께 소년이 바닥에 주저앉았다.

달빛에 비추인 낯빛이 새파랗다.

그래도 엽자건은 멈추지 않았다.

경험상 이런 일은 반드시 끝장을 봐놓지 않으면 후환이 무궁하다. 시작을 하지 않았으면 모르되 이렇게 된 이상 끝장을 봐야만 한다.

퍼억!

엽자건의 무릎이 이번엔 소년의 얼굴에 작렬했다. 복부를 찍히고 주저앉는 바람에 딱 적당한 위치에 얼굴이 놓이게 된 까닭이다.

낭자하는 핏물!

어느새 주변의 침상 위에서 소년들이 뛰어 일어났다. 이 정도 소동이 벌어졌으니 당연한 결과다. 어쩌면 곧 관흠마저 달려올지도 모르게 되어버렸다.

　그러나 엽자건은 뒤를 생각하지 않았다.

　그는 피투성이가 된 채 바닥에 널브러진 소년의 위에 바로 올라탔다.

　꽉 쥐어진 두 주먹!

　한쪽 볼에 큼지막한 점이 박혀 있는 소년의 얼굴을 노리고 있다. 만약 그의 두 눈에 담겨진 공포의 기색을 간파해 내지 않았다면 전혀 주저함 없이 그리했을 터다.

　'실수했나?

　엽자건은 피투성이가 된 소년의 얼굴을 살피며 눈살을 찡그렸다.

　기습이라곤 해도 너무나 싱겁다.

　고작 얼굴에 일격을 당한 것만으로 공포에 질린 표정이 된다는 건 조무래기란 뜻이다. 적어도 여태까지 엽자건이 접해 온 저잣거리 싸움판에선 그러했다.

　"나는 서소문의 광견 엽자건이다! 결코 네놈들의 노리갯감이 아냐! 알아듣겠냐?"

　"너… 너……."

　"알아듣겠냐고 했다! 만약 못 알아듣겠으면 당장 그 이빨 몽땅 뽑아버리고!"

　"아냐! 아냐!"

　고개를 열심히 흔들어 보인 소년이 비굴한 표정으로 연신

고개를 끄덕여 보였다. 엽자건과의 싸움에서 패했음을 바로
인정해 버린 것이다.

　'역시 잘못 골랐다! 이놈은 아니야……'

　엽자건이 맥이 풀린 표정으로 소년을 놔주고 일어섰다. 문
득 여전히 달빛이 스며들고 있는 문틈 저편으로 사라지는 그
림자 하나가 보였다.

　"얼굴은 안 된다!"

　"뭐……."

　막 엽자건의 처소에서 벗어나던 십여 세가량의 곰보 소년
이 몸을 돌렸다.

　그에게서 얼마 떨어지지 않은 기둥 한켠.

　곤산장의 대사형이라 자처하는 척호가 커다란 몸을 느긋
한 자세로 기대고 서 있었다. 곰보 소년에게 말을 건 게 그라
는 건 자명한 사실일 터였다.

　꿈틀!

　곰보 소년이 활짝 만면에 미소를 만들어냈다. 얼굴을 가득
덮고 있는 곰보 자국과 함께 꽤나 익살스러운 표정이다.

　"아호, 이번엔 날 말리지 않는 거냐?"

　"딴 놈들과는 다르니까."

　"딴 놈들과 달라?"

　"그래. 아마 이번엔 관명 너도 꽤나 고전할지도 모른다. 저

래 봬도 서소문의 광견이라 불렸다니 말야.”

“서소문의 광견?”

관명의 얼굴이 더욱 익살스럽게 변했다. 만약 근처에 다른 누가 있었다면 얼굴을 보는 것만으로 피식 웃음을 터뜨렸을지도 모르겠다.

척호는 웃지 않았다. 자신의 다음 서열이자 관흠의 손자인 관명이 이런 표정을 지을 때가 가장 열 받았을 때임을 알고 있었기 때문이다.

“네 말대로 얼굴은 건들지 않기로 하지. 조부님께서 은자를 열 냥이나 내고 얻은 귀중한 단역 후보니까 말야.”

“…….”

나직한 이죽거림과 함께 멀어져 가는 관명을 바라보며 척호가 뒤통수를 긁적였다. 괜스레 못생긴 얼굴에 피해의식이 있는 관명의 화를 북돋웠다는 생각이 들어서다.

‘그 녀석, 정말 서소문의 광견이란 말이 맞길 바라야겠구나. 오늘 일로 관명 녀석의 독기가 머리끝까지 올랐으니 말야…….’

척호의 시선이 슬그머니 엽자건의 처소 쪽을 향했다.

그곳은 언제 소란이 일어났냐는 듯 조용하다. 놀랍게도 이미 싸움의 뒷정리까지 끝난 게 분명했다.

*　　　*　　　*

석 달이 지나갔다.

첫날 새벽의 싸움이 있은 후 엽자건은 꽤나 조심했다. 첫날 박살낸 귀두호가 조무래기란 걸 바로 눈치챘기 때문이다.

당연히 보복에 대비하지 않을 수 없다.

이런 경우 곧바로 조무래기의 복수와 자신의 체면을 위해 우두머리가 전심전력으로 달려들게 마련이다. 가끔은 아주 더러운 수단과 방법도 마다치 않는다. 척호와 같은 진짜 강자가 아니라면 말이다.

하지만 엽자건 역시 애였다.

거진 석 달이 다 되어갈 때까지 별다른 보복이 없자 자신도 모르게 방심하게 되었다. 슬슬 곤산장에서의 생활도 익숙해져 갈 무렵이라 근거없는 자신감 역시 생겼다.

그때 관명이 움직였다.

오전 수련을 끝마치고 점심밥을 먹기 위해 식당으로 향하던 엽자건을 여럿이서 덮친 거다. 부근의 거부와의 약속으로 관흠이 곤산장을 비운 날이었음은 물론이다.

털퍼덕!

방금 전까지 웃고 떠들던 치들에게 습격을 당했다.

뒷목을 가격당하고, 옆구리 사이로 굵직한 두 개의 팔이 파고들어 왔다. 또래보다 몸집이 작은 편인 엽자건으로선 감당

해·낼 재간이 없다. 그는 식당 뒤편의 공터로 시체처럼 끌려
와 내동댕이쳐졌다.

퉤엣!

바닥에 주저앉은 자세로 엽자건이 피 묻은 침을 바닥에 내
뱉었다.

얼굴을 맞아서가 아니다.

바닥에 내동댕이쳐지며 안면이 바닥에 처박혔다. 잇새로
피가 고이더니, 짭조름한 피 내음이 목구멍까지 물씬 파고들
었다.

그 모습을 본 관명이 천천히 고개를 가로저었다.

"얼굴은 건들지 말라니까!"

뒤에서 엽자건을 덮친 귀두호가 굽실거리며 어색한 표정
을 지어 보였다.

"나는 그냥 뒷목만 때렸어. 저 자식이 괜스레 바닥에 얼굴
을 문대서 저리 됐을 뿐이야. 그렇지?"

"그래!"

"맞아! 맞아!"

엽자건의 양쪽에서 팔짱을 낀 채 끌고 왔던 두 녀석, 두진
과 모원경이 귀두호의 말에 얼른 동의했다. 고개까지 연달아
끄덕여 보이는 것이 귀두호보다도 낮은 끗발인 것 같다.

'그동안 내 곁에서 살랑거렸던 건 전부 거짓이었단 말이
군. 하긴 갑자기 나한테 친구 같은 게 생길 리 없지.'

엽자건은 본래 친구가 없었다.

곱상하게 생긴 외모 때문이기도 했고, 광견이라 불리는 더러운 성격 탓이기도 했다. 어찌 됐든 두진과 모원경의 배신은 꽤나 엽자건을 화나게 만들었다. 쉽사리 마음을 내주지 않는 성격인만큼 분노는 더욱 컸다.

그때 관명이 다시 고개를 한차례 가로젓곤, 엽자건에게 다가들었다. 여전히 웃는 얼굴이다.

"서소문의 광견이시라고?"

"그렇다!"

"근데 왜 내 눈에는 대가 댁 안채에 곱게 자리 잡고 앉아 있는 소저(小姐)로 보이는 거지?"

"개자식!"

엽자건이 욕설과 함께 벌떡 자리에서 뛰어 일어났다.

본래는 관명이 더 가까이 다가설 때를 기다려 다리를 걸려고 했다. 그가 이 무리의 우두머리란 건 눈치챈 까닭이다.

그러나 소저란 말이 그를 격분시켰다. 서소문의 광견 시절부터 계집애란 말을 듣고 그냥 넘어간 적이 단 한 번도 없었다.

퍼억!

엽자건의 주먹이 관명의 얼굴을 아슬아슬하게 스쳐 갔다. 대신 관명의 무릎은 엽자건의 아랫배 깊숙이 박혀들어 가 있었다. 엽자건의 주먹을 피하는 것과 동시에 이뤄진 반격이다.

"크······."

엽자건의 입이 가볍게 벌어졌다. 관명의 슬격(膝擊)이 그의 속을 단숨에 뒤집어놨다. 단순한 동작이나 위력은 웬만한 무관 제자 못지않다. 조부인 관흠으로부터 오랫동안 무생으로 특별 지도를 받은 덕분이다.

그러나 관명은 결코 싸움에 능한 건 아니었다.

엽자건이 자신의 슬격에 허리를 절반으로 굽히자 잠시 공격을 주춤했다.

강자의 여유?

애들끼리의 싸움판에선 결코 있을 수 없는 일이었다. 그 점을 누구보다 엽자건이 잘 안다.

푸확!

엽자건이 목구멍을 통해 올라온 쓴물을 냉큼 관명의 얼굴에 토해냈다. 상대가 생각보다 강하니 더러운 싸움으로 몰아갈 수밖에 없게 됐다는 판단이었다.

그리고 바닥을 구르며 발차기!

예상 밖의 토악질에 놀라 소매로 얼굴을 닦던 관명의 안색이 고통으로 일그러졌다. 엽자건의 발끝에 낭심을 제대로 걸어차인 것이다.

"으아악!"

관명이 비명을 터뜨리는 사이 엽자건이 신형을 뒤집어 바닥에서 일어섰다.

훤히 보이는 관명의 등판.

결코 망설일 이유가 없다. 그는 몸을 날려 관명을 뒤에서 덮쳐 가려 했다. 그렇게 함으로써 관명과의 대결을 바닥을 뒹구는 개싸움으로 만들 작정이었다.

그러나 그때 관명이 당하는 광경을 보고 대경한 귀두호가 달려들었다. 두진과 모원경 역시 얼른 뒤따랐다. 세 명이 한꺼번에 엽자건의 뒤를 친 거다.

퍽! 퍼퍼퍼퍼퍼퍽!

귀두호에게 얻어맞고 바닥에 다시 엎어진 엽자건을 두진과 모원경이 연신 밟아댔다. 두목인 관명이 방심하다 당한 모습을 봤기에 가차없고 철저한 응징을 가했다. 애들 싸움에선 흔치 않은 집단 구타가 벌어진 거였다.

단숨에 엽자건은 피투성이가 됐다.

세 명에게 에워싸였을 때부터 완전히 저항을 포기한 때문이다.

그렇게 한차례의 일방적인 구타가 지나갔을 무렵이다. 낭심의 고통으로 인상을 잔뜩 일그러뜨린 관명이 몸을 동그랗게 만든 채 바닥에 널브러져 있는 엽자건에게 다가왔다.

"이 계집애 같은 자식이! 소저라 불리기 싫다는 거냐? 그렇다면 억지로라도 그렇게 되게 해주마! 이 자식의 아랫도리를 벗겨!"

“헤헤, 알겠어.”

귀두호가 웃음과 함께 엽자건의 바지를 벗겼다. 그사이 정신을 잃었는지 엽자건은 아무런 반항도 보이지 않았다.

귀두호가 말했다.

“관명, 뒷간에서 똥을 퍼다 바지에 문대놓기라도 할까?”

“그런 걸로 속이 풀릴 리 있겠냐?”

“그럼?”

“계집애라 불리기 싫다고 했으니, 진짜 사내구실을 못하게 만들어야겠다.”

귀두호의 안색이 변했다.

“뭐? 그, 그건 설마…….”

“그 설마다. 두호, 이제 와서 빠지려는 건 아닐 테지?”

“아니, 그런 건 아닌데… 사부님께서 나중에 아신다면 문제가 커지지 않을까?”

관명의 얼굴이 예의 익살스런 표정을 만들어냈다.

“이 자식은 단역이야. 이번 기회에 아예 고자로 만들어 버리면 오히려 조부님께서도 좋아하실 거야.”

“저, 정말 그러실까?”

“내 말을 못 믿겠다는 거냐? 그럼 이만 빠져라! 내 명을 들어줄 녀석은 두호 너 외에도 많으니까.”

“아니야! 아냐!”

귀두호가 얼른 고개를 가로저었다. 곤산장에서 관명에게

버림받는다는 건 꽤나 무서운 일이다. 그 자신이 엽자건의 다음 차례가 될 수도 있기 때문이다.

관명이 품속에서 비수를 꺼내 들었다.

무생이 되기 위해 연마하는 십팔반병기와 별도로 수련해 온 비도술용 비수였다. 다른 십팔반병기와 달리 날 역시 예리하게 세워져 있다.

"얌전히 계집애라 불렸으면 좋았을 것을. 아니, 척호 녀석이 얼굴만은 건들지 말라고만 하지 않았어도 이렇게까진 되지 않았으려나?"

"……."

관명이 건들거리며 엽자건에게 다가들었다. 익살스런 얼굴과 달리 두 눈이 새파랗다. 증오와 살기로 인해 번들거리고 있는 것이다.

근데 바로 그때다.

막 엽자건의 사타구니 사이로 비수를 들이대려던 관명의 안면에서 끔찍한 격타 음이 터져 나왔다. 여태까지 완전히 정신을 잃고 늘어져 있는 줄 알았던 엽자건이 발로 안면을 뭉개 버린 거다.

"저 자식이!"

귀두호가 대경하여 버럭 소리 질렀다.

하지만 그는 지난번처럼 관명에게 바로 달려가지 못했다. 부근의 두진과 모원경 역시 마찬가지다. 어느새 그들의 앞을 가로막고 선 척호를 발견한 때문이다.

"얼굴은 건들지 말랬는데 저렇게 만들었군. 곤산장의 소중한 단역 후보를 말야."

"아, 아호, 이건……."

"애들 싸움이다. 그러니까 정당하게 일대일로 붙는 걸 지켜보는 거야. 아니면 너희 세 명이 한꺼번에 나한테 덤벼보던가."

"……."

귀두호가 주춤거리며 뒤로 물러섰다. 두진과 모원경이라고 별수가 있을 리 없다. 자신들 셋에 무생 수련을 받은 관명까지 덤벼든다 해도 척호를 이길 순 없다.

그렇게 세 명을 뒤로 물러서게 만든 척호가 슬쩍 뒤를 돌아보곤 뒤통수를 긁적였다.

어느새 엽자건은 원하던 대로 관명과 바닥을 뒹구는 개싸움에 돌입해 있었다. 무생 수련을 받은 곤산장의 이인자를 바닥에 눕혀놓고 작신 나게 두들겨 패고 있는 것이다.

'광견답군. 얼굴은 곱상하게 생겨서 성격은 개차반이야. 근성도 제법이고. 그런데 저 녀석 때문에 나중에 엉덩이 좀 맞게 생겼는걸.'

엉덩이 정도로 끝나면 다행일 터였다.

자칫 곤산장에서 쫓겨날지도 몰랐다. 어찌 됐든 관명은 곤산장의 주인인 관흠의 하나밖에 없는 혈손이기 때문이다.

그래도 척호는 어쩔 수 없다고 여겼다. 어느새 관명을 완전히 묵사발로 만들어놓고 일어선 엽자건이 피투성이가 된 얼굴로 씨익 웃어 보인 까닭이다.

주(註)

*경극:북경(北京)에서 발전하였다 하여 경극이라고 하며, 서피(西皮:전통 곡조의 하나로 이황과 합쳐져서 현재의 경극이 됨), 이황(二黃:경극의 강조(腔調) 이름으로 호금(胡琴)으로 연주) 두 가지의 곡조를 기초로 하므로 피황희(皮黃戲)라고도 한다. 14세기부터 널리 성행했던 중국 전통가극인 곤곡(崑曲)의 요소가 가미되어 만들어졌다. 원(元)나라 때의 잡극(雜劇:元曲)의 뒤를 이어 명나라에서 청나라에 걸친 300년 동안은 소주(蘇州) 곤산(崑山)에서 일어난 곤곡(崑曲)이 우위를 차지하고 있었으나, 이후 쇠퇴하게 되었다가 양쯔강 연안 지방에 남곡(南曲)의 계통을 이은 이황조(二黃調)가 성행하게 된다. 현대의 경극 체계는 바로 이때에 주로 이뤄지게 된다.

第二章

천금공자(千金公子)

少林棍王
소림곤왕

그날 밤.

저녁 무렵 곤산장에 돌아온 관흠에게 끌려간 엽자건과 척호는 죽도록 볼기를 맞았다. 귀두호가 기다렸다는 듯 달려가서 고자질을 한 까닭이다.

밤새 계속된 매질.

엽자건과 척호 중 누구도 울음을 터뜨리지 않았다. 두 사람은 경쟁적으로 묵묵히 매질을 견뎌냈다. 마치 먼저 비명을 터뜨리거나 눈물을 흘리는 자가 지기라도 하는 것처럼 말이다.

그게 관흠의 마음을 움직인 것일까?

그는 새벽 동이 터올 무렵 끝까지 용서를 빌지 않은 두 사람에 대한 매질을 멈췄다.

가벼운 헐떡거림.

늙은 관흠의 입가로 시퍼런 입김이 연신 번져 나오고 있다.

"반성했느냐?"

너무 심하게 이를 악물어 입술이 찢어진 엽자건 대신 척호가 듬직한 얼굴을 들어 올렸다. 수백 대나 볼기를 맞은 주제에 얼굴이 언제나와 같이 웃고 있다.

"사부님, 마음 깊이 반성했습니다!"

"놈! 볼기짝이 피투성이가 되었는데도 웃음이 나오더냐?"

"죄송합니다!"

여전히 척호의 얼굴에선 웃음이 번져 나오고 있었다.

반면 엽자건의 두 눈에는 독기가 번들거렸다. 당장 관흠에게 달려들어서 목이라도 깨물 듯한 표정이다.

'좋은 독기로세!'

내심 엽자건의 눈빛을 살피고 미미하게 고개를 끄덕여 보인 관흠이 손에 들고 있던 징벌 봉을 내려놓았다. 밤새 두 사람을 때리다가 늙은 그가 먼저 지쳐 버렸다.

"따라오너라!"

"예잇!"

척호가 얼른 엎드린 자세를 풀고 벌떡 일어섰다. 재빨리 까내리고 있던 바지를 추스려 올렸음은 물론이다. 관흠의 말대로 엉덩이가 피투성이가 되었는데도 행동이 경쾌하다.

엽자건은 달랐다.

그는 척호와 같이 몸을 일으키려다 휘청거리며 바닥에 주저앉았다. 엉덩이가 빠개지는 것 같다. 밤새 몽둥이찜질을 당했으니 어쩌면 당연한 일이겠다.

척호가 얼른 부축해 왔으나 엽자건이 그 손을 냉큼 치워 버렸다.

"도움 같은 건 필요없어."

"그런가?"

"그래."

엽자건이 대답과 함께 억지로 몸을 일으켜 세웠다.

다리가 후들거리며 떨려왔으나 참아냈다.

그때 벌써 저만치 앞서 걸어가고 있던 관흠이 재촉하듯 말했다.

"굼벵이 같은 놈들!"

"사부님, 갑니다! 가요!"

냉큼 목청 높여 대답한 척호가 다시 손을 뻗어 엽자건을 부축한 채 질질 끌고 갔다. 엽자건이 몇 차례 버둥거림을 보였으나 그의 손에서 빠져나올 순 없었다.

잠시 후.

엽자건과 척호는 내당에 위치한 관흠의 거처에 쪼그려 앉았다. 그들의 앞에는 관흠이 앉아 있었는데, 한동안 별다른 말 없이 침묵을 지키고 있었다.

'곧 아침인데……'

엽자건은 밤새 얻어맞은 것을 떠나 졸음으로 인해 눈꺼풀이 떨려왔다. 관흠이 매타작을 한 것도 모자라 잠을 못자게 하는 벌까지 주고 있는 것 같아 기분이 좋지 않았다.

그때 관흠이 갑자기 품속에서 누렇게 색이 바랜 천 조각을 꺼내 척호에게 내주었다.

"사부님, 이건?"

"우리 곤산 일문에 비전으로 내려오는 용현진결(龍玄眞訣)이니라. 오늘부터 네가 이걸 수습해야만 하겠다."

"사부님, 하지만 관명이 있는데 어찌 제가……."

"관명 그 녀석은 텄다! 무생 수련을 오 년이나 해놓고도 기본적인 십팔반병기조차 다룰 줄을 모르니… 그 녀석은 천생이 축역이니 굳이 용현진결을 전수받을 필요는 없을 것이다."

"……."

척호가 침묵 속에 용현진결을 받아 들었다. 꼬장꼬장하면서도 고집이 센 관흠의 성품을 누구보다 잘 알고 있었기 때문이다.

관흠이 엽자건에게 시선을 던졌다.

"도마단이 되어 여장군이라도 하고 싶은 것이냐? 얼굴이 상하면 어쩌려고 피투성이가 될 정도로 싸운단 말이더냐?"

"저는 척호처럼 무생을 하렵니다!"

"허튼소리!"

나직한 일갈과 함께 탁자를 손으로 강하게 내려친 관흠이 눈을 차갑게 번뜩이며 말했다.

"오 개월 후 소주의 거부이신 왕 노야 댁에서 커다란 연회가 있느니라! 그때 타어살가(打漁殺家)를 공연해야만 하니, 내일부터 계집 복장을 한 채 수련에 임하도록 하거라!"

"예? 하지만……."

"두 번 얘기하지 않도록 하거라! 네 녀석은 단역을 위해 곤산장에 들어온 것이니까!"

"……."

이번엔 엽자건이 입을 굳게 다물었다. 옆에 앉은 척호가 얼른 고개를 가로저어 보인 건 둘째 치고 관흠의 준엄한 눈빛 속에 담겨진 강한 기운을 거스를 순 없다는 판단이었다.

탁!

관흠이 다시 탁자를 손으로 내려쳤다. 그만 돌아가 보라는 뜻이었다.

"나는 계집애 노릇 따윈 하기 싫다구!"

"안다. 하지만 고작해야 입문한 지 팔 개월 만에 타어살가의 주역을 맡게 된 거야? 그건 정말 대단한 일이라구!"

"타어살가가 뭔데?"

관흠의 처소를 빠져나오며 나직이 이를 갈던 엽자건이 척호에게 의혹에 찬 시선을 던졌다. 아이답게 척호의 호들갑에 호기심이 크게 동한 것이다.

척호가 히죽 웃어 보였다.

"타어살가는 말야, 화단과 도마단이 주역이 되는 곤산 일문의 잡극 중 가장 유명한 극이야. 어부와 어부의 딸이 못된 짓을 하는 무림인과 악당에게 괴롭힘을 당하다 결국 복수를 하게 된다는 얘기거든."

"무림인과 악당에게 어부와 어부의 딸이 복수를 해?"

"그래."

"호오! 그건 좀 재밌겠는걸. 무술 한두 가지쯤 익혔다고 으스대고 다니던 무관 녀석들은 예전부터 밥맛이었으니까."

"무관 놈들한테 당한 적 있냐?"

"아니. 나는 본래 지는 싸움은 하지 않는 주의야. 하지만 그런 놈들이 재수없는 건 분명한 사실이지."

"그건 그렇지."

엽자건의 말에 동의를 표한 척호가 은근한 표정으로 옆구리를 찔렀다.

"그러니까 내일부터 여자 옷 입는 거다? 그래서 타어살가의 주역이 되는 거야. 그러면 아마 소주성 내의 여자들한테 엄청 인기인이 될 거다."

"그건 또 무슨 소리야?"

"본래 유명한 단역은 여자들의 인기를 독차지해. 나중에 돈도 많이 벌고 말야. 물론 무생도 유명해지면 마찬가지로 돈과 인기를 함께 얻을 수 있지만 말야."

"헤에! 고작 그런 게 목표였냐?"

"아니. 나는 본래 전장을 떠도는 대장군이 되고 싶었다. 하지만 그런 건 쉽사리 될 수 있는 게 아니니 무생이라도 돼서 장군 역이라도 해보려는 게지."

"덩치에 어울리지 않게 소박한 꿈이로군?"

"내 덩치가 어때서?"

"사람이 아니라 짐승이라 할 수 있는 덩치지."

"뭐야?"

척호가 짐짓 주먹을 들어 올리자 엽자건이 얼른 웃어 보이며 앞으로 뛰어갔다. 어느새 피투성이가 된 볼기짝의 통증 같은 건 까맣게 잊어버린 눈치다.

저 멀리,

어느새 새벽 해가 떠오르고 있었다. 기나긴 하룻밤이 훌쩍 지나가 버린 것이다.

*　　*　　*

삼 년이 쏜살같이 지나갔다.

그동안 곤산장의 제자로 입문한 엽자건에겐 꽤나 많은 일
이 있었다.

우선 그는 별명이 생겼다.

천금공자(千金公子)!

관흠에 의해 오 개월간의 특훈을 받은 후 선보인 타어살가
의 첫 번째 공연은 대성공이었다. 비장한 어부 아비의 역할을
맡았던 척호와 고운 어부 딸 역의 엽자건이 동시에 인기인이
된 것이다.

특히 엽자건은 그 공연으로 일약 소주제일의 귀공자라는
찬사를 받게 되었다.

고운 화장과 예쁘고 화려한 복장으로 꾸며진 그의 자태가
웬만한 기녀 뺨칠 정도라는 소문이 소주성 전체를 들끓게 만
들었다.

그래서 얻게 된 별명이 천금공자였다.

천금보다 더 귀한 가치를 가진 미남자란 뜻이었다.

이는 관흠이 맨 처음 엽자건을 받아들였을 때 기대했던 것
보다 훨씬 훌륭한 결과였다.

그 후 해가 거듭될수록 공연 요청은 계속되었다. 소주성의
행세깨나 하는 세도가와 부자들이 앞 다퉈서 곤산장의 천금
공자를 불러서 여흥을 즐기려 했기 때문이다.

게다가 엽자건에게 반한 건 세도가와 부자뿐만이 아니었
다.

　나이가 들어갈수록 점점 더 준수해진 엽자건을 보기 위해 곤산장 부근에 뭇 여인네들이 몰려들기 시작했다. 대가 댁의 장중보옥서부터 평범한 여염집의 소녀까지 다양한 여인들이 곤산장 주변을 배회했다.

　목표는 단 한 가지다.

　어떻게든 소주제일의 미남자라 불리는 엽자건의 맨얼굴을 보고야 말겠다는 일념이었다. 그래 봤자 대부분 거무튀튀한 얼굴을 면하지 못한 곤산장의 다른 제자들만이 환호작약하며 반겨줄 뿐이었지만 말이다.

　덜컹!

　예정되어 있던 공연을 끝내고 곤산장으로 향하던 가마가 갑자기 멈춰 서자 엽자건이 눈살을 슬쩍 찌푸려 보였다.

　밖의 상황, 굳이 가마의 발을 들어 올려 확인해 보지 않아도 알 수 있다. 근래 들어 이 같은 일을 하루에도 몇 차례씩 겪어왔기 때문이다.

　과연 밖에서 익숙한 목소리가 들려온다.

　"자건, 손님이다! 그것도 무척 예쁜 손님이야!"

　"꺼지라고 해!"

　"무척 예쁘다니까!"

　"그래 봤자 덜떨어진 계집이겠지. 나는 오늘 공연을 세 번이나 뛰었어. 피곤하니까 빨랑 가마를 움직이라고 해!"

“후회할 텐데?”

“안 해!”

엽자건이 단호하게 외쳤을 때다. 갑자기 우당탕 소리와 함께 멈춰 있던 가마의 내부가 크게 흔들렸다.

“어이쿠!”

“사람 살려!”

뒤이어 가마꾼들의 비명 역시 터져 나오자 엽자건의 안색이 딱딱하게 굳었다. 뭔가 말도 안 되는 일이 벌어졌음을 직감한 것이다.

펄럭!

결국 엽자건이 가마의 발을 들어 올리고 밖으로 나섰다. 곤산장을 벗어나 공연을 준비할 때를 제외하곤 절대로 본색을 드러내지 않는다는 스스로의 원칙을 깬 거다.

그러자 그를 반기는 광경이 심상치 않다.

바닥에 아무렇게나 나뒹굴고 있는 가마꾼들은 둘째 치고 곤산장의 대사형이자 최고의 무생인 척호가 바닥에 한쪽 무릎을 꿇고 있었다. 삼 년이 지나 더욱 장대해진 덩치를 웅크리고 있는 게 적지 않은 상처를 입었음에 분명하다.

‘도대체 누가 척호를 저렇게 만들 수 있는 거지? 척호는 사부님께 용현진결을 전수받은 후 몇 배는 강해졌는데…….’

용현진결.

곤산 일문에 내려져 오는 일종의 내공 심법이다. 무림 중에 이름 높은 진기도인법은 아니었으나 일반적인 무관에 떠돌아다니는 호흡법보다는 훨씬 뛰어난 효과가 있었다. 일반적으로 잡극의 배우는 노래를 잘 불러야 하는데, 용현진결의 내공 심법이 큰 도움이 되었다.

그런 용현진결을 척호는 지난 삼 년간 꾸준히 수련했다. 덕분에 노래를 잘하게 된 건 물론이거니와 체력과 건강 역시 크게 좋아졌다. 근래엔 인근의 무관 제자들 중 어느 누구도 그를 상대할 자가 없을 정도였다.

엽자건 역시 일 년 정도 전부터 척호를 꾀어서 용현진결을 몰래 전수받았다. 그래서 다른 누구보다 척호의 강함을 잘 알고 있었다.

팔랑!

문득 내심 바짝 긴장하고 있던 엽자건의 눈앞으로 푸른색 그림자가 다가들었다.

"웃!"

엽자건이 움찔 놀란 표정이 되었다. 누구 못지않게 눈과 귀가 밝은 그조차 느닷없는 푸른색 그림자의 접근을 전혀 간파하지 못했다. 그만큼 은밀하고 빨랐다.

"헤에! 정말 잘생기긴 했네. 어째서 소주제일화라 불리는지 알겠어."

"……"

엽자건이 눈을 몇 차례 깜빡거렸다.

시각을 어지럽혔던 푸른색 그림자의 정체가 한 명의 여인이란 걸 눈치챈 까닭이다. 그것도 평생 본 적이 없을 정도로 아름다운 미인이었다.

거진 숨결이 맞닿을 정도의 위치.

엽자건의 얼굴을 한참 요리조리 살펴보고 있던 여인이 어느 순간 신형을 뒤로 물렀다. 처음에 다가들었던 정도의 빠르기는 아니나 여전히 기쾌한 동작이다.

깜빡!

그 순간 엽자건이 다시 눈을 한차례 감았다가 떴다.

거진 숨결에 맞닿을 정도까지 들이밀어졌던 여인의 얼굴이 뒤로 물러서자 비로소 원근감이 살아났다. 독특한 매력을 풍기는 여인의 미모를 비로소 완전무결하게 알아볼 수 있었다.

대충 이십대 초반쯤 되었을까?

여인은 파란색의 궁장의에 붉은색 당혜를 신고, 흑단같이 윤기 흐르는 머리는 틀어 올려서 아름다운 봉황채로 단정하게 고정시키고 있었다.

눈처럼 하얀 피부.

커다랗고 깊은 눈동자.

미목이 더할 나위 없이 수려하다. 단순히 아름다운 게 아니라 기묘한 기품까지 느껴지는 용모다. 설부화용(雪膚花容)이라 함은 바로 이 같은 여인을 두고 일컫는 말임에 분명할 터였다.

엽자건 역시 사내다.

이 같은 미녀를 앞에 두고 마음이 동하지 않을 순 없다. 만약 다른 때, 다른 장소에서 만남을 가졌다면 어떻게든 들러붙어서 말이라도 한번 걸어보려 노력했을지도 모른다.

다만 그는 이미 눈앞의 궁장미녀에게 소주제일화란 굴욕적인 말을 들은 터였다.

그녀의 미모에 마음이 흔들린 건 잠시뿐.

그는 곧 인상을 슬쩍 굳혀 보였다.

"나는 당당한 사내대장부요! 어찌 꽃에 비교하는 것이오?"

"호오?"

궁장미녀가 고개를 살짝 갸웃해 보였다. 엽자건이 화를 내는 모습이 어디까지나 귀엽다는 반응이다.

그게 엽자건을 더욱 화나게 했다.

그가 막 다시 뭐라고 화를 내려 할 때였다.

느닷없이 곤산장으로 향하는 골목 저편에서 일단의 까까머리 소년들이 우르르 몰려나왔다.

대충 어림잡더라도 십수 명.

손에 손에 살벌한 대도나 단창, 구절편(九折鞭) 등을 들고 있는 소년들의 정체를 엽자건은 한눈에 알아봤다. 지난 수년간 곤산장에서 숙식을 함께해 왔던 동문 사형제들이었기 때문이다.

'설마 날 구하려고 몰려온 건가……'

엽자건의 눈매가 가늘어졌다. 더럭 의심이 들어서다.

그도 그럴 것이, 천금공자, 혹은 소주제일 미남자란 별명의 끝에는 항상 천금소저나 소주제일화란 비꼬임 섞인 말이 따라붙곤 했다.

진원지는 다름 아닌 곤산장이었다.

저기 벌 떼처럼 달려오고 있는 동문의 사형제들이 대놓고 퍼뜨린 결과였다. 관명 패거리는 여전히 곤산장에서 힘이 있었고, 엽자건과 척호를 눈엣가시처럼 여기고 있는 까닭이었다.

그런 그들이 느닷없이 엽자건에 대한 애정이 끓어올랐을 리 만무하다.

그때 바닥에 한쪽 무릎을 꿇은 채 한참 동안 미동조차 보이지 않던 척호가 벌떡 신형을 일으켜 세웠다. 대호와 같은 고리눈이 어느새 지척까지 이른 사형제들을 향하고 있다.

"곤산장에 무슨 일이 벌어진 것이냐!"

"아! 대, 대사형……."

"자건이도 있다! 자건이도 함께 있어!"

그제야 척호와 엽자건을 함께 알아본 소년들이 일제히 떠들어댔다.

곤산장 내.

자타가 공인하는 싸움의 첫째, 둘째가 엽자건과 척호였다. 그들이 함께 있는 모습을 보고 내심 안심한 모습이다.

그때 뒤늦게 달려온 관명이 척호를 향해 버럭 소리 질렀다. 얼굴에 피 칠갑을 한 게 이미 어디에서 잔뜩 두들겨 맞은 게 분명하다.

"척호! 저년을 잡아! 바, 방금 전에 곤산장에 들이닥쳐서 할아버님을 두들겨 패서 피를 토하게 만들었다구!"

"사부님을?"

"그래!"

관명의 외침에 척호의 두 눈이 일순 두 배쯤 커졌다. 가뜩이나 큰 눈이 주욱 찢어지더니, 살기에 가까운 기운을 궁장미녀에게 던졌다.

당장 커다란 몸 전체를 던져서 덮치기라도 할 기세!

그러나 그는 이미 그녀에게 호되게 당한 바 있었다. 자신의 타고난 용력(勇力)으로도 쉽사리 상대할 수 없는 무림의 고수란 걸 내심 짐작하고 있었다.

뚜둑!

일시 목을 한차례 움직여 근육을 풀어 보인 그가 자신의 배후에 몰려든 사형제들에게 버럭 소리 질렀다.

"단창을 줘라!"

"여기!"

소년 중 하나가 얼른 수중의 단창을 척호에게 던져 줬다.

착!

끝이 세 갈래로 갈라져 있는 삼지창이다.

그걸 받아 든 채 한차례 휘둘러 본 척호가 눈을 부릅뜨자 궁장미녀가 슬쩍 미소 지었다. 어디까지나 한 편의 재미있는 소극(笑劇)을 보는 듯하다.

소년들이라 해도 피를 덥게 만들 정도의 미녀!

하지만 척호의 태도는 어디까지나 평생의 대적을 만난 것처럼 신중하기 이를 데 없다. 방금 전 눈 깜빡할 새 당해 버렸던 일을 또렷하게 기억하고 있는 까닭이다.

문득 궁장미녀가 눈에 이채를 발했다.

'소주제일화란 녀석의 근골도 보통이 아닌데, 이 녀석은 천생의 무골을 타고났잖아? 어쩌면 세사에 무관심한 대존주의 마음을 돌려놓을지도 모르겠는걸.'

대존주!

그녀에겐 신(神)이나 다름없는 존재였다. 더불어 공포와 좌절을 동시에 안겨준 두 번째 사람이기도 했다. 꽤나 오랫동안 말이다.

"설마 그런 흉측한 물건을 내게 휘두르겠다는 건 아닐 테지? 나는 이래 봬도 연약한 여자라구."

"연약한 여자라니 그런 말도 안 되는……."

척호가 어처구니없다는 표정을 지어 보였다. 그러자 어느새 예의 푸른 그림자를 일으키며 궁장미녀가 그의 곁에 다가서 있다.

여전히 미소 띤 얼굴.

순간 그녀의 하얀 교수가 번뜩였다. 척호의 손에 들려져 있던 단창을 하늘 위로 날려 버린 거다. 절정의 고수들이나 펼칠 수 있다고 알려진 공수탈검(空手奪劍)의 수법!

빙그르르!

무공을 정식으로 연마한 적 없는 척호가 이런 말도 안 되는 묘기를 구경이나마 해본 적이 있을 리 만무하다.

"어……."

입이 커다랗게 벌어진다. 그사이 궁장미녀는 어느새 단창을 낚아채고 있었다. 그리고 다시 푸른 그림자로 변한 그녀.

스스스슥!

잠시 멍청해져 있던 척호를 뒤로하고 신형을 날린 궁장미녀가 곤산장의 소년들을 덮쳐 갔다.

"으악!"

"아이고!"

"크아아악!"

곤산장으로 향하던 골목은 대번에 비명으로 가득 찼다. 족히 십여 명이 넘던 중무장한 소년들이 발로 차이고, 주먹과 손바닥에 얻어맞아 비참하게 바닥에 나뒹굴었다. 거진 한 호흡 만에 벌어진 일이었다.

특히 가장 심하게 당한 건 관명이었다. 이미 얼굴 가득 피 칠갑을 하고 있던 녀석은 아예 입에 게거품까지 문 채 바닥을 엉금엉금 기었다.

"멈춰라!"

척호가 버럭 노성을 터뜨렸다.

평상시의 냉정함을 잃은 그는 커다란 몸 전체를 날려서 궁장미녀를 덮쳐 갔다. 엽자건에게 배운바 있는 개싸움으로 승부를 걸려 한 것이었다.

그러나 궁장미녀는 일반적인 무림인의 수준을 뛰어넘는 고수였다. 척호가 몸을 던진 순간 신형을 한차례 흔들어 보이더니, 곧 반대편으로 이동했다. 손 하나 까딱하지 않고 척호를 바닥에 나뒹굴게끔 만든 거다.

다만 그녀가 한 가지 예상치 못했던 일이 있다.

바로 척호의 예상을 월등히 뛰어넘는 운동신경이었다.

그는 바닥에 막 얼굴을 박기 직전에 한 손을 뻗어냈다. 그렇게 땅을 짚는 것으로 자신의 몸에 가중된 무게를 견뎌냈다. 더불어 방향을 바꾸는 일까지 이뤄냈다.

"이얏!"

바닥을 한 손으로 밀어내며 크게 일갈한 척호의 발이 궁장미녀를 걸어차 갔다. 당장 그녀의 섬세한 몸뚱어리를 박살낼 것 같은 기세였다.

퍼퍽!

척호의 회심의 일격은 성공하지 못했다.

대신 그의 몸무게를 실은 발뒤축은 궁장미녀를 박살내는 대신 그녀를 공중으로 띄워 올렸다. 그의 일각에 담긴 힘을 디딤대 삼는 말도 안 되는 짓을 성공시킨 거다.

휘릭!

순간 다시 너풀거린 푸른 옷자락!

척호의 안면이 짜자작 소리와 함께 좌우로 흔들렸다. 공중으로 뛰어오른 궁장미녀의 붉은색 당혜가 그리 만들었다. 그리고 그림 같은 착지!

단숨에 눈이 풀려 바닥에 주저앉은 척호의 지척이다. 더 이상 그가 덤벼들지 못할 거란 걸 확신하지 않고선 취할 수 없는 여유였다.

그런데 문득 버릇처럼 미소 짓고 있던 궁장미녀의 눈꼬리가 슬쩍 치켜 올라갔다.

'어느 틈에……'

생각의 속도를 빠르게 따라잡으며 궁장미녀의 발이 현란한 교차를 보였다. 척호나 다른 곤산장의 소년들을 상대할 때보다 월등히 빠른 동작이다. 비전의 보법을 펼쳐 낸 거다.

늦었다.

아니, 그보다는 어느새 그녀의 배후까지 다가든 엽자건의 손이 더욱 빨랐다고 함이 옳겠다.

쫘아악!

일순 푸른 그림자로 변한 궁장미녀의 얼굴에 차가운 서리가 내렸다. 자신의 치맛단의 절반이 엽자건의 손에 찢겨서 속치마와 하얀 허벅지가 다 드러나게 되어버린 까닭이다.

데구르르!

그때 이미 엽자건은 바닥을 뒹굴고 있었다. 치맛단을 찢는 것과 거진 동시에 그리했다.

덕분에 궁장미녀는 단숨에 낭패한 꼴이 되어버렸다. 단아하던 두 눈에 얼핏 살기가 번뜩인다.

"죽고 싶으냐?"

"전혀."

"내게 이런 모욕을 주고도?"

"그런 꼴을 하고 소주성 내를 돌아다니게 된다면 참 보기 좋은 광경이긴 하겠는걸."

"……."

한마디도 지지 않는 엽자건의 말대꾸에도 궁장미녀는 일시 입을 굳게 다물었다. 엽자건이 양손으로 치맛단을 단단히 붙잡은 채 당장 찢어발길 준비를 하고 있음을 본 까닭이다.

점차 고양되는 살기!

이미 궁장미녀는 완전히 여유를 잃어버리고 있었다. 그만큼 엽자건의 행동에 화가 난 것이었다.

엽자건은 아랑곳하지 않았다. 대신 그때까지도 정신을 차리지 못하고 주저앉아 있는 척호에게 버럭 소리 질렀다.

"아호, 설마 죽은 건 아닐 테지?"

"으그극……."

척호는 나직한 신음을 토해냈다.

여전히 미동조차 하지 못한다.

비록 천생 신력을 타고나긴 했으나 궁장미녀의 일격을 감당해 내긴 쉽지 않았다. 이렇게 빨리 정신을 차린 것만으로도 그녀를 다소 놀라게 만들었을 정도다.

그 같은 사정을 엽자건이 알 리 없다.

그는 지난 삼 년여간 형제나 다름없이 지냈던 척호의 그 같은 모습에 내심 크게 화가 났다. 어떻게든 눈앞의 궁장미녀에게 복수를 하고 싶었다.

그러나 문득 그의 시야 속으로 척호보다 훨씬 심한 상태로 바닥에 널브러져 있는 동문 사형제들이 보였다.

비록 잡극의 배우라곤 하나 하나같이 웬만한 무관의 관도들과 싸워도 절대로 밀리지 않을 강골들이었다. 그런 녀석들이 지금 바닥을 기면서 고통스러워하고 있는 것이다.

'이게 진짜 무학을 제대로 익힌 무림인의 실력이구나!'

뜨겁게 달아올랐던 머리가 차가워졌다.

두려워서가 아니다.

오히려 그는 눈앞의 궁장미녀와 죽도록 싸우고 싶었다. 만약 척호와 사형제들이 없었다면 두 번 생각할 것도 없이 그리 했을 터였다.

하지만 지금은 아니었다. 그렇게 결정 내렸다.

내심 들끓어오른 투기를 가라앉힌 엽자건이 갑자기 태도를 바꿨다. 궁장미녀에게 빼앗은 치맛단을 정중하게 내밀며 고개를 숙여 보였다. 표정 역시 완전히 달라져 있다.

"실례했습니다!"

'이놈이 날 가지고 놀아?'

궁장미녀는 내심 이를 갈면서도 얼른 엽자건이 내민 치맛단을 뺏어 들었다. 무림인이라 해도 여인은 여인이다. 중인환시(衆人環視:여러 사람이 둘러싸고 지켜봄) 리에 계속 속살을 내보이고 있는 건 꽤나 불편한 일이었다.

그런 궁장미녀의 태도를 빠르게 짚어낸 엽자건이 더욱 정중해진 표정과 목소리로 말했다.

"소저, 오늘은 이만 물러감이 어떻겠습니까?"

"오늘은 물러가고 다음날에 다시 만나서 은원을 해결하자는 것이냐?"

"우리 곤산장은 무림의 문파가 아니니 따로 은원을 해결할 일은 없을 것입니다."

"그런 놈들이 저렇게 살벌한 물건을 들고서 우르르 몰려와?"

"어느 누구도 소저에게 죄를 지을 만한 솜씨는 없었던 것 같습니다만?"

"물론 그렇기야 하지. 하지만 내가 본래 곤산장을 찾았던 이유는 따로 있다."

"어떤?"

"너!"

엽자건을 향해 손가락을 뻗어 보인 궁장미녀가 다시 푸른 그림자로 변했다. 엽자건에게 덮쳐든 거다.

"헉!"

엽자건은 내심 준비하고 있던 수를 아무것도 사용하지 못했다. 어느새 아혈과 마혈을 동시에 제압당한 채 궁장미녀의 품에 포옥 안겨 버리고 만 까닭이다.

'이건… 계산 밖이다!'

엽자건이 내심 소리 질렀다.

*   *   *

"아미타불(阿彌陀佛)!"

나직한 불호성과 함께 중년의 중은 독특한 일수합장(一手合掌)을 해 보였다.

소주의 뒷골목을 걷던 중 기이한 소란을 느꼈다. 일반적인 패싸움에선 결코 일어날 수 없는 대기의 거센 공명이 그의 발걸음을 잡아끈 것이었다.

그렇게 들른 골목은 난장판이었다.

십여 명이나 되는 소년들이 볼썽사납게 바닥을 엉금엉금 기고 있고, 한쪽에는 가마꾼들이 혼절해 있었다. 갑자기 흉악한 도적단에게라도 습격을 당한 것 같은 모양새다.

중년승은 곧 그런 것이 아니란 걸 눈치챘다.

좁은 골목길이다.

이런 곳에서 도적단이 날뛰었다면 결코 그의 이목을 벗어날 수 없을 터였다.

'고수의 솜씨가 분명하다. 이곳 소주 땅에는 그분이 계시는데, 어찌 겁도 없이 이런 일을 벌인단 말인고.'

중년승은 내심 스승으로 여기고 있는 당대제일의 무인을 떠올리며 천천히 고개를 가로저었다.

그런 그의 눈에 문득 이채가 떠올랐다.

곰 같은 덩치에 맹호의 눈을 한 척호가 벽을 붙잡고 몸을 일으키고 있었다. 주변의 운신조차 하지 못하고 있는 다른 소년들과는 달리 말이다. 그게 그의 흥미를 자극했다.

천천히 척호에게 다가간 중년승이 그의 벌겋게 달아올라 있는 안색을 살피곤 해연히 놀랐다. 예상보다 훨씬 위중한 상처를 입었음을 눈치챈 것이다.

"시주, 그리 함부로 몸을 움직여선 안 된다네. 현재 자네는 내가중수법(內家重手法)에 당한 상태야."

"아, 자건이 붙잡혀 갔습니다. 저는 그냥 있을 수 없습니다."

"자건? 자네 친구인가?"

"예."

대답과 함께 척호가 몸을 크게 휘청거렸다. 중년승의 질문에 대답하는 동안 체내에 주입된 궁장미녀의 내기가 머리로 치솟아올랐다. 정신이 혼미해지고 기식이 엄엄해지지 않을 수 없게 된 거다.

"선재! 선재!"

중년승이 나직한 불호와 함께 척호의 몸을 손으로 더듬었다. 자신의 고절한 내력으로 궁장미녀가 주입한 내기를 해소시키려 한 것이었다.

문득 깨닫는 바가 있었다.

'빼어난 무골이다! 그것도 소림의 외가기공을 연마하는 데 더할 나위 없이 어울리는 인재야!'

그렇다.

방금 전 중년승이 취해 보인 일수합장은 장생불패(長生不敗)라 불리는 소림사 승려들의 특징이었다. 그리고 소림사의 외가기공은 야차곤(夜叉棍)이라 불리는 곤법과 더불어 천하무쌍의 위치를 무림 중에 차지하고 있었다.

잠시의 상념 끝에 중년승이 척호를 안아 들었다. 일단 조용한 곳으로 옮겨서 내상을 치유시킬 요량이었다. 혹여 그

냥 놔뒀다가는 누군가에게 빼앗기기라도 할 것처럼 말이
다.

*　　*　　*

털썩!
엽자건은 엉덩이가 불이 나는 느낌에 눈을 크게 떴다. 어느
새 단단히 봉해져 있던 입과 몸이 자유를 되찾고 있었다. 자
연스레 평소의 말투가 튀어나온다.
"썅! 더럽게 아프잖아!"
'또 말투가 바뀌었네?'
엽자건을 집어 던진 궁장미녀가 눈을 빛내며 특유의 미소
를 입가에 매달았다. 언제 무시무시한 살기를 발산했냐는 듯
꽤나 여유가 넘치는 태도이다.
엽자건이 당장 달려들 것 같은 표정으로 소리쳤다.
"이 요녀야! 나를 어떻게 할 셈이냐?"
"홀딱 벗겨서 잡아먹을 작정이야."
"뭐, 뭐라구?"
"너, 제법 잘생겼거든. 아직 나이는 좀 어려 보이지만 곁에
두고 한 몇 년만 묵히면 꽤 괜찮을 것 같거든."
"나, 나는 이제 고작 열세 살밖엔 되지 않았어! 그런 어린애
를 대상으로 정욕을 풀려고 하다니, 정말 낯짝 한번 두껍구

나! 설마 강호의 음녀들처럼 채양보음(採陽補陰) 같은 걸 하려
는 건 아닐 테지?”

“열세 살? 정말?”

“그래! 나는…….”

“꺄하하하하! 나 오늘 완전 영계를 잡았네! 봉 잡았어!”

“…….”

어떤 상황에서도 말싸움만큼은 지지 않던 엽자건이 입을
굳게 다물었다. 어렸을 때부터 밑바닥을 전전해 온 그로서
도 결코 상대할 수 없는 강적을 만났다는 생각이 든 까닭이
다.

꾸욱!

궁장미녀가 식지를 뻗어 엽자건의 볼살을 찔렀다. 그리고
입가에 여전한 미소를 매단 채 말했다.

“너, 양가신창보(楊家神槍堡)에 대해서 알지?”

“소주에서 양가신창보에 대해 모르는 사람이 있을 리가 없
잖아!”

“그런가?”

“그래!”

“그럼 너는 지금부터 나와 함께 그 양가신창보에 공연을
하러 가는 거야. 내 말 알아듣겠어?”

“왜?”

궁장미녀가 손을 들어 엽자건의 뺨을 후려쳤다. 표정의 변

화는 없으나 눈이 다시 차갑게 가라앉아 있다.

"너는 그냥 내 말에 따르면 되는 거야. 이유 같은 건 묻지 말고. 알겠어?"

"모르겠는데?"

궁장미녀가 발을 들어 엽자건의 배를 걷어찼다. 척호를 한 방에 쓰러뜨렸던 바로 그 수법이다. 위력 역시 줄어들었을 리 만무하다.

"크헉!"

엽자건이 신음과 함께 바닥에 주저앉았다. 평생 처음 당하는 고통이다. 창자를 토막토막 내는 것 같다. 입 밖으로 어느새 토악질이 터져 나오고 있다.

그렇게 자연스레 바닥으로 향한 엽자건의 긴 머리를 궁장미녀가 강하게 잡아챘다. 고통으로 일그러진 얼굴을 살피기 위함이었다.

바로 그때다.

"퉤!"

"……."

궁장미녀의 얼굴에 엽자건의 침이 튀었다. 바로 코앞에서 튀어나온 거라 막을 방도가 없었다. 고개를 돌려서 뺨에 달라붙게 하는 게 고작이었다.

주르륵!

끈적끈적한 느낌을 남긴 채 천천히 흘러내리는 가래 덩이.

손을 들어 뺨을 닦아낸 궁장미녀의 두 눈이 새파란 살기를 뿜어냈다. 얼마 전에 치마를 빼앗겼을 때와 비교해도 전혀 손색이 없다.

"이 죽일 애새끼가!"

"안 되지!"

"뭐?"

"날 때려죽이면 안 된다고! 날 죽이면 양가신창보에 함께 공연 갈 사람이 없잖아?"

"……"

궁장미녀는 결국 인정해야만 했다, 눈앞의 열세 살짜리 애송이가 얼굴만 잘생긴 게 아니라는 것을.

'여우같은 새끼! 하지만 이놈의 말이 틀린 것은 아냐. 그를 만나려면 반드시 양가신창보에 들어가야만 하니까.'

양가신창보.

과거 중원사패의 하나였던 북패(北覇) 신창양가의 방계인 신창군자(神槍君子) 양문경이 세운 문파이다. 칠십여 년 전 벌어진 '북패의 난'으로 중원의 중심 문파 자리를 내놓긴 했으나 여전히 신창양가는 막강했다. 양문경 본인의 무력이 절정 고수의 수준인 걸 감안하지 않더라도 양가신창보를 쉽게 볼 수는 없는 노릇이었다.

잠시 염두를 굴린 궁장미녀가 엽자건의 머리채에서 손을 떼어냈다. 그리고 말한다.

“네놈이 제법 뼈대가 굵다는 건 인정해 주마. 하지만 나도 마도(魔道)에 속한 여인이야. 지금 당장 네가 고개를 끄덕이고 얌전한 양처럼 행동하지 않는다면 다시 곤산장으로 달려가 그곳을 피바다로 만들어 버릴 테다.”

“세상엔 엄연히 국법과 정의가 있는데…….”

“그딴 걸 믿냐?”

“아니.”

엽자건이 시무룩한 표정으로 고개를 저어 보였다. 더 이상 뻗댈 수 없게 되었음을 깨달은 것이다.

“좋아. 내 이름은 섭요홍이다. 섭 소저라 부르면 된다.”

“섭 대랑.”

“죽는다!”

“섭 소저, 그런데 보수는 주는 거겠지? 나는 소주제일의 비싼 몸이라구!”

“얼마면 되겠냐?”

“최소한 은자 열 냥!”

“퍽도 비싼 몸이군. 먼저 선금을 주마.”

섭요홍이 품에서 손가락만 한 금덩이를 꺼내 엽자건에게 내주었다. 적어도 은자 스무 냥의 가치는 될 만한 물건이었다.

“일을 잘 끝내면 다시 하나를 더 주마.”

“…….”

엽자건은 대답 대신 금덩이를 열심히 깨물어보고 있었다.
자신을 바라보는 섭요홍의 눈빛이 다시 살기를 담거나 말거
나 간에.

  *공수탈검:빈손으로 검이나 병기를 빼앗는 금나수법의 일종.

  *채양보음:사내의 양기를 취해서 음기를 보충하는 식으로 내공을 높이는
사도방문의 수법 중 하나.

  *구절편:마디가 아홉 개로 되어 있는 채찍의 일종.

  *내가중수법:내가의 내가진기를 응축시켜서 타인의 몸에 주입하는 고절
한 암격의 수법. 내가의 절정고수 급 정도만이 펼칠 수 있는 무공이다.

第三章

칠마출현(七魔出現)

少林棍王

소림곤왕

양가신창보.

달리 소주제일문이라고도 불리는 이 문파는 소주의 중앙에서 조금 벗어난 동문대로(東門大路)에 위치해 있었다. 서소문의 광견 시절의 엽자건이 자주 놀러 다녔던 악왕묘(岳王墓) 부근이기도 하다.

그 양가신창보의 내당에서 한바탕 난리가 벌어졌다.

전형적인 시비 차림의 계집애들 대여섯 명이 왁자지껄 떠들면서 외당 쪽으로 달려가고 있었다. 평소 있는 대로 새침을 떨면서 바쁜 와중에도 결코 보폭을 크게 하지 않던 것과는 사뭇 거리가 있는 광경이다.

어째서 이런 일이 벌어진 것일까?

내당의 한 켠에 마련되어 있는 정자에 앉아서 자수에 집중하고 있던 십오 세가량의 단정한 자태의 소녀 역시 슬쩍 관심이 일었다. 외당 쪽으로 달려가고 있는 시비들 중 친근한 얼굴 역시 포함되어 있었기 때문이다.

"소향아!"

"……."

소향이라 불린 시비가 움찔하고 걸음을 멈춰 세웠다.

그녀를 불러 세운 목소리의 주인은 양가신창보의 장중보옥이라 할 수 있는 양운정이다. 이곳 주인의 무남독녀(無男獨女)로 결코 무시할 수 없는 존재였다.

"아, 아가씨……."

"다들 어딜 그리 급하게 가고 있는 거냐?"

"저기 그게요, 천금공자가 왔대요! 천금공자가요!"

"천금공자? 그게 누군데?"

양운정이 고개를 슬쩍 갸웃거려 보였다.

그녀는 무가의 여식이다. 하지만 여태까지 제대로 된 가문의 무공을 익히진 못했다. 난산으로 태어난 탓에 어려서부터 몸이 약해서 패도를 추구하는 양가신창보의 무공과는 인연이 없었기 때문이다.

그래서인지 부친인 양문경은 양운정을 심각할 정도로 과보호했다. 이날 이때까지 양가신창보 밖으로 너댓 차례밖엔 내보낸 적이 없을 정도였다. 웬만한 여염집의 아낙조차 이름을 아는 소주의 천금공자를 모르는 건 바로 그 때문이었다.

소향 역시 그 같은 사정을 안다.

잠시 고심 어린 표정을 지은 그녀가 내심 한숨을 내쉬었다. 굳이 고개를 내밀어 살피지 않아도 알 수 있었다. 더 이상 외당 쪽으로 향하는 중문을 넘어 사라진 다른 시비들을 따라잡을 수 없다는 것을.

그녀가 말했다.

"아가씨, 잡극 아시죠?"

"알지. 아버님께서 가장 좋아하시는 거잖아."

"그 잡극의 최고 인기인이 바로 곤산장의 천금공자예요. 소문엔 여자 뺨칠 정도의 미남자라고 하더라구요."

"그래?"

"예."

소향이 고개를 끄덕이자 양운정이 눈을 빛냈다.

미남자란 말에 호기심이 크게 동했다. 언제나와 다름없이 무료하던 참에 보기 드문 구경거리가 생겼다는데 그냥 지나칠 마음은 없었다.

문득 손에 들고 있던 자수천과 오색실패를 얌전히 한켠으로 밀어놓은 양운정이 정자에서 내려왔다.

"소향아, 앞장서거라!"

"예?"

"나도 그 천금공자란 사람을 보러 가봐야겠다. 얼마나 잘 생겼는지 확인해 볼 겸 말야."

"헤에?"

"왜? 나도 잘생긴 남자한테 관심쯤은 있어!"

"예에!"

소향이 힘찬 대답과 함께 활짝 미소 지었다.

양가신창보의 외당에 위치한 정원이 근래 보기 드물 정도로 떠들썩했다. 정오가 넘을 무렵 도착한 두 명의 방문객이 그 원인이었다.

오십대 중반가량의 중늙은이와 섭선으로 얼굴을 가린 소년.

다름 아닌 엽자건과 변장을 한 섭요홍이었다.

거래가 성립되자마자 섭요홍은 인근의 악왕묘로 엽자건을 끌고 갔다. 본색을 감추기 위해서 변장할 필요성을 느꼈기 때문이다.

그 결과는 지금 보시다시피였다.

엽자건을 깜짝 놀라게 만든 그녀의 변장은 완벽했다. 엽자건은 물론이거니와 양가신창보의 대문을 지키고 있던 무사들 역시 본색을 전혀 눈치채지 못할 정도였다.

그건 일류고수에 속하는 양가신창보의 총관 음양판관(陰陽判官) 구자서 역시 마찬가지였다. 그가 잠시 섭선으로 얼굴을 가리고 있는 엽자건을 못마땅한 시선으로 살핀 후 영락없는 중늙은이인 섭요홍에게 말했다.

"곤산장의 관 노사라고 했는가?"

"그렇습니다. 본래 노부는 공연에 함께하는 일이 드문데, 이번에는 특별히 제자와 동행을 하게 되었습니다. 양가신창보의 보주님께서 잡극에 상당한 조예가 있으시단 말을 오래전부터 들어왔기 때문이지요."

"그런데 고작 둘이서 온 것인가?"

"다른 제자 녀석들의 솜씨는 아직 미흡하옵니다. 어찌 보주님의 귀한 눈과 귀를 괴롭혀 드릴 수 있겠습니까?"

"기특한 말이로군. 진짜 그런 생각으로 왔는지는 모르겠지만 말야."

구자서가 한마디 비꼬인 말을 던지면서도 천천히 고개를 끄덕여 보였다. 섭요홍의 유연한 대응에 더 이상 꼬투리를 잡기가 쉽지 않았기 때문이다. 하지만 그러면서도 그의 시선은 다시 엽자건 쪽을 향하고 있었다.

윤기 자르르 흐르는 장발.

아직 살짝 앳된 얼굴은 섭선으로 절반 이상 가려져 있음에도 자체적인 발광을 보였다. 일종의 후광이 얼굴 부근을 떠돌아다니고 있는 것 같다.

더군다나 몸이 곧고 자세가 바르다.

본래의 키보다 더욱 커 보일뿐더러 몸 전체의 균형이 매우 훌륭하게 잡혀 있었다.

무골.

만약 보주인 양문경이 봤다면 두 눈을 크게 떴을 거다. 이 정도로 상승의 무공을 연마하는 데 알맞은 신체는 이름난 무가의 자제들 중에서도 쉽사리 찾기 어려운 까닭이다.

다만 구자서는 안목이 양문경만 못할뿐더러, 애초부터 엽자건을 못마땅하게 생각하고 있었다. 잡극의 단역이 늘 그러하듯 화장하지 않은 맨얼굴을 섭선으로 가리고 있는 엽자건의 태도가 꽤나 건방지다고 여겼다.

'흥! 당당한 사내대장부가 계집 복장을 하고서 노래하고 춤이나 추는 일을 천직으로 삼다니! 얼굴도 기생오라비처럼 생긴 게 정말 밥맛 떨어지는 녀석이로구나!'

내심 엽자건에게 인상을 써 보인 구자서가 시선을 섭요홍에게 던지며 손을 내밀었다. 철두철미한 성격답게 곤산장으로 얼마 전 보냈던 초대장을 보여달라는 의미였다.

섭요홍이 기다렸다는 듯 품에서 붉은색 초대장을 꺼내 건넸다. 오늘 낮 곤산장에 쳐들어가 관흠을 때려눕힌 건 바로 이 물건을 빼앗기 위함이었다.

구자서가 초대장을 살피곤 미미하게 고개를 끄덕여 보였다.

"일단 안으로 들게나. 보주님께서는 손님과 함께 잠깐 외유를 나가셨으나 곧 돌아오실 걸세."

“오늘 공연을 할 수 없다는 것입니까?”

“그건 장담할 수 없네. 언제 보주님께서 돌아오실지 모르니까 말이네. 하지만 곤산장으로 돌아갈 생각은 말게. 내 객당(客堂) 쪽에 거처를 마련해 줄 터인즉.”

“명령대로 따릅지요.”

섭요홍이 어디까지나 관흠과 같이 점잖은 표정을 한 채 고개를 숙여 보였다. 엽자건의 옆구리를 살짝 찔러서 동조케 만드는 걸 잊지 않았음은 물론이다.

“저 사람이…….”

“잘생겼지요! 정말 잘생겼지요!”

“…생각보다 별로네. 아직 나이도 어려 보이고.”

외당에 만들어져 있는 가산(假山) 뒤에 몸을 숨긴 채 엽자건을 훔쳐보고 있던 양운정의 중얼거림에 소향이 슬쩍 입술을 삐죽여 보였다.

아주 어릴 때부터 함께해 온 두 사람이다.

비록 신분의 고하가 있다곤 하나 속마음을 읽는 것쯤은 일도 아니었다. 양운정이 지금 뻔한 거짓말을 하고 있음도 단숨에 알아챘다.

과연 하는 말과 달리 양운정의 시선은 줄곧 엽자건에게서 떨어질 줄을 몰랐다. 그의 일거수일투족을 하나도 빠짐없이 두 눈에 담아두려는 것 같았다.

그런 그녀의 행동을 귀엽다는 듯 바라보고 있던 소향이 갑자기 목소리를 낮춰 말했다.

"아가씨, 제가 객당에 가서 어디에 묵는지 알아볼까요?"

"그만둬!"

"예."

소향이 냉큼 대답하자 양운정이 당황스런 표정을 그녀에게 던졌다. 설마하니 이렇게 쉽사리 자신의 말을 들을 줄은 몰랐기 때문이다.

날름.

소향이 혀를 내밀곤 입가에 생글거리는 미소를 담았다.

"이제 그만 내당으로 돌아가도록 하세요. 제가 얼른 객당에 달려갔다 올 테니까요."

"…알았어."

양운정이 얌전한 어린애처럼 고개를 끄덕여 보였다. 소향에게 완전히 당했음을 자인한 셈이다.

*　　　*　　　*

밤.

저녁이 늦도록 양가신창보의 주인인 신창군자 양문경은 돌아오지 않았다.

예정되었던 공연이 완전히 무산된 셈.

덕분에 양가신창보의 객당에서 하룻밤을 묵게 된 엽자건과 섭요홍 사이에 작은 소요가 일어났다.

"제기랄, 잘도 곤산장과 사부님의 이름을 내세우다니! 만약 오늘 일을 사부님께서 아신다면 내 엉덩이는 너덜너덜해져서 뼈도 못 추리게 될 거라구!"

"목소리 낮춰라."

엽자건이 잔뜩 성난 표정을 한 상태에서도 얼른 말을 들었다. 목청을 절반 이하로 낮춰서 항의를 계속한 거다.

"게다가 가마도 없이 공연을 하러 오게 하다니! 도대체 잡극이나 곤곡에 대해서 아는 게 있긴 한 거요?"

"그냥 사내새끼들이 얼굴에 색칠하고 노래하고 떠들면서 노는 거 아니냐? 게다가 당당한 사내대장부라며? 굳이 가마를 타야 하는 건 또 뭔 이유인데?"

"나는 단역을 하는 배우요. 잡극의 주역이니 당연히 본색을 숨기고 신비감을 조성해야만 하는 게 마땅한 일이오."

"그래서 섭선 줬잖아. 그리고 굳이 신비감 조성할 필요 없어. 네가 이곳에서 공연할 일은 없을 테니까 말야."

"그건 또 무슨 소리요?"

"이런 소리지."

섭요홍이 갑자기 주변을 한차례 둘러보더니 엽자건을 향해 번개같이 손가락을 튕겼다.

파팟!

둔탁한 격타음과 함께 엽자건의 몸이 딱딱하게 굳었다. 다시 아혈과 마혈을 점혈당한 거다.

"자식! 너는 사내 주제에 무척 귀엽기는 한데 말이 너무 많아."

'너는 지나칠 정도로 흉포하다, 이 요녀야!'

섭요홍이 화가 나서 얼굴이 붉게 물든 엽자건을 골리듯 바라보다 들어서 침상에 얌전히 눕혔다. 혹시 누군가 이곳에 방문할 때를 대비한 준비였다.

그것만으로 끝일 리 없다.

침상 정리를 끝낸 그녀가 품속에서 꺼내 든 복면을 덮어썼다.

관흠의 얼굴을 한 상태.

거기에 다시 복면을 착용함으로써 재차 신분이 밝혀지는 걸 방비하는 세심함이다. 그리고 다시 예의 기쾌한 신법을 펼치니, 그녀의 신형이 곧 창문을 통해 한줄기 연기처럼 사라져 갔다. 마치 아예 처음부터 존재하지 않았던 것처럼 말이다.

그렇게 한참 동안 시간이 흘러갔다.

침상에 눕혀진 채 이불을 덮어쓴 엽자건은 내심 이를 갈고 있었다. 나이 차가 좀 나기는 하나 섭요홍 같은 여자한테 일방적으로 당하고 있자니 미칠 정도로 화가 났다. 부아가 치밀다 못해 스스로에 대한 한심스러움으로 눈물까지 날 지경이었다.

'제기랄! 나는 어째서 척호 녀석처럼 그 못된 요녀한테 달려들어 싸우지 못한 걸까? 분명 그 요녀는 양가신창보에서 지금 아주 못된 짓을 벌이려고 하는 게 분명한데……'

후회.

아무리 빨라도 늦다고 한다.

특히 이번처럼 얼떨결에 뒤끝이 아주 더러운 범죄에 가담하게 된 상황에선 더욱 그러하다. 아무리 좋게 생각해도 현재 엽자건은 절체절명의 위기에 빠져 있는 것이다.

그 같은 번민 속에 엽자건이 까무룩하니 잠이 들려 할 때였다. 갑자기 창문 밖으로 화광이 치솟아오르며 꽤나 요란한 소란이 일어났다.

"불이다! 불이야!"

"외당이 불타고 있다! 외당이 불타고 있어!"

엽자건은 본래 이목이 밝다.

피곤함에 지쳐서 살짝 잠이 들었으나 곧 정신을 차렸다. 혼몽 중임에도 마음이 다급해지지 않을 수 없다.

'망할! 그 요녀가 결국 일을 저질렀구나!'

내심 부르짖은 엽자건의 얼굴이 새빨갛게 변했다. 어떻게든 아혈과 마혈을 풀고 침상에서 일어나려 발버둥 치느라 그리되었다.

하지만 혈도란 게 한번 비전의 수법으로 점혈되면 해혈이 쉽지가 않다. 엽자건처럼 변변찮은 내공조차 연마하지 못한 일반인에겐 더욱 그러하다.

결국 엽자건의 노력은 헛된 것이 되었다.

몇 차례 용을 쓴 끝에 그는 기진하여 침상에 몸을 축 늘어뜨리고 말았다. 될 대로 되라는 자포자기 상태에 빠져들고 만 거다.

그런데 바로 그때다.

삐걱 소리와 함께 방문이 열리더니, 섬세한 그림자 하나가 조심스레 들어왔다.

창밖을 온통 물들인 화광!

그로 인해 비추인 그림자의 자태는 필경 여인의 것이었다. 그것도 바람만 불어도 날아갈 듯 가냘픈 자태이다.

'요녀가 돌아온 건가?

엽자건은 시선조차 돌릴 수 없는 몸이었다. 자신을 향해 조심스레 다가오는 여인의 존재를 느끼면서도 어떠한 짓도 할 수 없었다.

문득 엽자건이 누워 있는 침상까지 다가온 여인이 조심스런 목소리로 말했다.

"저기… 이곳은 위험하니까 어서 일어나세요! 밖에 못된 사람들이 돌아다니며 불을 지르고 있는데, 언제 이곳에 몰려올지 몰라요!"

'요녀는 아니군. 요녀만큼 예쁘긴 하지만 나이가 훨씬 어려. 나하고도 별 차이 없는 풋내기야.'

엽자건의 생각대로다.

거진 숨결이 닿을 듯 그의 곁에 다가선 여인은 아직 앳된 기가 남아 있는 소녀였다. 소향의 도움으로 밤에 몰래 객당에 놀러 온 양운정인 것이다.

여자.

소주의 인기인인 엽자건에겐 그리 대수로울 게 없는 존재다. 아니, 오히려 평소엔 매우 귀찮게 여길 정도였다. 아직 이성을 느끼기엔 나이가 어린데다 툭하면 곤산장에 찾아오는 광적인 여자들을 많이 접한 까닭이다. 적어도 오늘 섭요홍을 만나기 전까진 분명 그랬다.

당연히 엽자건은 양운정의 얼굴을 확인한 후 내심 깔보는 심정이 되었다.

'쳇! 이런 발랑 까진 계집애라니! 얼굴은 순진해 보이는 것이 이런 야심한 시각에 사내의 방을 찾아오다니!'

내심 엽자건이 혀를 차고 있을 때였다. 문득 그의 얼굴을 살피고 손가락을 뻗어 코밑을 매만져 본 양운정이 놀란 표정이 되었다.

'이 사람, 혈도가 점혈되어 있어. 그래서 미동도 하지 못하고 말도 못하고 있는 거야. 아버님께서 말씀하시길 너무 오랫동안 혈도가 막혀 있으면 폐인이 될 수도 있다고 했는데……'

그렇다.

무림 중에는 몇 가지 아주 지독한 독문의 점혈 수법이 있
다. 그런 수법에 걸린 후 제때 혈맥이 풀리지 않으면 죽거나
반신불수가 된다. 특히 마도의 수법이 그러하다.

하지만 엽자건이 당한 수법은 그렇게 심하지 않았다. 애초
에 섭요홍 정도 되는 고수가 무공 하나 익히지 않은 소년에게
가혹한 수법을 사용했을 리 만무하다.

사실 꽤나 시간이 흐른 데다 엽자건이 하도 발버둥을 쳐서
막혀 있던 마혈과 아혈은 점차 풀려가고 있었다.

그런 때에 양운정이 방에 나타나 고심 끝에 결정을 내렸다.
자신의 얕은 무공 지식을 동원해서 엽자건의 막힌 혈도를 풀
어주기로 말이다.

'해혈을 하려면 옷을 벗겨야 해. 그런 후에 혈맥을 주물러
서 막힌 기혈을 순환되게 해야 한다고 했어.'

양운정이 아랫입술을 깨물고서 엽자건의 상의를 벗겼다.
무공이 일천한 터라 혈맥을 찾으려면 정확한 신체 부위를 확
인해야만 했기 때문이다.

사삭! 사사삭!

단숨에 엽자건의 상반신이 벌거벗겨졌다. 오랜 잡극 수련
으로 인해 나이답지 않게 제대로 균형 잡히고 근육도 제법 붙
어 있는 몸이 드러난 거다.

그런 엽자건의 상반신에 살짝 얼굴을 붉힌 양운정이 손을
뻗어 혈맥을 주무르기 시작했다. 비록 병약하긴 하나 무가의

여식답게 결단이 빠르다.

반대로 엽자건은 머리끝까지 화가 뻗쳤다.

'이 사악한 계집년! 순진한 얼굴을 하고서 날 강간하려 하다니! 섭요홍 그 요녀보다 더 못된 년이 아닌가!'

분노가 혈맥의 순환을 빠르게 만들었다.

가뜩이나 점차 풀려가고 있던 혈도의 해혈이 촉진된 거다.

"이압!"

일순 날카로운 일갈과 함께 엽자건이 침상을 박차고 벌떡 튕겨 일어났다.

"아!"

그 서슬에 뒤로 밀려 물러선 양운정의 두 눈이 동그래졌다. 설마 이렇게 빨리 엽자건의 혈도가 풀릴 줄은 몰랐다.. 일시 자신이 대단한 무공의 천재인 것처럼 생각되었다.

그때 침상 밑으로 내려선 엽자건이 양운정에게 달려들었다. 강간당할 뻔한 분을 풀기 위함이었다.

털푸덕!

양운정이 엽자건에게 떠밀려 바닥에 엉덩방아를 찧었다.

느닷없이 당한 일.

그녀의 입이 가볍게 벌어졌다. 양가신창보의 장중보옥이 평생 이 같은 일을 당해본 적이 있을 리 만무하다. 잠시 무슨 일이 벌어졌는지조차 가늠이 되지 않는다.

그런 그녀를 내려다보며 엽자건이 노한 목소리로 말했다.

“이 작은 요녀야! 아직 나이도 얼마 되지 않은 쪼끔한 계집
애가 벌써부터 욕정에 눈이 멀다니! 내 당장 호된 매질로 징
치를 하겠다! 다신 그런 짓을 하지 못하게…….”

“으흐흑…….”

양운정이 비로소 상황 판단을 하고 두 눈 가득 눈물을 담았
다. 좋은 일을 하려다 오히려 요녀로 몰렸다. 엉덩이의 타는
듯한 아픔은 차치하고 억울함에 가슴이 메어왔다.

“너, 너 우냐? 왜 우는 거야! 뭘 잘했다고…….”

“…흐흑, 나는 그냥 막힌 혈도를 풀어주려고 했을 뿐이에
요. 어째서 작은 요녀라고 하는 거예요?”

“혀, 혈도를 풀어주려 한 거라고?”

“그래요. 아버님께서 혈도가 오랫동안 막히면 기혈이 완전
히 막혀서 죽거나 불구가 될 수도 있다고 하셔서…….”

‘망할!’

엽자건은 자신이 완전히 오해하고 있었음을 깨달았다. 내
심 당황스럽지 않을 수 없다. 게다가 양운정 같은 소녀가 울
고 있는 모습을 본다는 건 꽤나 고통스런 일이었다.

슬그머니 들어 올렸던 손을 내려놓은 엽자건이 조그맣게
말했다.

“네 말이 사실이라면 미안하게 됐다. 하지만 그 혈도란 걸
풀기 위해 어째서 옷을 홀딱 벗긴 거냐?”

“그, 그건 제가 몸이 약해서 아버님의 무공을 거의 전수받

지 못했기 때문이에요."

"말끝마다 아버님을 찾는데, 너 누구냐?"

"저는 양운정이에요. 그리고 제 아버님은……."

"쉬잇!"

설명에 귀 기울이고 있던 엽자건이 갑자기 손가락을 입에 가져다 대곤 양운정을 입을 가로막았다.

보통 사람을 뛰어넘는 기민함.

거기에 더해진 건 양운정의 이름이다.

엽자건은 몇 가지 추론을 빠르게 머릿속에 떠올릴 수 있었다. 더불어 점차 거세지고 있는 화광 속에 섞여 귀를 자극하던 비명성이 갑자기 끊긴 것 역시 신경을 자극했다.

'양운정이란 이 계집애는 이 집의 딸이거나 가까운 친척이 분명하다. 그리고 어쩌면 섭요홍 그 요녀가 노린 건 양 보주나 이 계집애일지도 몰라.'

내심 염두를 굴린 엽자건이 양운정을 몸으로 밀어붙여 함께 침상 밑으로 기어들어 갔다. 혹여라도 섭요홍이 돌아올 것에 대비한 행동이었다. 어느새 놀란 토끼 같은 표정이 된 양운정에게 조그맣게 속삭이는 것도 잊지 않는다.

"너, 여기에 올 때 혹시 누구 본 사람 있냐?"

"아, 아니요. 아무도 없었어요."

"확실해? 여기 들어올 때 보니까 문이나 요로(要路)마다 사람이 지키고 있던데?"

"밤에는 낮보다 경계가 덜해요. 게다가 외당 전체에 불이 나서……."

"그럼, 객당 쪽만 불이 나지 않은 거냐?"

"예."

양운정의 얌전한 대답에 엽자건이 내심 혀를 찼다. 혈도가 풀렸을 때 자신이 내뱉은 비명이 떠올랐기 때문이다.

'어찌 된 영문인지는 모르나 섭요홍이란 요녀는 조금 양심이 있는 모양이다. 내가 다치지 않게 하려고 객당 쪽에는 불을 붙이지 않았으니 말야. 하지만 내가 그렇게 큰 소리를 냈으니 더 이상 이곳이 안전한지는 장담할 수 없다.'

엽자건이 잠시 고심하다 양운정을 바라봤다.

발갛게 부어오른 눈가.

눈물 자욱이 아직도 여실하게 남아 있다.

"너, 옷 좀 벗어봐!"

"예에?"

"두 눈 동그랗게 뜰 필요 없어. 너같이 설익은 계집애를 잡아먹을 정도로 굶주리진 않았으니까."

"그, 그런……."

"아, 그리고 머리에 꽂은 은채도 내놔. 대신 이거 걸치고."

엽자건이 손에 들고 있던 자신의 상의를 내주고 고개를 옆으로 돌렸다. 얼른 그녀가 옷을 벗어주길 종용하는 행동이었다.

양운정이 잠시 고심하다 말했다.

"어째서 옷을 바꿔 입으려는 거예요? 설마 제가 옷을 벗긴 걸 복수하려는 건가요? 그렇다면 그건……."

"그래, 복수하려는 거야. 만약 그 옷하고 은채를 빨랑 나한테 넘겨주지 않는다면, 내 손으로 직접 벗길 거야. 그걸 원한다면 지금 당장 말하고."

"아, 아니에요. 제가 벗을게요……."

양운정이 더럭 겁을 집어먹은 표정으로 대답하곤 천천히 상의를 벗고 은채를 떼어내 엽자건에게 건넸다. 그보다 더 빨리 엽자건이 던져 준 장포를 입었음은 물론이다.

잠시 후.

침상 속에서 한 명의 아리따운 소녀가 빠져나왔다. 바로 양운정의 옷과 은채로 한껏 꾸민 엽자건이었다.

문득 침상 아래에서 가냘픈 목소리가 들려왔다.

"이, 이건 싫어요! 안 돼요!"

"목소리 낮춰!"

"하, 하지만 이런 일은……."

다시 울먹거리기 시작한 양운정에게 엽자건이 나직이 코웃음 쳤다.

"흥! 착각하지 마. 이건 어디까지나 네가 혈도를 풀어줬을 때 떠밀어 넘어뜨린 빚을 갚는 거니까. 그러니까 너같이 쬐끔한 계집애는 여기 숨어서 날이 밝을 때까지 나오지 않는 거야. 알아들었어?"

"흐흑, 그러지 말아요. 그냥 나랑 여기에 있어요……."

"안 돼! 벌써 이쪽으로 사람이 오고 있는 것 같거든."

과연 창가 쪽으로 쏟아져 들어오는 화광 저편에서 희미한 두런거리는 소리가 들려왔다.

확률은 절반.

양가신창보의 무사이거나 아니거나.

엽자건은 굳이 모험을 할 생각이 없었다. 특히 툭하면 질질 짜는 마음 약한 계집애를 걸고서는 말이다.

툭!

침상을 발끝으로 한차례 차서 양운정의 울음을 멈추게 만든 엽자건이 방문을 열고 잽싸게 빠져나갔다. 두런거리는 소리가 어느새 제법 커지고 있었다.

*　　　*　　　*

얼마나 시간이 지났을까?

객당을 벗어나 외당 전체를 불바다로 만든 섭요홍은 난리가 난 틈을 타 내당에 숨어들었다.

'오늘이 아니면 기회가 없다! 반드시 칠마(七魔) 선배들이 소주에 도착한 걸 그분에게 알려야만 해!'

복면 속에서 섭요홍의 눈이 살짝 빛났다.

무공을 어느 정도 성취한 후 첫 번째 중원행에서 그녀는 평생 잊지 못할 만남을 가졌다.

곤왕(棍王) 유대유.

황궁제일고수이자 천하무적의 성망을 지닌 자로서 모든 새외 무인들의 가슴에 불을 지펴놓은 사람이다. 그를 꺾기 위해서 섭요홍의 사부이자 새외칠마(塞外七魔)의 일좌인 현천마녀(玄天魔女) 능여옥은 천릿길을 마다치 않았다.

개인적인 명예욕의 발로?

그보다는 무언가 섭요홍으로선 알지 못하는 두 사람만의 은원이 있는 것 같았다.

그러나 유대유는 강했다. 단지 그냥 강한 게 아니라 막강함 그 자체였다. 섭요홍의 우상이나 다름없던 사부 능여옥은 출발할 당시의 당당함을 전혀 유지하지 못했다. 단지 삼 합 만에 패배를 당하고 만 것이다.

거기다 유대유는 당시 특기인 곤법은 사용하지도 않았다. 단지 맨손으로 그는 능여옥의 성명절기인 현천마강살(玄天魔罡撒)을 파훼해 버렸다. 변황 제일의 무인 중 하나인 칠마의 하나를 그렇게 부숴 버린 거다.

그 후는 악몽이나 다름없었다.

마도에 속했으나 손속이 사나울 뿐 정숙하던 능여옥은 유대유에 대한 분노와 원한으로 자신의 몸을 불살랐다. 여태까지 쳐다보지도 않았던 색공(色功)과 채양보음술을 연마해 무수히 많은 동정남들을 자신의 거처로 끌어들였다. 현천마강살을 십이성 대성하기 위한 내공을 얻기 위함이었다.

그런 사부의 타락에도 섭요홍은 그다지 큰 안타까움을 느끼지 못했다.

그녀 역시 마도에 속한 몸.

강자존의 냉엄한 현실을 누구 못지않게 알고 있었다.

게다가 그녀는 단 한차례 봤을 뿐인 유대유를 어느새 마음속에 품고 있었다. 고작해야 사춘기를 간신히 넘긴 시절에 봤던 중년의 유대유는 오싹 소름이 끼칠 정도로 매력적이었다. 만약 당시 사부 능여옥만 없었다면 당장 그에게 달려들어 구애를 했을지도 모른다.

'하아! 하지만 설마하니 사부님께서 자존심이 하늘을 찌르는 칠마 선배들을 한꺼번에 소주로 불러 모을 줄이야. 아무리 그분이 강하다 해도 칠마 선배들 전체의 연수합격을 이겨낼 순 없을 거야. 그런 일이 가능한 사람은 오로지 천하에서 대존주 한 분뿐일 테니까.'

내심 한숨을 내쉰 섭요홍이 숨어 있던 나무 그늘 속에서 빠져나왔다.

상당한 시간 동안 주변의 동향을 살폈다.

불이 난 외당 쪽으로 사람들이 잔뜩 몰려간 탓에 내당은 무주공산(無主空山)이 되어 있었다.

이제 할 일은 자명하다.

재수없는 인간 하나를 붙잡아서 닦달해 유대유의 거처를 알아낸 후 그곳에 몰래 숨어들어 가 서신 하나를 남기는 것.

이를 위해 그녀는 오늘 이곳에 왔다.

그런데 막 눈앞에 보이는 전각 하나를 빠르게 돌아 들어갈 때였다. 문득 귓전을 파고드는 외마디 비명성이 있다. 그것도 연달아 네댓 개가 동시에 터져 나온다.

"크아악!"

"으아악!"

"크에엑!"

섭요홍이 슬쩍 어깨를 떨어 보았다. 비명성이 그녀의 귓전을 괴롭히기까지의 간격이 지나칠 정도로 짧다. 거진 반 호흡도 지나기 전에 학살이 이뤄졌음을 의미한다.

'이런 정도의 무위를 지닌 사람은 천하를 뒤져도 몇 없다!'

그녀는 그중 몇 명을 안다.

특히 소주에 몰려들고 있는 자들이라면 대충 떠오르는 얼굴까지 정확하게 파악할 수 있을 터였다.

스스스슥!

섭요홍은 두 번 생각할 것도 없이 신형을 돌려세웠다. 전력을 다해 비전의 신법을 펼쳐서 곧바로 내당을 빠져나가려 했다. 자신에게 그리 많은 기회가 없음을 직감한 때문이다.

그러나 그녀는 곧바로 신형을 멈춰 세워야만 했다.

외당 쪽으로 향하는 담을 넘을 수 없었다.

도약 바로 직전에 걸음을 멈춘 채 내공을 있는 대로 끌어올렸다.

저릿한 느낌.

후두부를 그대로 관통하더니, 단숨에 전신의 팔대경락을 뒤흔들어 버린 살기에 대항하기 위함이다. 그렇게 하지 않고선 곧바로 입에서 피 화살을 토할 것만 같았다.

흔들!

일시 신형을 한차례 움직여 보인 섭요홍이 단숨에 대여섯 걸음가량 뒤로 물러섰다. 막 뛰어넘으려 했던 담으로부터 오히려 신형을 떨어뜨린 거다.

이유가 없을 리 만무하다.

문득 섭요홍의 귓전으로 음침한 목소리가 파고들었다. 얼마 전 그녀의 팔대경락으로 침범했던 살기가 두 배쯤 고양된 것과 동시에 벌어진 일이다.

"아가야, 제법이로구나. 하지만 아서라. 거기서 다시 한차례 도주할 작정을 한다면 입으로 꾸역꾸역 피를 게워내게 될 터이니까 말야."

"……"

섭요홍은 목소리의 경고가 거짓이 아니란 걸 알았다.

벌써 목구멍이 비릿하다.

당장에라도 피를 토하고 싶은 걸 억지로 참아 넘기고 있다.

그런 그녀의 앞에 불타는 듯한 적의에 피풍의까지 그럴듯하게 차려입은 장발의 장년인이 모습을 드러냈다.

달빛을 받아 더욱 창백해 보이는 얼굴.

매부리코와 옆으로 주욱 째진 가느다란 눈매는 뱀을 무색케 하는 독날한 성격을 웅변한다. 실제로 그는 손속이 잔혹하기로 신강(新講) 일대에서 유명했다.

'잔혹마군(殘酷魔君) 냉고성! 하필이면 저 신강의 악마한테 걸리다니……'

섭요홍은 내심 기함했다.

사부 능여옥과 어깨를 나란히 하는 칠마 중 한 명이 눈앞의 냉고성이다. 더불어 그는 각기 고절한 무공과 함께 악명으로 이름 높은 칠마 중에서도 독특한 위치에 있는 인물이었다.

대금국(大金國).

북송 말 융성했던 금나라의 후예를 자처하며 근래 들어 만주를 기반으로 점차 힘을 결집하고 있는 부족연합의 신흥 강국이었다.

각 부족은 깃발을 상징으로 삼는데, 냉고성은 가장 강력한 팔번기 중 황천기주(黃天旗主)의 휘하에 속해 있었다. 일반적인 무림인이 아니라 금국 황실의 비호를 받는 비밀 고수인 셈이었다.

그런 그가 가장 잘하는 일이 바로 고문이었다.

국가와 국가 간의 전쟁이나 부족 간의 다툼 시 잡아들인 포로들을 상대로 수백 종류가 넘는 잔혹극을 연출하곤 했다. 바로 자신의 독문 절학인 잔혹심살도법(殘酷心殺刀法)을 완성하기 위함이었다.

사실 금국의 황천기주 밑에 들어간 것도 바로 그 때문.

사부 능여옥에게 그 같은 사정을 전해 들은 바 있는 섭요홍이 놀란 건 당연했다. 다른 칠마와 만난 것보다 훨씬 좋지 않은 상황에 빠졌음에 분명했기 때문이다.

그때 냉고성의 눈빛이 슬쩍 가늘어졌다.

"이건 재밌군. 설마 날 알고 있는 거냐? 눈빛이 흔들리는 게 머리를 열심히 굴리고 있는 게 보일 정도로구나!"

"그럴 리가 있겠습니까? 소인은 그저 귀하가 발출한 기세에 움츠러든 것뿐입니다."

"그것만으로도 훌륭한 일이다. 두 번이나 내 심살기(心殺氣)를 견뎌낸 셈이니 말야. 그럼 이제 그만 본색을 드러내도록 하거라."

"그건 곤란합니다."

"팔이나 다리 하나쯤 잘라낸 후 벗길 수도 있다."

"그럼 향후 어찌 존불(尊佛)님의 존안을 대하실 수 있겠습니까?"

"존불? 설마 네가 포달랍궁에서 온 자라는 뜻이더냐?"

"그렇습니다. 소인은 대라마이신 대법대불왕(大法大佛王) 좌하님의 오른팔이신 존불님의 휘하에 있는 자이옵니다."

"……."

냉고성의 눈빛이 더욱 가늘어졌다.

본래 가는 눈이 이젠 완전히 실눈이 되어 거진 보이지도 않을 정도가 되었다.

존불.

본래의 별호는 홍의마불(紅衣魔佛)로 당대 서장제일고수라 불리는 포달랍궁의 대라마 대법대불왕의 휘하 팔대라마의 수장이다.

더불어 별호에 '마' 가 들어간 자답게 새외칠마에 속해 있기도 했다. 칠마 간 무공의 고하는 쉽사리 가름할 수 없다 하나 냉고성과 더불어 뒷배경만큼은 최강이라 할 수 있겠다.

당연히 천하에 두려운 게 없는 냉고성으로서도 다소 마음속에 거리낌이 생길 수밖에 없다. 그가 속한 금국에서도 서장 포달랍궁에 대해선 상당한 존중심을 표하고 있음을 알고 있었기 때문이다.

'역시 홍의마불 선배의 이름을 팔기 잘했구나! 칠마가 소주에서 모이기로 했지만, 서장은 정말 먼 곳이니 벌써 선배가 도착했을 리 만무하니까 말야.'

섭요홍은 내심 자신의 선택에 만족했다. 이로써 냉고성의 강압적인 추궁을 조금이나마 늦출 수 있게 되었다는 판단이었다.

아니다.

그녀의 판단은 완전히 틀렸다.

번뜩!

문득 냉고성의 두 눈이 두 배쯤 커졌다. 신광 역시 감돈다. 더불어 그의 한 발이 지축을 차더니, 단숨에 섭요홍을 붉은 그림자가 되어 덮쳐 왔다.

흠칫!

섭요홍이 놀라 신형을 옆으로 틀어냈다. 무학을 익힌 자의 당연한 반응이다.

다음에 이어진 과정 역시 명쾌하다.

그녀는 신형을 급격히 틀어낸 것과 동시에 비전의 보법을 발휘해 현란한 움직임을 보였다. 그렇게 함으로써 붉은 그림자가 된 냉고성의 기습을 회피하려한 거다.

그러나 애초부터 냉고성과 섭요홍 간의 무공 격차는 확연했다. 이제 그가 마음먹고 기습했는데 당해낼 재간이 있을 리 만무하다. 사실 애초에 심살기조차 방어해 내기가 쉽지 않았던 그녀이다.

투툭!

급하게 신형을 이동시키려던 섭요홍의 왼쪽 복사뼈 쪽에 냉고성의 발이 파고들었다. 보법의 기본이 되는 하체의 중심을 무너뜨린 거다.

더불어 목젖으로 파고든 수도(手刀).

복사뼈를 얻어맞고 하체가 무너진 섭요홍의 복면이 사정없이 찢겨서 공중으로 흩날렸다. 목젖이 꿰뚫리기 직전, 가까스로 신형을 주저앉혀서 살수를 피한 거다.

이것 역시 냉고성이 예상하고 있던 반응이다.

잠시 잠깐,

복면이 찢겨지며 드러난 관흠의 얼굴을 눈으로 훑어본 냉고성의 손이 다시 움직임을 보였다.

"아악!"

짤막한 비명과 함께 섭요홍이 착용하고 있던 인피면구(人皮面具)가 통째로 뜯겨졌다. 냉고성의 수장에서 일어난 기괴무쌍한 흡력(吸力)이 만들어놓은 결과였다.

"과연 계집이었군. 게다가 현천환환보법(玄天幻幻步法)을 능숙하게 펼칠 정도이니 현천마녀 능여옥의 제자가 분명하겠구나!"

"이, 이건……."

"아니면 현천마녀가 요즘 한창 방중술에 빠졌다고 하던데, 설마 민대머리 중놈의 첩이 된 건 아닐 테지? 뭐, 시간은 넉넉하니까 나중에 천천히 캐내보면 될 테지."

혼자 말하고 혼자 결정을 내린 냉고성이 다시 손날을 뒤집어 섭요홍의 뒷목을 때렸다. 혈도를 누르는 대신 혼절시켜 버린 거다.

근데 막 정신을 잃은 섭요홍을 어깨에 들쳐 메던 냉고성의 시선이 갑자기 외당 쪽을 향했다. 그 자신과 비교해도 결코 뒤떨어지지 않는 강력한 살기가 무려 두 개씩이나 격렬하게 일어났음을 눈치챈 까닭이다.

"재밌군. 내가 제일 먼저 소주에 도착한 줄 알았는데, 현천 마녀의 제자뿐 아니라 다른 칠마까지 만나게 되다니 말야!"

칠마.

새외뿐 아니라 마도에서 유명한 존재들이다. 정사마를 막론하고 상대할 자가 그리 많지 않고, 그 정도로 자존심이 강한 존재들이었다.

당연히 이번처럼 한 장소에 모이는 건 극히 이례적인 일이었다. 그게 냉고성의 흥미를 돋웠다. 곤왕 유대유를 직접 상대하는 것과 비슷할 정도로 말이다.

흔들.

문득 다시 붉은색 그림자가 된 냉고성이 담장을 뛰어넘었다. 여전히 섭요홍을 어깨에 들쳐 멘 채였다.

주(註)

*대금국:후금. 북송 시절 융성했던 여진족(후일 만주족)의 후예가 명 말기에 세운 왕조. 후일의 청나라.

*포달랍궁:원나라 시절 국교였던 라마교의 성지. 본 작품에서는 서장제일의 무력을 지닌 세력으로 묘사된다.

第四章
칠종진기(七種眞氣)

少林棍王

소림곤왕

 달빛을 집어먹는 불길.

 그 사이로 엽자건은 종종걸음 쳤다.

 무조건적으로 자신의 거처에서 멀리 떠나가는 게 옳다. 하지만 어디까지나 계집애의 걸음걸이였다. 혹여라도 중간에 누군가를 만나게 된다면 양운정 행세를 해야만 했기 때문이다.

 그런 판단에는 객당 부근에 아무렇게나 널브러져 있는 양가신창보의 무사들이 크게 일조했다. 이미 이곳은 위험한 기운으로 가득 차 있었다.

 '역시 오늘 양가신창보에는 섭요홍 그 요녀만 온 게 아니

로구나! 하지만 그런 예쁜 얼굴을 하고서 이런 말도 안 되는 짓을 자행할 줄이야…….'

생각할수록 혼란스럽다.

한 번 보기만 해도 마음을 크게 뒤흔들어 놓던 미녀가 이젠 흉측한 마녀가 된 셈이다. 그녀와 만난 후 여러 가지 일이 있었지만 기묘한 유대감을 느끼고 있던 터라 엽자건의 마음속 충격은 더욱 컸다.

그때 갑자기 엽자건이 몸을 휘청거렸다.

욱신거리기 시작한 고관절.

더불어 일시 허벅지 쪽이 연달아 시큰거리더니 쑤욱 힘이 빠졌다.

털퍼덕!

엽자건은 어디까지나 계집애처럼 바닥에 엎어졌다. 충분히 손을 뻗어 넘어지는 걸 방비할 수 있었음에도 일부러 그리 했다. 문득 뇌리를 스치는 생각이 있었기 때문이다.

"으흐흑! 흑흑흑흑……."

엽자건은 바닥에 얼굴을 묻고서 서럽게 울었다. 얼마 전 헤어진 양운정보다 훨씬 또래의 소녀 같은 울음이다. 유명한 단역 배우다운 연기에 들어간 거다.

그런 그의 앞에 일순 두 개의 그림자가 떨어져 내렸다.

두 명의 외팔이.

좌측의 인물은 우수가 없고, 우측의 인물은 좌수가 없다.

누가 보더라도 기괴하다 여기지 않을 도리가 없겠다. 더불어 조금만 무림에 관심이 있는 사람이라면 오싹한 공포 역시 느낄 수밖에 없을 터다. 각기 하나씩 팔이 없는 괴인들의 얼굴이 판에 박은 듯 똑같았기 때문이다.

수라쌍마(修羅雙魔).

달리 기련쌍마귀(祁連雙魔鬼)라고도 불린다.

고래로부터 괴이독랄한 사공이학으로 유명했던 기련수라문(祁連修羅門) 출신으로 칠마에 속한 대마두들이었다.

수라쌍마는 놀라운 합공술로 천하에 명성이 높았다. 태어날 때부터 몸이 한데 붙어 있었던 탓에 각기 한쪽 팔을 포기했으나 덕분에 같은 영혼을 공유하게 된 까닭이다.

엽자건이 그 같은 수라쌍마의 흉명을 알 리 만무하다. 단지 그는 바닥에 고개를 처박고 있던 중 바로 코앞에 나타난 네 개의 신발을 발견하고 눈을 빛냈다.

'기회는 딱 한차례! 날 일으켜 세우기 위해 허리를 숙일 때다. 그때 승부를 거는 거야.'

엽자건의 양손에는 어느새 각기 한 움큼의 흙이 쥐어져 있었다. 자신을 일으켜 세우려 할 때를 노려 흙을 뿌리고 어떻게든 도주할 작정이었다.

그런데 어찌 된 일인가?

한참을 기다려도 엽자건이 기다리는 기회는 오지 않았다. 그의 앞에 나타난 네 개의 신발은 미동조차 없었다. 마치 돌을 쪼아 만든 조각상이나 다름없다.

'뭐야? 이 자식들, 어째서 아무런 움직임이 없는 거야? 설마 이 자건님한테 겁을 먹은 건 아닐 테지?'

그럴 리가 없다.

그건 엽자건 역시 알고 있었다.

결국 인내심이 바닥을 드러낸 엽자건이 먼저 고개를 치켜올렸다. 어찌 된 일인지 알아보기 위해서 평소에 하지 않던 모험을 감행한 거다.

'어라? 딴 쪽을 보고 있잖아?'

그렇다.

엽자건을 뒤쫓아온 수라쌍마는 지금 그를 바라보지 않고 있었다. 아예 다른 쪽에 시선을 고정시킨 채 발치 부근엔 관심도 보이지 않았다.

그게 엽자건의 관심을 끌었다.

그는 잠시 도주할 생각도 잊고서 수라쌍마의 시선이 고정되어 있는 쪽을 바라봤다. 어째서 이런 이상한 상황이 벌어졌는지 궁금했기 때문이다.

그때 수라쌍마가 동시에 입을 열었다.

"당신이 불을 지른 당사자인가?"

"당신이 불을 지른 당사자인가?"

목소리의 고저, 음색이 똑같다. 두 개의 입에서 흘러나왔으나 마치 한 사람이 말한 것과 다름없다.

‘헉!’

엽자건은 내심 헛바람을 들이켰다. 자칫 손에 쥐고 있던 흙마저 놓아버릴 뻔했다. 수라쌍마가 내뱉은 말속에 담겨진 기묘한 기운이 그의 심혼을 마구 뒤흔들어 버렸다.

그나마 수라쌍마가 일으킨 언마지법(言魔之法)은 엽자건을 노린 게 아니었다. 그들로부터 십 장 정도 떨어진 거리에 모습을 드러낸 적의 무복의 장년인, 냉고성이 주된 목표였다. 그래서 단지 정신이 살짝 혼미해지는 정도로 끝날 수 있었다.

냉고성의 눈매가 가늘어졌다.

수라쌍마의 언마지법은 상당히 강력한 미혼술의 일종이다. 그러나 그 역시 칠마에 속한 자로서 심살기를 일으켜 방어에 나설 수 있었다. 자신의 몸 주변에 심살기의 무형마기로 일종의 얇은 강기 막을 형성시킨 거다.

더불어 곧바로 반격에 나선다.

스스슥!

일시 냉고성의 신형이 예의 붉은색 그림자로 변화했다. 그 정도로 빠르게 분신을 일으키며 공간을 단축해 왔다.

그것만으로 끝일 리 없다.

카아아아악!

일시 붉은 그림자로 화한 그에게서 소름 끼치는 괴음이 일어났다.

음공(音功)?

그런 게 아니었다. 바로 그의 소매 속에서 뱀의 똬리처럼 튀어나온 종잇장처럼 얇고 긴 도가 대기를 가르며 낸 소리였다.

만리지도(萬里紙刀)!

냉고성의 거진 일 장에 달하는 길이의 장도가 단숨에 수라쌍마 모두를 노렸다.

전후좌우.

수라쌍마가 어디로 어떻게 움직이든 만리지도의 공세로부터 빠져나갈 길은 존재하지 않았다. 애초에 그런 가능성을 완전히 배제한 공격이었기 때문이다.

"잔혹심살도법이군."

"잔혹심살도법이군."

칠마는 명성을 함께하지만 일면식조차 없는 자들도 있다. 수라쌍마와 냉고성이 그러했다.

하지만 그렇다 해도 다른 칠마에 대한 관심이 없을 리 만무하다. 특히 독문 절기에 관해서는 상당히 깊이 연구하고 있었다. 언제 어디서 만나서 칠마 간의 서열을 정하게 될지 모르기 때문이다.

수라쌍마는 냉고성의 방어와 반격을 보고 곧 그의 정체를 깨달았다. 특히 자신들을 동시에 노린 잔혹심살도법에는 다소 경이까지 느꼈다.

물론 그렇다고 그냥 당해줄 마음은 없다.

“정면으로 상대해 준다.”

“정면으로 상대해 준다.”

여전히 일심동체의 일갈과 함께 수라쌍마가 움직임을 보였다. 어느새 지척까지 이른 만리지도의 폭풍 같은 도세를 향해 독문 병기인 잔월쌍극(殘月雙戟)을 내쳐 간 거다.

짜작! 짜자자작!

일시 거진 일 장의 거리를 격한 채 소름 끼치는 파공성이 터져 나왔다. 수라쌍마의 잔월쌍극과 냉고성의 만리지도가 촌각 만에 수십합 의 공방을 나누며 벌어진 일이다.

더불어 대기가 미친 듯 끓어올랐다.

그 정도로 압도적인 내기가 충돌과 함께 사방으로 퍼져 나간 까닭이다.

‘으헉!

엽자건의 안색이 샛노랗게 변했다.

칠마.

무림 전체를 통틀어도 상위에 속하는 강자들이다. 그들의 맞대결로 인해 벌어진 엄청난 대기의 격류를 범인이 감당해 내기란 결코 쉬운 노릇이 아니었다.

언마지법의 영향을 받았을 때완 또 달랐다.

숨이 막히고 기혈이 들끓어올라 일순 정신이 혼미해졌다. 자칫 조금만 더 이 대결이 지속되면 피를 토하고 죽을 수도 있는 위험한 지경에 빠진 것이다.

그런데 그때 마치 거짓말처럼 미친 듯 격탕됐던 대기가 진정되었다. 서로를 잡아먹기라도 할 것처럼 살수를 뿌리던 수라쌍마와 냉고성이 순식간에 동작을 멈추고 뒤로 물러섰다. 마치 미리 약속이라도 한 것같이.

이유가 없을 리 만무하다.

서로를 차갑게 노려보던 수라쌍마와 냉고성이 거의 동시에 시선을 한쪽 방면에 고정시켰다. 여전히 불길이 잡히지 않은 외당 쪽의 담장이다.

"대단한 격공장력이다! 천하에 이 정도의 내공을 지닌 자는 오로지 단 한 명뿐!"

"대단한 격공장력이다! 천하에 이 정도의 내공을 지닌 자는 오로지 단 한 명뿐!"

수라쌍마의 말을 받아 냉고성이 얇은 입술을 비틀어 보였다. 딴에는 웃음이다.

"곤왕 유대유!"

달빛과 화마(火魔)의 침노를 후광처럼 두른 남삼 무복의 사십대 중반가량의 미목이 수려한 장년인이 슬며시 포권해 보였다. 두 눈에 전광과도 같은 신광을 담은 채였다.

"본인이 유 모가 맞소이다. 하지만 황족도 아닌 터에 어찌 왕이란 칭호가 가당키나 하겠소이까?"

냉고성의 미소가 더욱 신경질적으로 변했다.

"무(武)에 뜻을 둔 사내답지 않은 발언이로군. 아니면 역시 명(明) 황실의 개라는 건가?”

도발이다.

그것도 지금 당장 한판 뜨자고 을러대는 시정잡배 수준이었다. 수라쌍마와의 대결에 끼어들어 단숨에 내기를 흐트러뜨린 엄청난 위력의 신공을 생각하면 만용을 부린다고도 볼 수 있겠다.

계산이 없을 리 없다.

냉고성은 수라쌍마를 믿었다. 그들 역시 유대유의 엄청난 신공을 확인했으니, 이대로 물러서고 싶을 리 만무하다. 반드시 자신과 함께 힘을 합해서 유대유를 상대하려 할 터였다. 그러기 위해 소주에 모이지 않았던가.

그때 유대유의 안색이 슬쩍 바뀌었다. 바닥에 정신을 잃고 쓰러져 있는 엽자건을 뒤늦게 발견한 거다.

‘으음, 저 은채는 내가 운정이에게 전날 생일 선물로 준 것인데…….’

유대유와 양가신창보의 보주인 양문경은 의형제를 맺은 사이였다. 그래서 어려서부터 병약했던 양운정의 병세를 호전시키기 위해 몇 차례 내력으로 치료해 준 바 있었다. 그동안 쌓인 정이 결코 적을 리 만무했다.

내심 엽자건을 양운정으로 확신한 유대유가 갑자기 표홀하게 신형을 날려 담장을 떠났다.

칠마 중 삼 인을 앞에 두고서도 포권지례를 할 정도의 여유.

어디까지나 인질이 될 상대가 없을 때의 일이었다. 엽자건을 구하기 위해 그는 기습을 선택했다. 무인이기 이전에 명의 수호신이라 불리는 병법가다운 빠른 판단이었다.

순식간에 압축되는 거리.

유대유가 도착하기도 전에 수라쌍마의 전신이 폭풍을 만난 일엽편주(一葉片舟)처럼 크게 흔들렸다.

이미 냉고성을 상대한 뒤다.

충분할 정도로 독문 심법인 수라천지합멸공(修羅天地合滅功)을 일으키고 있었다. 웬만한 절정의 강기공이 직격해 들어온다 해도 쉽사리 뚫리지 않을 만한 방비가 된 셈이었다. 분명 그리 생각하고 있었다.

"이대론 뚫린다! 건곤의 방위를 바꾼다!"
"이대론 뚫린다! 건곤의 방위를 바꾼다!"

수라쌍마가 절대 바꾸지 않을 것같이 서 있던 위치를 변경했다. 그렇게 함으로써 그들을 노리며 직선으로 파고들어 온 유대유의 강력한 돌파력을 좌우로 흐트러뜨리려 했다.

무학상 당연한 이치.

그러나 유대유는 애초에 수라쌍마가 목표가 아니었다. 단지 그들을 엽자건의 주변에서 물리고자 압도적인 내공력으로 압박을 가했을 뿐이다.

그 점을 냉고성이 간파해 냈다.

줄곧 유대유의 행동거지를 살피고 있을뿐더러, 수많은 죄수들을 고문하며 인성(人性)의 밑바닥을 자주 엿본 적이 있는 경험의 소산이었다.

'홍! 위위구조(圍魏救趙)로군. 그렇게는 놔둘 수 없지.'

냉고성이 수라쌍마를 뒤로 물러서게 한 후 막 엽자건 앞에 떨어져 내린 유대유의 뒤를 노렸다. 다시 일 장 길이의 만리지도를 이용해 잔혹심살도법을 펼쳐 낸 것이다. 수라쌍마를 상대할 때의 족히 두 배나 되는 위력을 담고.

카아아아악!

또다시 도가 울었다. 이번에는 더욱 소름 끼치는 소리로 귀청을 자극한다. 귓속에 들어가 있는 세반고리관을 뒤흔들어서 도세의 방향을 전혀 가늠치 못하게 만든 거다.

그렇게 막 도첨(刀尖)이 유대유의 훤하게 드러난 등판을 꿰뚫기 직전이었다.

우웅!

뱀의 머리처럼 낭창거리던 만리지도의 도첨이 가벼운 떨림을 보였다. 쏜살같던 움직임 역시 멈췄다. 어느새 배후를 살피지도 않고 뒤로 내쳐진 유대유의 수장에서 일어난 강력한 내공진기에 덜미를 잡히고 만 것이다.

"크헉!"

문득 냉고성이 입을 크게 벌렸다.

만리지도의 도첨을 파고들어 온 노도와 같은 진기의 기습에 심살기가 단숨에 무력화되어 버렸다. 피 화살을 토해내지 않은 것만도 다행일 지경이다.

흔들.

냉고성이 급하게 뒤로 물러섰다. 가까스로 수중의 도를 놓치진 않았지만 걸음이 무척 불안정해 보인다.

한 걸음.

그것만으론 부족하다. 그는 무려 대여섯 걸음을 연속적으로 물러서고서야 간신히 호흡을 고를 수 있었다. 그러나 여전히 체내의 진기가 미친 듯 들끓어오르고 있다.

근데 웃는다.

냉고성은 일패도지한 상황임에도 입가에 미소를 매달았다. 그가 잠깐 동안 유대유를 붙잡아놓은 동안 수라쌍마가 엽자건을 수중에 넣은 까닭이다.

"이 여아는 우리가 데려간다!"

"이 여아는 우리가 데려간다!"

유대유에게 연달아 소리친 수라쌍마가 재빨리 엽자건의 숨통을 틀어쥐었다.

초인적인 유대유의 신공은 이미 충분히 견식했다.

비록 칠마가 각기 무림 정상권에 위치한 고수라곤 하나 전혀 상대가 안 된다. 어째서 소주에 단 한 번도 한데 모인 바가 없는 칠마가 집결해야만 했는지는 충분히 알았다.

그러니 이젠 정당한 비무가 아니라 생사를 가늠하는 결전이다. 이용할 수 있는 건 모조리 이용해서 천하제일의 고수인 유대유를 죽여야만 하는 거다. 그게 마도에 속한 자가 할 만한 결정이었다.

"곤왕, 이 여아를 구하고 싶다면 보름 후 사자림으로 찾아오도록 하라!"

"곤왕, 이 여아를 구하고 싶다면 보름 후 사자림으로 찾아오도록 하라!"

그 말을 끝으로 수라쌍마가 뒤도 돌아보지 않고 담장을 뛰어넘어 자취를 감췄다. 더 이상 유대유가 뿜어내고 있는 끔찍한 내공진기를 감당키가 어려웠기 때문이다.

냉고성 역시 더 이상 이곳에 남을 이유가 없다.

"반드시 혼자 와야만 한다! 군사나 다른 고수를 이끌고 와선 안 돼!"

수라쌍마가 빼먹은 사항을 얄밉게 덧붙인 그가 역시 다시 붉은 그림자로 화했다. 어느새 한켠에 내동댕이 쳐놨던 섭요홍을 잊지 않고 낚아챘음은 물론이었다.

"…당했군!"

유대유는 순식간에 삼마가 자취를 감춘 방면을 눈으로 살피며 미간 사이를 슬쩍 좁혀 보였다.

무림 고수 이전에 전장을 호령하는 대장군!

이런 정도의 일에 마음의 동요를 느낄 리 만무하다. 오히려 그는 침묵 속에 묵묵히 전의를 불살랐다. 뒤에 냉고성이 한 말이 은근히 자존심을 자극한 때문이다.

그때 외당의 불길을 잡기 위해 총력을 다하고 있던 양가신 창보의 무사들이 우르르 몰려왔다.

무사들의 최선두.

사십대 초반쯤 되는 연배에 단창을 손에 든 황의무인과 붉은 가사를 휘날리는 중년 승려가 있었다. 양가신창보의 주인인 양문경과 곤산장 부근에서 척호를 구한 소림사 승려가 함께 모습을 드러낸 거다.

유대유가 염려 섞인 표정으로 말했다.

"문경 아우, 구 총관은 어찌 되었는가? 팔을 잘린 후 출혈이 매우 심한 것 같던데……."

"형님께서 시의 적절하게 손을 써주신 덕분에 생명에는 지장이 없을 것 같습니다. 팔을 잘리며 마기가 심맥까지 침범해서 한동안 요양을 해야 할 것 같습니다만."

"그렇군."

유대유가 미미하게 고개를 끄덕여 보였다. 그리고 미안한 기색을 얼굴에 담았다.

"아우에겐 정말 미안하게 되었네. 아무래도 오늘 밤 양가신창보가 변을 당한 건 이 우형이 원인인 것 같네. 전날 새외칠마 중 한 명과 은원을 맺은 바가 있는데, 아마 그 복수를 위해 소주로 몰려온 것 같아."

"어찌 그런 말씀을 하십니까? 형님의 일이 곧 제 일이 아니겠습니까? 형님과 소제는 금란결의를 맺었으니 태어난 날은 달라도 죽는 날은 함께일 것입니다.”

“으음, 그렇기는 한데… 방금 전 저들 중 한 명한테 운정이가 잡혀갔다네.”

“예? 우, 운정이가요!”

의기 넘치던 양문경의 안색이 일시 까맣게 변했다.

어려서부터 병약했던 양운정이다.

그녀가 만약 칠마에게 붙잡혀 갔다면 어찌 생환을 장담할 수 있겠는가.

유대유가 결의 어린 표정으로 말했다.

“너무 염려할 필요는 없네. 저들이 운정이를 잡아간 건 날 유인하기 위함이니, 쉽사리 목숨을 해치진 않을 것이야. 내 반드시 운정이를 구해올 터인즉 자네는…….”

“아버님!”

유대유의 말은 가냘픈 목소리에 끊겨 버렸다. 객당 안쪽에서 모습을 드러낸 양운정이 양문경을 발견하곤 울음 섞인 외침과 함께 그의 품속으로 뛰어들었기 때문이다.

“우, 운정아!”

“흐흑, 아버님! 아버님!”

양운정이 양문경의 품속에 얼굴을 파묻은 채 연신 울어댔다. 엽자건에 의해 강제로 침상 밑에 처박혀 있는 동안 줄곧 두려움에 떨어왔다. 이제 다시 부친의 얼굴을 보게 되니, 기뿜과 반가움에 일시 정신을 잃어버릴 지경이었다.

양문경이 그 같은 양운정을 꼬옥 안아준 후 의아한 기색으로 말했다.

"운정아, 어찌 그 같은 옷차림을 하고 있는 것이더냐?"

"그, 그건……."

잠시 말끝을 흐린 양운정이 비로소 엽자건을 떠올리곤 당황한 기색으로 말했다.

"아버님, 엽 공자는 어찌 되었나요?"

"엽 공자?"

"곤산장의 천금공자 말이에요! 그, 그분이 위험하니 반드시 아버님께서 구해주셔야만 합니다!"

"……."

양문경은 물론 곤산장의 천금공자를 안다. 잡극을 무척 좋아하여 전날 곤산장에 정중한 초대장을 보내기까지 했을 정도이다.

그러나 그가 신선이 아닌 한 어찌 엽자건과 양운정 사이에 벌어진 사건의 전말을 짐작할 수 있겠는가!

그가 잠시 눈살을 찌푸리고 있을 때, 옆에서 부녀의 눈물 어린 상봉을 지켜보고 있던 유대유가 끼어들었다. 이미 양운정의 두서없는 말을 듣고 대충 짐작한 바가 있었다.

"운정아, 혹시 네 옷을 그 엽 공자란 친구가 입은 게 아니냐? 곤산장이라면 곤곡의 명인이라 알려진 관 노사가 있는 곳이니 말이다."

"유 백부님의 말씀이 옳습니다. 엽 공자는 절 침상 밑에 숨겨주고 대신 위험을 무릅썼습니다. 그래서 제가 무사할 수 있었어요."

"그렇구나."

유대유가 비로소 모든 사정을 알았다는 듯 고개를 끄덕여 보였다. 양운정이 한 말 중 모두를 믿는 건 아니었으나 대충 사정은 미뤄 짐작할 수 있었다.

그때 한켠에 물러서 있던 소림승이 다가와 조심스레 말했다.

"유 시주님, 천금공자라면 곤산장의 관 시주가 반드시 찾아달라고 했던 아이인 것 같습니다만?"

"맞네. 척호란 녀석의 동문 사형제로 이름이 아마 엽자건이라고 했을 걸세. 정신을 잃어버린 중에도 계속 이름을 부르던 걸 보면 꽤나 돈독한 사이인 것 같더군."

"예, 처음으로 빈승이 발견했을 때도 자기 자신보다 더욱 걱정하고 있었습니다."

"흐음."

유대유가 봉황과 같은 정명한 눈매를 가늘게 만들어 보였다.

그의 눈앞에 있는 소림승.

과거 소림사에 방문했을 때 얻은 두 명의 기명전인 중 한 명인 종경이었다.

현 소림사 나한당(羅漢堂)의 수좌.

생각하기에 따라 정파무림의 태산북두(泰山北斗)라 불리는 소림사를 대표하는 고수라 할 수 있는 그가 데려온 척호는 꽤나 특별했다. 타고난 무골인데다 성격 역시 올곧아서 유대유조차 크게 관심을 기울이고 있었다. 평생 처음으로 정식 제자로 삼을 마음이 든 거다.

그런 척호의 친구를 그냥 놔둘 순 없다는 생각이 들었다. 비록 양운정이 아니란 걸 알았으나 반드시 칠마에게서 구해내야겠다 마음먹었다.

'어쩌면 이건 내 자만심일지도 모르지. 대군을 이끄는 대장군이 아닌 한 사람의 무인으로서 일평생 쌓은 무위를 몽땅 사용해 볼 기회를 잡고자 하는.'

곤왕.

유대유가 젊은 시절 검은색 제미곤(齊眉棍)을 들고 천하를 종횡할 때 무림에서 얻은 별호이다. 사십 줄에 들어서 군부에 투신한 후엔 거의 잊고 있었는데, 오늘 밤 과거의 기억이 다시 돌아왔다. 전날의 투쟁심과 함께 말이다.

내심 불끈 힘이 들어가는 양손의 기력을 느끼며 입가에 쓴 미소를 매단 유대유가 종경에게 말했다.

"그러고 보니 종경, 자네가 어째서 소림을 떠나 소주에 왔는지에 대해선 듣지 못한 것 같군. 척호란 아이도 대충 안정을 찾았으니 이젠 말해보게나."

"그게……."

잠시 주변을 둘러본 종경이 목소리를 낮춰 말을 이었다.

"…보종 사질이 결국 파문(破門)을 당했습니다. 어쩌면 유 시주님을 찾아오지나 않았을까 걱정이 되어 찾아온 것입니다."

"보종이 어째서 파문을 당한 건가?"

"유 시주님과 헤어진 후 보종은 사도(邪道)에 빠졌습니다. 본사에서 오래전에 절전된 오호란(五虎攔)을 재현하겠다면서 온갖 괴이망측한 짓을 하다가 결국 살계(殺戒)까지 자행하고 말았습니다."

"살계?"

"예, 몇몇 마도 문파와 녹림 산채에 홀로 뛰어들어 몇백이나 되는 인명을 도륙했습니다. 그래서 어쩔 수 없이 장문인께서는 보종의 파문을 명할 수밖에 없었습니다."

"그렇군. 보종이 그리되었다면 소림사에서 그를 막을 수 있는 사람은 자네 정도밖엔 없었을 테지."

"소승으로는 역부족입니다. 보종 사질은 소승을 월등히 뛰어넘는 기재였으니까요."

"……."

종경의 담담한 대답에 유대유가 다시 입가에 미소를 매달았다. 그의 말에 다소 겸양이 섞여 있긴 하나 어느 정도는 진실이라는 걸 알고 있었기 때문이다.

사자림.

원대(元代) 말의 고승인 천려 선사(天如禪師)가 스승을 기념하기 위해 사원으로 건립한 곳이다.

이 정원에 스승이 예전에 살았던 천목산(天目山) 사자암(獅子岩)과 비슷한 사자 형태의 태호석을 수없이 배치한 탓에 사자림이란 이름이 붙었다고 전해진다.

그 사자림의 한쪽 구석에 위치한 입설당(立雪堂).

제자가 스승을 찾아갔다가 잠든 그를 감히 깨우지 못해 눈 속에 서 있었다는 고사에서 이름을 딴 이 사당에 며칠 새 몇 명의 손님이 모여들었다. 하루 전 양가신창보를 발칵 뒤집어 놓은 칠마가 바로 그들의 정체였다.

"으극, 내 머리 깨진다!"

엽자건은 갑자기 양손으로 머리를 쥐어뜯으며 나직이 부르짖었다. 머리가 빠개지는 것 같다. 엄살이 심한 성격은 아니나 저절로 비명이 터져 나왔다.

그런 그의 두 눈에서 불똥이 튀었다.

진짜 그랬다는 게 아니라 그런 느낌이 들었다. 갑자기 뺨에 불이 붙은 듯한 통증이 느껴진 거다.

철썩!

충격으로 고개 정도가 젖혀진 게 아니다. 몸 전체가 옆으로 훼엑 하고 돌아갔다. 아예 몸 전체로 굴러 버린 거다.

그런 와중에 가까스로 두 눈을 뜬 엽자건에게 무시무시한 눈빛이 파고들었다.

냉전(冷箭)이랄까?

사람의 눈이 이렇게 무섭고 차가울 수 있다는 걸 엽자건은 처음으로 깨달았다. 바닥에 비참할 정도로 널브러져 있는 자신을 똑바로 내려다보고 있는 냉고성의 눈빛을 통해서 말이다.

“너, 누구냐?”

“나는… 캐핵!”

엽자건이 이번엔 반대편으로 몸을 굴렀다. 냉고성의 발끝에 명치를 걷어채여 숨조차 쉴 수 없게 된 거다.

냉고성의 질문이 다시 이어졌다.

“지금 누구냐고 물었다. 다시 대답하길 질척거리면 그 조그만 대갈통을 바숴 버리고 말 테다.”

“여, 엽자건이오!”

엽자건이 고통 중에도 얼른 목청을 높였다.

흔치는 않지만 저잣거리를 헤집고 돌아다닐 때도 이런 일을 경험한 바 있다.

절대적인 강자!

변명이나 이유, 잔꾀가 통하지 않는 존재다. 그런 자가 이렇게 살기를 피워 올릴 때는 얼른 고개를 숙여야만 한다. 대부분 이런 자들은 인내심이 많지 않기 때문이다.

"엽자건? 그럼 곤왕 유대유와는 어떤 관계냐?"

"곤왕 유대유요?"

"다시 질척거리겠다는 거냐?"

"아니요! 아니요!"

얼른 두 손을 내저어 보인 엽자건이 이맛살을 찌푸렸다. 냉고성이 말한 유대유가 누구인지를 궁리해 내기 위함이었다. 그러자 문득 뇌리를 스치는 광경이 있다.

'아! 그 멋있던 아저씨를 말하는 거구나! 느닷없이 나타나서 저기 괴상한 쌍둥이와 이 더럽게 성질 나빠 보이는 개자식을 박살낸……'

기혈이 막혀서 거꾸러지기 직전이다.

엽자건은 단숨에 공간을 압축하며 날아와 수라쌍마와 냉고성을 단매에 물리친 유대유를 기억해 냈다. 비몽사몽이던 순간에도 사람이 어떻게 저렇게 멋있을까 하고 감탄하기까지 했다.

그래서인지 엽자건은 방금 전까지 사신처럼 느꼈던 냉고성에 대한 공포심이 크게 가셨다. 유대유와 비교할 때 형편없이 못난 자란 생각이 든 까닭이다.

근데 바로 그때였다.

갑자기 진득한 음소와 함께 귀에 익은 여인의 비명성이 엽자건의 귓속을 파고들어 왔다.

"크흐흐! 요런 야들야들한 계집을 앞에 두고 구경만 하고 있어서야 음혼마군(陰魂魔君) 두진양의 명성에 누가 되는 일이지. 형제들, 나는 잠깐 즐기고 올 테니 각자 알아서 시간들 죽이고 계시오!"

"서, 선배, 절 어쩌시려는 거예요!"

"어쩌긴 뭘 어째? 통째로 삼켜도 비린내 하나 나지 않을 네년에게 신선경을 맛보게 해주려는 게지."

"사부님께서 용서하시지 않을 거예요! 사부님께서 절대로 선배를……."

"현천마녀? 그 계집이 오면 사제를 함께 즐겨주도록·하마. 내 비록 나이가 들긴 했어도 아직 두 년쯤은 밤새 자지러지게 해줄 수 있으니 말야."

"아악!"

특이하게도 반백 반흑인 긴 머리에 창백한 백면을 한 두진양이 갈고리 같은 손을 뻗어 섭요홍의 머리채를 잡아챘다. 항상 단정하게 봉황잠으로 틀어 올려져 있던 흑단 같은 긴 머리를 손으로 거머쥔 채 질질 끌어당기고 있는 거다.

누가 봐도 알 수 있는 상황.

놀랍게도 주변에 있는 자들 중 누구도 두진양의 이 패악스런 행사에 끼어들려 하지 않았다.

쌍둥이 수라쌍마는 가부좌를 틀고 앉아 눈을 감고 있었고, 냉고성은 엽자건에게서 시선을 떼지 않았다.

그 외에 또 있다.

한쪽 구석을 차지하고 앉아서 칠흑같이 검은 검날을 손보고 있는 복면인과 족히 팔 척이 넘는 거대한 덩치에 철탑 같은 몸을 한 장비 수염의 사내 역시 침묵을 지켰다. 아예 두진양과 섭요홍이 눈에 보이지 않는 듯한 모습이었다.

'뭐 이런 개자식들이 다 있어! 여자가 끌려가고 있는데, 누구 하나 나서는 놈이 없다니!'

엽자건은 섭요홍을 대번에 알아봤다.

평생 처음 본 미녀인데다 엄청난 모욕까지 당한 바 있으니만치 몰라보지 않을 수 없는 게 당연하다.

그래서 잠시 고소하단 생각도 들었다. 자신을 장난감처럼 가지고 놀았던 요녀가 더 악랄한 악당한테 걸려서 쩔쩔매는 모습에 마음속에 쌓였던 울화가 조금은 풀린 것 같았다.

하지만 그녀가 두진양에게 머리채가 붙잡혀 질질 끌려가는 모습은 그의 마음속에 노기를 불러 일으켰다. 아무리 저잣거리에서 굴러먹는 치들이라도 이 정도로 무자비하진 않았다. 적어도 여인이나 노인, 아이는 웬만하면 건들지 않는다는 원칙이 있었던 것이다.

"그녀를 놔주시오! 그렇지 않으면 절대로 곤왕 유대유의 약점에 대해서 말하지 않을 것이오!"

"뭐?"

두진양이 어처구니없다는 시선을 엽자건에게 던졌다.

그럴 수밖에 없다.

어찌 그의 신분에 엽자건 같은 애송이가 안중에나마 들어오겠는가. 하지만 곤왕 유대유란 이름이 들어가면 무게가 완전히 달라진다.

과연 냉고성과 수라쌍마를 비롯한 사마가 어느새 자욱한 살기를 그에게 쏘아오고 있었다. 자칫 전신이 삼십육 등분으로 썰릴지도 모른다는 위기감이 강하게 느껴졌다.

"어이! 어이! 이봐들, 설마 칠마쯤 되는 자들이 저 어린 녀석의 말을 믿는 건 아닐 테지?"

"그건 모를 일이지. 분명 곤왕은 저 녀석을 구하기 위해 전력을 다했으니까."

냉고성의 대답을 수라쌍마가 확인시켜 줬다.

"곤왕은 분명 이 녀석을 구하기 위해 최선을 다했다!"

"곤왕은 분명 이 녀석을 구하기 위해 최선을 다했다!"

팔 척의 덩치에 장비 수염을 한 대력신마(大力神魔) 여일패가 어느새 손질하고 있던 검을 들고 서 있는 마령귀사(魔靈鬼使)에게 슬쩍 눈짓해 보였다.

"그럼 결정됐군. 그렇지 않나, 살수왕(殺手王)?"

"여일패, 날 그렇게 부르지 마라. 네 홍옥불괴신(紅玉不壞身)에 내 검날이 박히는지 아닌지를 확인하고 싶지 않다면 말이다."

"흥! 그건 꽤 흥미로운 제안인걸."

냉소를 터뜨린 것과 달리 여일패는 더 이상 마령귀사에게 말을 걸지 않았다.

살수왕 마령귀사.

칠마에 속하긴 하나 오히려 살수계의 신화로 더욱 유명하다. 여태까지 그가 노렸던 목표 중 아직까지 목숨이 붙어 있는 자가 아무도 없었기 때문이다.

그런 강자들이 일제히 압박하고 나섰다.

제아무리 전날 음행을 저지르고 다니다 정사 양도 무림인들의 추살전에 몰려 천산북로까지 도주한 전력이 있는 두진양이라 해도 신경이 쓰이지 않을 수 없다.

"쳇!"

나직이 혀를 찬 두진양이 단단히 거머쥐고 있던 섭요홍의 머리채를 놓았다. 그러나 여전히 끈적끈적한 시선은 그녀의 하얀 목덜미와 겁에 질린 절색의 얼굴에서 떨어지지 않고 있다. 기회만 갖춰지면 반드시 겁탈을 하고야 말겠다는 의지를 단단히 드러내고 있는 것이다.

냉고성이 엽자건에게 고개를 추어 보였다. 이젠 말하라는 의미다.

'제길! 내가 미쳤지! 어째서 저 요녀의 일에 나선 걸까? 자칫 잘못하면 목숨도 보전할 수 없게 되었잖아!'

내심 스스로에게 욕설을 내뱉은 엽자건이 안색을 굳힌 채 말했다.

"일단 저 여인을 이곳에서 벗어나도록 하시오! 그러면 내가 곧 곤왕 유대유의 약점에 대해서 말하도록 하겠소!"

"지랄!"

두진양이 곧바로 욕설을 내뱉었다.

꿀꺽 삼키기 직전의 섭요홍이었다. 이제 와서 그냥 놔줄 마음이 들 리 없었다.

냉고성 역시 그럴 마음은 없었다.

퍽!

냉고성이 발끝을 세워 엽자건의 아랫배를 걷어찼다.

일반적인 타격이 아니다. 특유의 심살기를 내경에 담아서 엽자건에게 무한한 고통을 느끼게 만들었다.

"악! 으아아아악!"

엽자건이 잠시도 참지 못하고 비명을 터뜨렸다. 심살기가 담긴 내경은 단숨에 그의 기경팔맥으로 퍼져 나가 전신 혈맥을 부풀어 오르게 만들었다. 또한 그 속에 담긴 피는 심살기에 데워져 펄펄 끓다 못해 서서히 증발되어 갔다.

피 말리기!

냉고성이 수많은 실전으로 갈고닦은 최고의 고문 술 중 하나였다.

'이만하면 됐겠지.'

내심 이를 드러내며 웃어 보인 냉고성이 다시 발끝을 세워 바닥을 데굴데굴 구르고 있는 엽자건을 걷어찼다. 잠시 심살기를 가라앉혀서 고통을 경감시켜 준 거다.

"허억! 헉헉헉……."

거진 바닥을 기면서 널브러져 있는 엽자건에게 다시 냉고성이 질문했다.

"말해라!"

"내, 내 장담하건대, 곤왕 유대유에게 너희들은 다 죽을 거다! 날 이렇게 만들었으니 절대로 너희들을 살려두지 않을 거야!"

"이 녀석이……."

냉고성의 두 눈이 가늘어졌다. 여전히 입가엔 특유의 미소를 매달고 있으나 전신에서 뭉클거리며 살기가 일어나고 있었다. 설마 엽자건이 즉답 대신 악담을 퍼부으리라곤 생각지 못한 까닭이다.

그가 막 다시 심살기를 일으키려 할 때였다.

갑자기 입설당 안으로 두 명의 남녀가 모습을 드러냈다.

피처럼 붉은 가사 차림의 비곗덩어리 화상과 삼십대 초반의 한옥처럼 차가운 기질의 황삼 미녀.

다름 아닌 칠마의 마지막 이 인인 홍의마불과 이번 소주회합의 주최자 격인 현천마녀 능여옥이었다.

"사부님!"

섭요홍이 능여옥을 발견하곤 두려움과 반가움이 교차하는 표정으로 냉큼 그녀에게 달려가 부복했다. 후일 추궁당하는 건 둘째 문제였다. 여전히 음탕한 눈빛을 떼어내지 않고 있는 두진양으로부터 벗어날 수 있는 것만도 다행이라 여겼다.

"어딜 갔나 했더니 여기에서 만나게 되었구나?"

"제자는 사부님보다 먼저 소주에 도착해 곤왕 유대유에 대한 정보를 수집하고 있었습니다."

"흥! 일단 선결해야만 할 일이 급하니, 너에 대한 징치는 뒤로 미루도록 하겠다. 하지만 이번 일을 그냥 어물쩍 넘길 수 있으리란 기대는 하지 않는 게 좋을 거다."

"…예."

섭요홍이 풀 죽은 표정으로 대답했다. 그런 그녀를 뒤로하고 능여옥이 순식간에 엽자건 앞에 이르렀다.

"소, 소저는……."

"입 다물어라! 당장 피를 토하고 죽고 싶지 않다면!"

"……."

싸늘한 일갈에 얼른 입을 다문 엽자건의 두 눈이 일시 찢어질 듯 커졌다. 능여옥이 옥처럼 하얀 손을 들어 연달아 그의 전신 혈도를 두들겨 댄 까닭이다.

'으악! 으악! 으아아아악!'

엽자건의 몸속에서 냉고성이 주입한 심살기와 능여옥의 현천마강살이 격돌을 일으켰다.

고하를 가릴 수 없는 두 개의 진기!

한낱 평범한 인간인 엽자건의 체내에서 격돌을 일으키자 그 파급 효과는 상상을 초월했다. 심살기 하나에 느꼈던 것을 수배 뛰어넘는 고통에 엽자건이 바닥을 다시 데굴데굴 굴렀다. 입에선 어느새 핏물이 줄줄 흘러내리고 있었다.

그 모습을 냉정하게 살피던 능여옥이 냉고성을 제외한 나머지 오마에게 시선을 던졌다. 나풀거리며 두 개의 입술이 움직임을 보인다.

"이 녀석에게 굳이 곤왕의 약점을 알아낼 필요는 없어요. 여러분의 힘을 조금만 써주면 이 녀석 자체가 곤왕의 약점이 될 테니까요."

"허허, 능 시주, 본불이 어찌하면 되겠는가?"

홍의마불의 질문에 능여옥이 냉랭하게 대답했다.

"존불께서는 존신마불강(尊神魔佛罡)을 이 녀석의 몸에 주입시키세요. 죽으면 안 되니까 제 현천마강살과 냉 공자의 심살기에 맞춰서요."

"그럼 본불만으론 안 되겠구면?"

"물론이에요. 다른 분들도 각자 성명절학을 이 녀석한테 주입시켜야만 해요. 그래야 우리 칠마의 칠종진기로 인해 폐인이 된 녀석을 구하기 위해 곤왕이 혼신의 힘을 모조리 쏟게 될 테니까요."

'아!'

부근에 부복한 채 몰래 고통스러워하는 엽자건을 훔쳐보고 있던 섭요홍이 내심 놀라 탄성을 터뜨렸다. 사부 능여옥이 내뱉은 말로 인해 엽자건이 어떤 꼴이 되리란 걸 어렵지 않게 짐작할 수 있었기 때문이다.

그러나 이미 칠마는 박장대소하며 능여옥의 제안에 찬동하고 있었다. 칠흑의 검과 함께 고요 속에 홀로 거하고 있던 마령귀사 역시 반대를 표하지 않을 정도였다.

그렇다면 더 이상 망설일 이유가 없다.

이 종 진기에 의해 지옥과도 같은 고통에 빠져 있는 엽자건에게 다시 오 종의 진기가 더해졌다. 무림 역사상 유래가 없는 칠 종의 진기가 한 인간의 몸속에 주입되는 기사(奇事)가 벌어지고 만 것이다.

사자림을 울리는 처절한 비명!

섭요홍은 두 눈에 맑은 눈물을 담은 채 자신의 귀를 양손으로 막았다. 차마 지옥의 심부 깊숙한 곳에서 울려 퍼지는 듯한 엽자건의 비명을 참아낼 수 없어서였다.

주(註)

*제미곤:곤은 다섯 자 이상의 곧은 막대기를 뜻한다. 소림사에서 쓰는 흔히 봉이라 부르는 물건은 사실 곤(棍)이라 해야 정확하다. 그것도 서면 눈썹에까지 이른다 해서 제미곤(濟眉棍)이다.

第五章
파천마곤(破天魔棍)

少林
棍王
소림곤왕

"음!"

사자림의 입설당 방면에서 울려 퍼진 처절한 비명성에 두 툼한 귓불을 움찔거리는 한 명의 장발괴인이 있었다.

해어질 대로 해어진 황토색 장삼.

얼굴은 검댕이가 더덕더덕 붙어 있는 흑청색이고, 양 팔뚝 과 발목에는 족히 삼십 근은 되어 보이는 강철 환이 매달려 있다. 기골 또한 장대하여 한번 보면 도저히 잊기 힘든 외양 이라 할 만하다.

그러나 장발괴인의 인상을 특징짓는 건 눈이었다.

위로 슬쩍 치켜 올라가 있는 맹호지안.

야밤 산중에서 마주친 대호의 눈이 바로 이러할 터였다. 심약한 자라면 보자마자 오줌을 지릴 정도의 패기와 살기가 감도는 눈빛을 장발괴인은 하고 있었다.

당연하달까?

이런 기괴한 외양을 한 자가 아무런 이유 없이 칠마가 모여 있는 사자림 부근에 나타났을 리 만무하다. 그에겐 반드시 이곳에 와야만 할 이유가 있었다.

장발괴인의 맹호지안이 단숨에 사자림을 뛰어넘어 입설당 방면을 향했다. 귓불에 이어 가시 같은 수염이 무성한 입가 역시 미묘한 실룩거림을 보인다.

"새외칠마란 이름이 아깝구나! 아무리 유 노사님과 관련있다 해도 어린아이를 저렇게 고문하다니……."

장발괴인.

전날 유대유를 따라서 소림사를 나섰던 두 명의 기재 중 한 명인 보종이었다. 본래 현 나한당주인 종경이 인정할 정도로 무학에 천재적인 자질을 가졌으나 하필 커다란 산을 만나고 말았다. 바로 현 천하제일무인이라 할 수 있는 곤왕 유대유였다.

그래도 그에겐 한동안 희망이 있었다.

유대유를 따르며 그에게 이어진 소림사의 비전 형초장검을 배워서 완성하는 거였다. 그렇게만 된다면 반드시 훗날 유대유를 뛰어넘고 잃어버린 소림사의 천하제일의 명성 역시 되찾을 수 있으리라 여겼다.

아니다.

착각이었다.

유대유의 뒤를 따르는 동안 보종은 점차 자신이 왜소해져 가는 걸 느꼈다. 그를 알면 알수록 도저히 따라잡을 수 없는 존재의 거대함을 느낀 까닭이다.

종경은 포기했다. 아예 유대유의 철저한 숭배자가 되었다. 그렇게 함으로써 자신의 존재를 지켜낼 수 있었다.

보종은 달랐다.

그는 저항하고 반항했으며 외면했다. 어떻게든 유대유와 는 다른 방법을 모색해 독자적인 길을 찾고 궁구했다. 절대로 소림사의 이름이 유대유에 의해 가려지는 걸 참아낼 수 없다 는 결기였다.

그 같은 마음은 소림사로 돌아간 뒤에도 달라지지 않았다. 착실하게 유대유에게 얻은 형초장검의 가르침을 종경이 나한 당의 제자들에게 전하는 동안 그는 밖으로 나돌았다. 유대유 의 강함을 전장의 실전에서 찾은 때문이었다.

수없이 많은 싸움.

그는 싸우고 또 싸웠다. 마적과 싸우고 산적과 싸우고, 마 도인과 싸우고, 사파인과 싸웠으며 정파의 이름 높은 무관들 역시 그냥 지나치지 않았다.

파천마곤(破天魔棍)!

지난 수년간 무수히 많은 실전 끝에 보종이 얻은 별호다. 소림사에서 파문을 당하게 된 결정적인 원인이기도 했다.

불제자, 그것도 이름 높은 소림사의 제자의 별호에 불길한 '마' 자가 붙다니!

소림사의 뭇 고승들은 당장 종경과 휘하의 십팔나한(十八羅漢)을 파견해 보종을 붙잡아 들이게 했다. 현실적으로 종경과 십팔나한이 아니고선 유대유의 가르침을 받은 그를 제압할 방도가 없었기 때문이다.

그러나 보종은 종경과 십팔나한의 합공을 당당하게 물리쳤다. 그동안 무수히 벌였던 실전으로 얻은 깨달음의 도움을 받은 거다. 더불어 종경이 은근히 손속에 사정을 봐준 덕분이기도 했다.

보종이 그 같은 종경의 심사를 모를 리 만무하다.

그는 십팔나한과 함께 패배를 인정한 종경에게 은밀히 후일을 기약했다. 실전된 '오호란'을 얻어 유대유를 뛰어넘은 후 제 발로 소림사로 돌아가겠노라고.

그렇게 다시 몇 년이 흘러 보종이 소주에 온 건 다름 아닌 유대유의 안부가 걱정된 때문이었다. 수개월 전 마도의 이름 높은 마두를 실전이란 명목하에 몽둥이로 두들겨 패던 중 칠마가 유대유를 찾아간다는 소문을 접한 까닭이다.

당연히 그는 근래 양가신창보 주변을 서성거렸고, 종경과 유대유가 만나는 장면이나 칠마의 난입 역시 목격했다. 지금 사자림 부근에 모습을 드러내 엽자건의 비명을 듣게 된 이유이기도 하다.

고심하던 보종이 눈살을 찌푸렸다.

'새외칠마는 그동안 내가 상대했던 사마외도의 무리와는 격이 다른 초절정고수들이다. 설사 유 노사님이라 해도 인질이 있는 상황에서 그들 일곱 명을 동시에 상대하긴 어려울 것이다. 그러니 잘만 하면 이번 기회에 전장에서도 결코 본 적이 없었던 형초장검의 최고 경지를 엿볼 수 있을 터인 것을……'

보종은 애초에 유대유가 사숙 종경이나 양가신창보주인 신창군자 양문경과 동행하리란 가능성 자체를 배제했다. 외유내강(外柔內剛)의 극치인 유대유의 성품을 누구보다 잘 알고 있는 까닭이었다.

더불어 그는 가슴이 뛰었다.

어쩌면 유대유의 진신 절학을 이번 기회에 견식할 수도 있으리란 생각 때문이었다. 사십이 넘어 무림을 떠난 후 단 한 번도 제미곤을 사용하지 않았던 그의 진정한 강함의 비밀을 수년간의 실전으로 새로운 영역에 들어선 지금, 다시 확인해 보고 싶었다. 그런 욕심을 버릴 수가 없었다.

그러나 그는 천천히 고개를 가로저었다.

다시 귓전으로 파고든 심혼을 뒤집어놓는 비명 소리. 그것은 결코 사람의 것이 아니었다. 비록 파문을 당하긴 했으나 여전히 소림사를 가슴에 품고 있는 보종으로선 외면할 수 없는 종류의 것이었다.

"새외칠마, 한 번쯤은 상대해 보고 싶었던 자들이다. 내 오호파천곤(五虎破天棍)을 얼마나 받아낼 수 있을지 궁금하구나!"

호기 어린 뇌까림.

그와 달리 그는 미동조차 보이지 않았다. 지금 당장 칠마가 집결해 있는 입설당으로 갈 수는 없었다. 여태까지와 달리 싸움이 진짜 목표가 아니었기 때문이다.

보종이 눈을 감았다. 그리고 운기조식에 들어간다. 주변에서 벼락이 떨어져도 미동조차 보이지 않는다는 면벽에 준하는 소림 정종의 내공 심법을 운기함으로써 귓전을 울리는 비명 소리를 외면한 거다.

*　　　*　　　*

사흘이 지나갔다.

입설당의 한켠에 엽자건은 기진하여 정신을 잃고 누워 있었다.

계속 비명을 터뜨리느라 입가는 찢어져 선혈이 낭자하고 두 눈 역시 핏자국이 길게 그려져 있었다.

그동안 얼마나 심하게 바닥을 긁었던지 열 개의 손톱 중 성한 게 하나도 없었다. 며칠 전까지 절세의 용모를 자랑하던 소주의 천금공자가 넝마 덩이처럼 박살나 버린 거다.

이런 그를 안타깝게 바라보는 한 쌍의 눈길이 있었다.

섭요홍이다.

그녀는 전날 칠마 중 색마로 유명한 두진양에게 끌려가 강간당할 뻔한 위기를 엽자건 덕분에 넘겼다. 어째서 그 같은 위험을 마다치 않고 나섰는지는 모르겠으나 내심 무척이나 고마웠다. 그리고 후회스럽기도 했다.

'칠마 선배들의 칠종진기를 몸 안에 받아들였으니 자건 저 아이는 이제 죽은 목숨이나 다름없다. 아무리 유대유 그분이 천하제일의 무위를 지녔다 해도 저 아이를 구해낼 순 없어. 아니, 그보다 자칫 그분까지 목숨이 위태로워질지도 몰라. 그 걸 노리고 사부님께서 이런 독한 짓을 하신 것일 테고.'

오랜만에 본 유대유.

어린 시절에 본 것과 별반 달라진 것이 없다. 머리가 조금 세고, 표정이 더욱 온화해졌을 뿐 늠름한 기상이나 천하를 굽어볼 듯한 위압감은 여전했다.

그러나 그는 여전히 섭요홍을 바라보지 않았다. 아예 관심조차 없었다. 전날 사부와 함께 만났을 때와 마찬가지로 말이다.

'그게 바로 외사랑의 서글픔이겠지. 어차피 그분과 나는 연배도 맞지 않고. 하지만 그건 자건 저 아이 역시 마찬가진

데, 날 위해 목숨을 거는 걸 주저치 않았다.'

엽자건을 바라보는 섭요홍의 시선이 가볍게 흔들렸다. 여심의 미묘한 변화였다.

그때 다소 멍해진 표정의 섭요홍에게 그녀의 사부인 능여옥이 다가들었다. 얼음 가루가 풀풀 날리는 듯 차가운 목소리가 뒤를 따른다.

"요진, 어째서 그리 넋을 잃고 있는 것이냐?"

"아!"

감요진.

섭요홍의 본명이다. 혹시 사부 능여옥에게 자신이 한 일이 들통날까 봐 엽자건에겐 가명을 둘러댔었다.

감요진이 다급히 엽자건에게서 시선을 거두고 능여옥 앞에 공손히 고개를 숙여 보였다.

전날 칠종진기를 엽자건에게 주입하는 걸 주도한 후 능여옥은 함께 온 홍의마불과 자리를 피했다. 그 후 사흘이 지났으나 여전히 평상시와 전혀 다름없는 모습이다.

'간밤의 사부님… 여전히 홍의마불 선배와 계셨던 걸까?'

감요진은 문득 뇌리를 스친 불경한 생각에 미간 사이에 어두운 그늘을 만들어냈다. 능여옥과 홍의마불이 자취를 감춘 후 남은 칠마가 나눈 음담패설이 뇌리를 스친 까닭이다.

능여옥이 입가에 차가운 미소를 매달았다.

"설마 밤새 이곳을 지키고 있었던 것이더냐? 어제부터 입설당으로 향하는 방면을 수라쌍마와 마령귀사가 자청해서 지키기로 한 걸로 아는데?”

감요진이 더욱 허리를 숙여 보였다.

“제자, 며칠간 두진양 선배를 피해서 이곳에 있을 수밖에 없었습니다.”

“두진양? 그 색마가 널 찍었는데 아직까지 용케도 무사했구나? 그자는 한번 점찍은 계집을 포기한 적이 없는 걸로 아는데 말야?”

“운이 좋았습니다.”

“운만 좋아서야 어찌 두진양의 마수에서 벗어날 수 있었을까? 저기 널브러져 있는 녀석이 갑자기 유대유와의 관계를 털어놓은 건 바로 너 때문이었구나?”

“그, 그걸 사부님께서 어떻게…….”

감요진은 말을 계속 이을 수 없었다. 어느새 그녀의 코앞까지 이른 능여옥의 손이 턱밑을 꽈악 쥔 채 위로 치켜 올리고 있었기 때문이다.

“앙큼한 계집! 전날 밤 내가 네년의 시선이 계속 저 얼굴만 번드르르한 녀석을 향하고 있었던 걸 모를 줄 알았더냐? 설마 유대유 그 도적놈과도 나 모르게 관계를 맺은 건 아닐 테지?”

“우웁! 제, 제자가 어, 어찌 그럴 리가…….”

“그럴 리가 없다?”

“그, 그렇습니다. 제자가 소주에 온 건 어디까지나 사부님을 위해서였습니다. 부디 믿어주십시오."

"흐응, 그럼 믿기로 하지."

"……."

능여옥이 감요진의 턱밑을 당장 뽑아버릴 듯하던 손길을 거둬들였다. 언제 그녀에게 시퍼런 살기를 드러냈냐는 듯 입가에 묘한 미소까지 맺혀 있다. 그리고 말한다.

"요진, 네 나이가 올해 몇이더냐?"

"스, 스물다섯입니다."

"시집가기엔 늦은 감이 있구나. 두진양이 네게 마음을 두었다니 오히려 잘되었다. 그자가 나이가 좀 있긴 하지만 칠마 중 일인일뿐더러 음혼무형장(陰魂無形掌)은 이 사부조차 상대하기 꺼림칙한 위력을 지녔다. 비록 조금 호색하긴 하지만 정식으로 부인을 들인 적이 없으니, 네가 시집가기엔 적당한 상대일 것이다."

"사, 사부님, 제자는 아직 시집갈 생각이……."

"왜? 설마 진짜로 저 어린 녀석에게 마음이 있는 건 아닐 테지?"

어느새 능여옥은 하얗게 변한 식지를 엽자건 쪽으로 향하고 있었다. 당장 머리에 구멍을 뚫어버릴 것 같은 표정 역시 잊지 않는다.

감요진이 얼른 고개를 가로저었다.

"아닙니다! 아니에요! 어찌 제자가 저런 어린 녀석에게 마음을 두었겠습니까?"

"그럼?"

"제자는 좀 더 사부님의 곁에 머물고 싶은 생각뿐입니다! 시집을 가게 되면 사부님을 곁에서 계속 모실 수 없게 되지 않겠습니까?"

"그런 건 네가 걱정할 필요가 없다. 이번 일만 무사히 끝나면 이 사부는 다시 천산(天山)으로 돌아가서 한동안 세상 밖으로 나오지 않을 생각이니 말이다. 그러니 너는 내 말대로 두진양에게 시집을 가는 것이다. 알겠느냐?"

"…예."

감요진이 기어들어 가는 목소리로 대답했다. 능여옥의 서슬 퍼런 표정이 너무 무서워서 절대 거역할 수 없었기 때문이다.

바로 그때였다.

다시 입가에 옅은 미소를 매달고 감요진을 바라보던 능여옥의 눈꼬리가 슬쩍 치켜 올라갔다. 사자림의 외곽 쪽에서 기묘한 소란이 일어난 것과 동시에 벌어진 일이다.

"유대유! 유대유! 무림을 떠나 관으로 들어가더니 쥐새끼 같은 방법만 배운 것이더냐? 약속을 어겼을뿐더러 이런 어설픈 짓거리로 날 실망시킬 줄이야!"

'그분이 오신 건가?'

감요진은 능여옥의 중얼거림을 듣고 귀를 쫑긋 세웠다. 내심 유대유에 대한 연심을 포기했으나 여전히 관심이 갔다. 사람의 마음이란 게 일조일석(一朝一夕)에 변할 수 있는 게 아니기 때문이다.

그러나 본래 감요진과 능여옥간의 무공 격차는 상당했다. 아예 비교조차 할 수 없는 지경이었다. 능여옥이 간파해 낸 미묘한 변화를 감요진으로선 일시 전혀 짐작조차 할 수 없었다.

그때 잠시 미간 사이에 골을 만들고 있던 능여옥이 감요진에게 슬쩍 시선을 던졌다.

"이곳에서 절대 벗어나지 말거라. 그리고 만약 침입자를 보게 되거든 상대하지 말고 소리를 질러라. 네 능력으로 감당할 수 없는 자일 테니 말야."

"예, 사부님!"

"흥! 항상 대답은 잘하는구나."

나직이 냉소를 터뜨린 능여옥이 갑자기 신형을 날려 입설당 밖으로 나갔다. 유대유가 침입했다는 생각에 결국 참지 못하고 직접 나서기로 작심한 거다. 여태까지 완전무결할 정도로 유지하고 있던 냉정을 깨고서 말이다.

감요진은 심경이 복잡해졌다. 유대유를 도우러 달려가야 할지 능여옥의 명대로 계속 정신을 잃어버린 엽자건을 지키고 있어야 할지 결정할 수 없었다.

'아아, 혼란스럽구나! 본래 나는 유대유 그분을 위해 소주에 온 것인데, 어째서 이리 마음이 흔들리는 걸까? 당장 그분을 돕기 위해 달려가고 싶으면서도 자건 저 아이의 곁을 떠나고 싶지 않다니, 이거야말로 모순이잖아!'

맞다.

본래 여인의 마음은 흔들리는 갈대에 비견된다. 쉽사리 흔들리고 변하며 그 자신도 종종 제 마음의 향배를 짐작할 수 없기도 한다.

그렇게 감요진이 고심에 빠져 있을 때였다.

문득 완전히 정신을 잃은 채 바닥에 널브러져 있던 엽자건의 손끝이 미미한 움직임을 보였다. 몸속에서 계속해서 충돌을 일으키고 있는 칠종진기가 주는 고통에 떠밀려 현실상의 세계로 돌아오고 만 거다.

"끄으으!"

엽자건이 내뱉은 신음이 감요진의 시선을 잡아끌었다. 그녀의 신형이 자동적으로 그의 곁으로 향한다.

"자건! 정신이 든 거야?"

"끄으, 누, 누구?"

엽자건이 자신을 일으켜 세우는 섬세한 손길에 억지로 눈을 떴다.

핏발 선 두 눈.

초점이 맞지 않는다. 처음 감요진과 만났을 때의 총기 어린 눈빛이나 잘생긴 얼굴은 아예 찾아보려야 볼 수가 없다. 며칠

사이에 사람이 완전히 달라져 버린 거다.

글쎄!

감요진의 두 눈에 맑은 눈물이 고였다.

마도에 속한 여인.

손속이 사나운 건 물론이거니와 사갈이 무색할 정도의 독심 역시 가지고 있다. 그러나 그건 어디까지나 진심이 통하지 않은 자에 한한 사항이다.

감요진은 얼른 하얀 손수건으로 엽자건의 눈가에 달라붙어 있는 피딱지를 닦아주었다. 그렇게 함으로써 엽자건이 사물을 인식하는 걸 쉽게 만들어줬다. 그거밖엔 현재 자신이 해줄 수 있는 일이 없다는 걸 알고 있었기 때문이다.

효과가 있었다.

눈꺼풀과 눈 주변이 말끔해진 엽자건의 두 눈에 초점이 돌아왔다. 몇 차례 깜빡거림을 보인 후 자신의 앞에서 촉촉이 젖어 있는 눈을 하고 있는 감요진을 알아보게 되었다.

"제, 제기랄! 왜 울고 난리요! 그러면 내가 화를 내지 못하잖아!"

"몸은 괜찮니?"

"죽을 것 같아! 도대체 그 망할 인간들이 내 몸에 무슨 짓을 한 거요?"

"그게……."

감요진이 망설임이 깃든 표정으로 말끝을 흐릴 때였다. 갑자기 우지끈 소리와 함께 입설당의 지붕에 구멍이 뚫렸다.

동시에 떨어져 내리는 거대한 나무 기둥!

감요진이 입을 가볍게 벌리더니 재빨리 엽자건을 품에 안고서 신형을 옆으로 굴렸다. 머리 위로 떨어져 내린 나무 기둥을 피하기 위함이었다.

뭉클!

결국 엽자건은 감요진의 품에 포옥 안기는 꼴이 되었다. 흡사 어미에게 안긴 갓난쟁이나 다름없다.

'또오! 빌.어.먹.을!'

엽자건이 감요진의 가슴에 얼굴을 파묻힌 채 속으로 욕설을 터뜨렸다. 숨조차 쉴 수 없을 정도로 꽈악 안겨서 일시 얼굴이 화악 달아올랐다.

그때 휑뎅그렁하니 뚫린 입설당의 구멍을 통해 장발괴인이 떨어져 내렸다. 지난 사흘간 몰래 사자림에 침투해 숨어서 기회를 엿보고 있던 보종이다.

스슥!

바람에 날리는 종잇장과 같은 움직임으로 바닥에 착지한 보종이 대뜸 손을 뻗어 감요진에게 소맷자락을 휘둘러 갔다.

건곤참마수(乾坤斬魔手)!

널따란 가사의 소매를 휘둘러서 천지간에 날뛰는 수라귀를 가둬 버린다고 알려진 금나수법이다. 더불어 이 수법에는 항마의 기운이 담겨 있어 마공이나 사공이학을 연성한 자들의 내공이나 저항을 무력화시키는 공효 역시 있었다.

"아악!"

감요진이 일시 눈앞을 어지럽힌 흑적색 소맷자락에 휘감겨 한켠에 나뒹굴었다. 그러면서도 품안의 엽자건은 죽도록 놔주지 않고 있었다. 목숨을 걸고 그를 지켜내려 한 거다.

무모한 짓이었다.

보종은 당대 소림사를 대표하는 고수 중 한 명이었다. 게다가 파문당한 후 무수히 많은 실전으로 자신을 단련시켰다. 무력의 차이가 월등한 상태에서 그 같은 고집은 오히려 화를 부를 뿐이었다.

휘릭!

엽자건을 끌어안고 있던 감요진의 옆구리로 강력한 일격이 파고들었다. 웬만한 외가 무공을 연마한 자라해도 갈비뼈 몇 대 정도는 단숨에 박살낼 만한 위력이다.

그런데 갑자기 감요진의 품속에서 엽자건이 빠져나왔다. 그녀의 어깨를 물어서 밀치고 보종이 내찬 일각을 향해 뛰어든 거다.

"웃!"

보종이 나직이 헛바람을 들이켰다. 그리고 얼른 감요진을 노리던 일각을 거둬들였다. 자칫 엽자건의 머리통을 박살낼 뻔한 위험을 무릅쓸 순 없었기 때문이다.

데구르르!

덕분에 엽자건은 바닥을 두어 차례나 크게 굴렀다. 전날 같으면 날쌔게 일어섰을 테지만, 지금은 기력이 없었다. 바닥에 그냥 널브러져서 잠시 일어나지도 못했다.

감요진이 놀라 엽자건에게 다가가려다 뭔가를 깨달은 표정이 되었다. 칠마를 밖으로 꾀어내고 입설당에 난입한 자라면 결국 유대유와 관련있는 인물일 거란 점이다.

'이대로라면 사부님과 칠마 선배들의 뜻대로 될 뿐이야! 그렇다면 차라리 이번 기회를 빌어 자건을 탈출시키는 편이 옳을 거야!'

신속하게 판단을 내린 감요진이 엽자건의 곁에서 물러서며 보종에게 말했다.

"선배님, 얼른 자건을 데리고 이곳을 빠져나가세요! 어떤 방법을 사용하셨는진 모르겠지만, 곧 칠마 선배들이 입설당으로 몰려올 거예요!"

"……"

보종이 감요진을 지그시 바라봤다.

파계승.

여심에 대해 알 리 만무하다. 그러나 감요진과 엽자건이 서로를 위해 목숨조차 도외시하는 광경을 봤다. 마음이 움직이지 않을 수 없다.

'내가 모르는 사정이 있겠지. 지금은 이 여아의 말대로 사람을 구하는 게 우선이니, 일단 말을 들어보기로 할까?'

감요진에게 한차례 고개를 끄덕여 보인 보종이 재빨리 바닥에 고개를 처박고 있는 엽자건에게 다가갔다. 얼마 전 건곤참마수를 펼쳤던 널따란 소매가 재빨리 그의 몸을 휘어감아 올린다. 곰처럼 듬직한 어깨에 넝마처럼 걸쳐 메진 거다.

충격이 없을 리 만무하다.

어깨에 걸쳐 메지는 충격에 문득 정신을 차린 엽자건이 감요진을 눈으로 살피곤 버럭 소리 질렀다.

"날 놔줘! 이 괴물아!"

"……."

보종은 대답 대신 엽자건의 아혈과 마혈을 동시에 점혈했다. 탈출시 그가 시끄럽게 굴거나 날뛰면 곤란해지리란 판단이었다.

근데 이게 어찌 된 일인가!

보종의 탄지신통(彈指神通)이 엽자건의 혈도를 건드린 후 도로 튕겨져 나왔다. 마치 극상승의 반탄지기를 만난 것이나 다름없는 현상이다.

"이 무슨……."

보종이 저릿해 오는 식지를 황당한 기색으로 살피다 눈살을 살짝 찌푸려 보였다. 느닷없이 얌전한 새색시 같던 감요진이 매서운 기세를 품은 채 달려들었기 때문이다.

파곽! 파파곽!

엽자건의 혈도를 노렸던 보종의 식지와 중지가 감요진 쪽으로 뻗어졌다.

또다시 펼쳐진 탄지신통!

이번에는 제대로 먹혔다. 어찌해 볼 새도 없이 감요진이 지력에 격타당해 바닥을 나뒹굴게 된 거다.

"으아!"

엽자건이 놀라 소리 지르며 보종의 장발을 양손으로 마구 쥐어뜯었다. 그가 다시 바닥에 쓰러진 감요진을 공격하는 걸 어떻게 해서든 방해하기 위함이었다.

보종은 개의치 않았다.

그는 엽자건에게 머리를 쥐어뜯기며 그대로 장대한 신형을 회전시켰다.

스륵!

순간적으로 수중에 들어온 묵적색의 곤.

끝에는 불문의 금강저(金剛杵)를 닮은 제석(帝釋)의 전광(電光)이 각인되어져 있다. 흡사 여러 신들이나 역사(力士)가 지니는 무기를 보는 것 같다.

마곤(魔棍).

소림사를 떠난 보종에게 파천마곤이란 별호를 얻게 한 마병이 모습을 드러낸 거다.

감요진 때문에?

말도 안 되는 소리다. 마곤에 실린 힘이 역동적으로 대기를 가르며 일으킨 곤명(棍鳴)이 단호하게 그 같은 의문을 부인한다.

부와아아앙!

보종이 뒤도 돌아보지 않고 마곤을 내지른 방향은 입설당의 정문 쪽이었다. 귀를 울리는 곤명보다 먼저 무형의 살기가 천지사방으로 뻗어나가 방문 자체를 산산조각으로 만들어 버렸다.

콰앙!

비산하는 나무 파편!

흡사 수백 근이나 되는 화약이 폭발한 것이나 다름없다. 그런 광경이 야기되었다. 만약 이 같은 일격에 휘말린 생명체가 있다면 단숨에 한 줌의 핏덩이로 화해 버렸으리라!

아니다.

그렇지 않았다.

문득 대폭발이 일어난 입설당의 정문 쪽에서 낭창거리는 장도 날이 예기를 품은 채 날아들었다. 잔혹마군 냉고성의 잔혹심살도법이 펼쳐진 것이다.

뿐만 아니다.

보종에 의해 훤하게 뚫려 버린 천장에서 곰처럼 거대한 덩치를 한 대력신마 여일패가 떨어져 내렸다. 냉고성의 잔혹심살도법에 정확히 맞춰서 가해진 기습이었다.

칠마 중 이 인의 합공.

그것도 불시에 가해진 공격이었다.

그러나 보종은 당황하지 않았다. 애초에 감요진이 기습을 가했을 때부터 이미 이 같은 일이 벌어질 것을 짐작한 상태였기 때문이다.

후웅!

마곤이 다시 움직였다. 요사한 기운을 가득 품은 냉고성의 장도가 목표였다. 제멋대로 낭창거리며 요혈로 파고드는 장도의 도신을 마곤의 맹렬한 회전으로 휘감아 버린 것이다.

"크억!"

냉고성의 입에서 다급한 비명이 터져 나왔다. 마곤에 담겨진 노도와 같은 경력이 도신을 타고서 단숨에 심맥까지 파고 들어 왔다. 자신하던 심살기를 깡그리 무너뜨리고.

그럼 여일패는?

보종이 그를 잊어버렸을 리 없다. 곰 같은 덩치에 홍옥불괴신을 이룬 천생 신력의 괴물에게 자칫 휘어 감기기라도 한다면 자칫 척추 뼈가 꺾여 버릴 수도 있었기 때문이다.

뚜둑!

마곤을 앞으로 내민 자세를 견지한 채 발끝으로 천근추를 집중시킨 보종의 좌수가 현란하게 회전을 일으켰다. 그러자 일시 대붕의 날갯짓처럼 펄럭이기 시작한 널따란 소맷자락!

"끄륵!"

일시 시야가 가려진 여일패의 목에서 가래 끓는 소리가 터져 나왔다. 건곤참마수에 시력을 잃은 상태로 인후를 가격당

했다. 아무리 홍옥불괴신을 완성했다곤 하나 숨이 콱 막힐 정
도로 고통스럽지 않을 수 없다.

"대단한 외가 공부로구나! 후일 기회가 된다면 다시 만나
도록 하지!"

"끄억! 도망가려는 거냐?"

"무식하긴! 병가에서는 주위상책(走爲上策)이라 한다네."

"뭐?"

여일패가 두 눈을 부릅뜬 순간 이미 보종은 반파된 입설당
밖으로 신형을 날리고 있었다. 새파래진 얼굴로 결국 옆으로
물러선 냉고성이 버럭 소리 질렀음은 물론이다.

"놈! 어디의 무슨 내공을 익힌 것이냐!"

"역근경(易筋經)!"

"역… 근경? 소림사의 제자냐! 그런 거냐!"

"……"

보종은 대답하지 않았다. 이미 입설당 앞에 놓여져 있던 돌
사자 상을 발끝으로 박차고 중간 담장을 뛰어넘어가고 있었
다. 물론 어깨에는 엽자건을 걸쳐 멘 채로 말이다.

잠시 후.

난장판이 된 입설당 앞에 두 명의 남녀가 모습을 드러냈다.
지난 수일간 줄곧 함께하고 있던 홍의마불과 능여옥이었다.
보종이 입설당에 침입하기 위해 저지른 몇 가지 수작에 속았

다가 뒤늦게 돌아온 참이었다.

낭패한 기색이 완연한 냉고성으로부터 사정 설명을 전해 들은 홍의마불이 너털웃음을 터뜨렸다.

"푸헐헐, 세상이 참으로 넓지 않은가? 곤왕을 제외하고 칠마의 둘을 이리 쉽사리 물리칠 수 있는 자가 있을 줄이야!"

능여옥이 반박하듯 말했다.

"무리를 했으니 분명히 내상을 입었을 거예요. 존불께서 말하신 대로 그자는 곤왕이 아니니까요."

"능 시주의 말이 맞는다면 앞으로가 재밌어지겠구려? 그자가 도주한 방향엔 수라쌍마와 음혼마군 두진양이 있으니까 말이오."

"마령귀사 역시 이미 그자의 뒤를 따라붙고 있을 거예요. 그러니 만약 존불께서 예상하셨다시피 곤왕과 관련있는 자라면 둘을 동시에 죽음에 이르게 만들 수도 있을 거예요. 그 어린 녀석의 몸속에 깃든 칠종진기를 해소시키기 위해 진력을 소모할 때 칠마가 함께 들이치면 될 테니까요."

"다시 들어도 독한 계획이로구나! 한데 능 시주, 진정 그리해도 되겠소이까?"

"그건 무슨 뜻이죠?"

능여옥의 두 눈에 새파란 기색이 담기자 홍의마불이 살에 파묻혀 있는 실눈을 더욱 가늘게 만들었다. 능여옥의 역린을 건드린 것임을 깨달은 까닭이다.

그때 능여옥의 곁으로 창백한 안색의 감요진이 다가왔다. 보종이 사정을 봐주었음에도 선홍빛 입술 사이로 한줄기 핏물이 배어 나오고 있다.

"사부님, 제자가 불민하여 죄인을 빼앗기고 말았습니다. 부디……."

"됐다! 그 괴인은 소림사의 비전이라는 역근경을 익힌 고수였다니, 어찌 네가 감당해 낼 수 있었겠느냐? 내상을 입은 것 같으나 잠시 참고 있거라. 이번 일이 끝나면 내 신공으로 치료해 줄 테니 말이다."

"예."

감요진이 떨리는 목소리로 대답하며 정중하게 고개를 숙여 보였다. 내심 엽자건의 안위가 크게 걱정되었으나 능여옥 앞에서 결코 티를 낼 순 없었다.

그때 사자림의 동쪽 끝에서 화살 하나가 하늘로 치솟아올랐다. 보종이 떠난 반대 방향이었다.

"푸헐! 무공이 대단할뿐더러 머리 역시 비상한 자가 아닌가? 놀랍게도 수라쌍마와 두진양이 지키고 있는 방면을 감쪽같이 피해 빠져나가다니 말야!"

"그래도 마령귀사의 추종술을 빠져나갈 수는 없었나 보군요. 저 화살은 마령귀사의 마시(魔矢)가 분명하니 말예요. 제법 머리를 썼지만 곧 수라쌍마와 두진양이 그를 찾아갈 거예요."

“그렇다면 우리 역시 이곳에서 기다리고 있어선 안 되겠군. 좋은 구경거리를 놓칠지도 모르니 말야.”

홍의마불이 손뼉을 치며 즐겁게 소리치자 능여옥과 냉고성, 여일패 등이 살기 어린 눈을 빛냈다.

곤왕 유대유 사냥!

이를 위해 모인 칠마가 전야제를 보내게 되었다. 소림사의 비전을 이어받은 절세고수를 상대로 말이다.

*　　　*　　　*

‘꼬리를 밟힌 건가?’

엽자건을 어깨에 들쳐 멘 채 쏜살같이 신형을 날리고 있던 보종의 이맛살이 찌푸려졌다.

그 역시 하늘로 솟아오른 마시를 봤다.

유대유의 뒤를 따라 전장을 수해에 걸쳐 종횡했다. 이 같은 일이 뜻하는 바를 모를 리 만무하다.

그때 고심에 빠진 보종의 귓전으로 엽자건의 힘겨운 목소리가 파고들어 왔다.

“개… 구멍……..”

“뭐?”

“…부근에 개구멍이 있습니다.”

“……..”

보종이 자신의 어깨에 추욱 얼굴을 늘어뜨리고 있는 엽자건에게 시선을 던졌다. 문득 입설당을 벗어난 후 급격히 얌전해진 그의 태도에 생각이 미쳤다.

"이, 이곳은 어린 시절부터 제 놀이터 중 하나였습니다. 그러니까…….""

"알았다."

보종이 대답과 함께 엽자건이 힘겹게 들어 올린 손가락이 향한 쪽으로 신형을 날렸다.

이심전심(以心傳心).

굳이 긴 대화는 필요치 않았다. 특히 지금처럼 급박한 상황에선 말이다.

그렇게 엽자건의 도움을 받아 사자림을 은밀하게 벗어난 보종의 보폭이 커졌다.

천장보법(天仗步法).

소림사의 승려들이 대부분 연마한 보신경으로 먼 거리를 달릴 때 매우 유용하다. 일반적인 보신경보다 발을 내딛는 보폭이 커서 내공 진기를 적게 소모시키면서 달릴 수 있다.

하지만 약점도 있다.

속도다.

순간적인 가속력이 강호의 유명한 보신경보다 다소 떨어졌다. 도주용으론 천장보법을 택한 건 그리 좋은 선택은 아니란 뜻이다.

그럼 보종의 생각은 무엇일까?

'칠마는 과연 명불허전이었다. 단지 두 녀석을 상대했을 뿐인데, 역근경의 내공을 육단공 이상 이룬 내 기혈이 난마처럼 끓어오르고 있으니 말야. 하지만 일대일로 대결한다면 굳이 상대하지 못할 것도 없다.'

보종.

소림사에서 파문당했을 정도로 싸움에 미친 자다. 무림을 통틀어도 그리 쉽사리 만날 수 없는 고수인 칠마와의 대결을 포기하고 싶을 리 만무했다.

당연히 그가 천장보법을 펼친 건 칠마의 추격을 고의적으로 허용하려는 의도였다. 그들 중 경신법에 자신이 있는 자들부터 하나하나 끌어들여서 일대일로 각개격파를 하려 한 거다.

엽자건은 딴생각에 빠져 있었다.

그는 한 마리 쾌마처럼 내달리고 있는 보종에게 감탄하는 한편, 의문을 품었다. 어째서 이런 고수가 목숨을 걸고 자신을 구출해 냈는지 궁금했기 때문이다.

'이 사람은 필시 양가신창보에서 봤던 곤왕 유대유란 분과 관련이 있을 거야. 그렇지 않다면 어째서 고작해야 잡극의 배우에 불과한 날 구하기 위해 그 마귀 같은 연놈들이 지키고 있는 곳에 뛰어들었겠어? 하지만 그럼 유대유 그분은 도대체 왜 함께 모습을 드러내지 않은 걸까?'

곤왕 유대유의 무위.

정신을 잃기 전에 봤던 그의 놀라운 위세는 엽자건을 후끈 달아오르게 만들었다. 평상시 무림인들에 대해 가지고 있던 좋지 않던 생각을 하늘 저 멀리로 날려 버릴 정도였다. 그만큼 멋있고 대단해 보였다.

반면 보종의 무위는 멋있다기보다는 무시무시했다. 무수히 많은 싸움 속에서 다져진 그의 무공은 불문인 소림사의 것이었음에도 진한 피 냄새가 났다. 마치 곧장 아수라장 같은 전쟁터에서 빠져나온 것이나 다름없었다.

당연히 제대로 된 무학을 연마해 본 적이 없는 엽자건은 유대유와 보종 간의 차이를 느낄 수 없었다. 단지 두 사람이 한데 힘을 합하면 칠마 전체라 해도 단숨에 박살낼 수 있을 거라 막연히 짐작하고 있을 뿐이었다.

그때 보종이 상념이 빠져 있는 엽자건에게 질문했다.

"이 근처가 네 녀석의 놀이터라고 했더냐?"

"예? 아, 예!"

"그럼 묻겠다. 도대체 어째서 부근에 산 하나가 보이지 않는 것이냐?"

"산이요?"

"그래."

"산은 없는데요. 소주 부근에는 산이라고 할 만한 게 없어요. 굳이 찾자면 삼백 리쯤 밖에 있는 곤산 정도 되려나요?"

"헉!"

보종의 입에서 나직한 신음이 흘러나왔다. 설마 산이 없는 동네가 있으리라곤 상상조차 하지 못했기 때문이다.

근데 갑자기 보종이 걸음을 줄였다.

일순 성큼성큼 앞서 가던 걸음을 절반 이하로 줄이고, 앞으로 내딛던 발끝의 방향을 바꾼 거다.

이유가 없을 리 만무하다.

피잇!

소리보다 먼저 화살이 날아들었다. 끝에 삼각의 촉이 달려 있는 마시가 보종의 후두부를 번개같이 관통해 들어왔다. 아니, 순식간에 꿰뚫어 버렸다.

그러나 이게 어찌 된 일인가!

마시에 관통된 보종은 여전했다. 아무런 변화도 없었다. 단지 그는 어깨에 올려놨던 엽자건을 왼쪽 어깨 사이로 밀어 넣었다. 오른손에 마곤을 들고서 말이다.

물이 흘러내리는 것처럼 자연스런 동작.

그 뒤에 이어진 건 마곤의 소름 끼치는 회전이다.

부와아아앙!

벌 떼가 운다. 족히 수만 마리가 넘는 녀석들이 날아드는 듯 울부짖은 마곤이 또다시 파고든 마시를 잇달아 튕겨내었다.

투타타타탕!

십여 발이 넘는 연사가 무위로 돌아갔다. 첫 번째 마시의 일격을 어떻게 피해냈는지 의문을 갖지도 못할 만큼 맹렬한 위세를 보인 거다.

그때 또 다른 변화가 일었다.

연달아 날아든 마시를 상대하느라 보종의 움직임이 느려진 틈을 타서 몇 개의 인영이 모습을 드러냈다.

괴이한 쌍둥이와 창백한 표정의 중년인.

수라쌍마와 음혼마군 두진양이 결국 보종을 따라잡은 거다. 어디엔가 숨어서 마시를 쏘아댄 마령귀사의 추종술 덕분에 말이다.

스슥! 스스스슥!

일단 시야 속에 들어왔다면 추격전은 끝이 난 것이나 다름없다. 특히 소주처럼 산이나 숲이 우거지지 않은 도시의 외곽 평원에선 더욱 그러하다.

보종이 이를 모를 리 만무하다.

꿈틀.

문득 입가에 흐릿한 미소를 만들어낸 보종이 마곤과 일체가 되어 신형을 돌려세웠다.

아니다.

그냥 돌려세운 게 아니다.

그는 언제 도주자의 위치에 있었냐는 듯 최선두에 선 두진양을 향해 곧바로 파고들었다. 본래의 계획대로 각개격파에 들어간 거다.

곤신합일(棍身合一)!

순식간에 마곤과 하나가 된 보종이 빛과 같은 속도로 두진양에게 파고들었다. 냉고성과 여일패를 상대할 때완 비교도 되지 않는 막대한 내경을 가득 담고서 말이다.

부와아아앙!

또다시 벌 떼가 울었다. 이번에는 수십만 마리쯤 되겠다. 두진양의 안색이 창백하게 질리지 않을 까닭이 없다.

'망할!'

두진양이 내심 욕설을 터뜨렸다. 어떻게 눈앞의 일격을 막아내야 할지 감조차 잡히지 않았기 때문이다.

주(註)

*금강저:원래는 제석(帝釋)의 전광(電光:번개)에 붙였던 이름이었으나 점차 여러 신이나 역사(力士)가 지니는 무기를 가리키게 되었다. 불교로 수용되면서 금강저는 그 단단함 때문에 모든 장애물을 극복할 수 있다는 뜻으로 해석되었고, 불교 의식에서는 마음의 번뇌를 없애주는 상징적인 의미를 지니게 되었다.

第六章
역근주해(易筋註解)

少林棍王
소림곤왕

　합장!

　두진양은 다급한 순간 양손을 자신의 가슴팍 쪽에 모았다. 이미 격하게 앞으로 내달리던 경공을 멈추고 양발을 정자 모양으로 바닥에 단단히 붙인 채였다.

　음혼합일(陰魂合一)!

　성명절기인 음혼무형장의 최강 초식 중 하나다. 그것으로 보종의 빛을 뛰어넘는 마곤의 일격을 받아내려 했다. 무수히 많은 실전을 경험한 바 있는 마도의 초절정고수다운 대응!

　그러나 두진양은 보종에 대해 아직 이해하지 못하는 바가 많았다. 특히 유대유와 나한당 수좌인 종경이 인정한 그의 무위에 대해서 그러했다.

부와앙!

일시 요란한 굉음과 함께 두진양의 합장한 양손에서 쏟아져 나온 음유무비한 장력이 두 쪽으로 갈라졌다. 촌각의 멈칫거림조차 만들어내지 못한 거다.

다음에 벌어진 결과는 자명하다.

뼈억!

두진양의 한쪽 어깨에 마곤이 격중했다. 단숨에 어깨뼈를 절반쯤 박살낼 정도의 일격을 당한 거다.

뿐만 아니다.

다시 회전을 일으킨 마곤이 두진양의 허리께를 노렸다. 아예 두 동강을 낼 기세다. 처음부터 이런 변화를 함유한 채 곤신합일을 취했음이 분명하다.

"크악!"

결국 두진양이 비명에 가까운 일갈을 내뱉으며 신형을 공중으로 띄워 올렸다. 허리를 끊으려는 마곤의 일격을 피하며 발끝으로 보종의 머리를 노려 걷어차 갔다. 놀랍게도 어깨뼈가 박살난 고통을 참고서 반격에 나선 거다.

아니다.

사실 두진양의 발끝이 노린 건 보종이 아니라 그의 어깨 사이에 끼어져 있는 엽자건이었다. 보종이 엽자건을 보호하기 위해 공격을 늦출 거란 판단이었다.

과연 보종의 폭풍과 같던 기세가 일순 주춤했다. 두진양의
발끝으로부터 엽자건을 보호하기 위해 상반신 전체를 뒤로
크게 젖혀 보인 것이다.

철판교(鐵板橋).

더불어 다시 마곤이 움직임을 보였다. 두진양의 허리를 끊
는 대신 맹렬한 회전을 일으키며 하단전 쪽으로 무찔러 갔다.
그 역시 두진양과 마찬가지로 반격을 포기하지 않은 거다.

뻐억!

내심 회심의 미소를 입가에 그려내던 두진양의 안색이 일
순 썩은 돼지 간처럼 변했다. 공중에 뜬 상태로 보종의 마곤
에 반격을 받아 낭심을 찍혀 버렸다. 어찌할 새도 없이 평생
의 자부심으로 여기던 물건이 어깨뼈처럼 박살나 버리고 만
거다.

"끄아아아아악!"

두진양이 처절한 비명과 함께 바닥을 나뒹굴었다. 사내라
면 절대로 참을 수 없는 극통에 두 눈이 돌아가 버리고 입에
선 어느새 게거품이 절로 터져 나오고 있었다.

'으아!'

눈이 팽팽 돌아가는 싸움에 정신이 절반쯤 나가 있던 엽자
건이 자신도 모르게 고개를 돌려 버렸다. 얍삽하게 자신을 공
격한 두진양이었으나 그의 고통스런 비명성에 닭살이 돋아버
리고 말았다. 그 역시 남자이기 때문이다.

그러나 아직 싸움은 끝난 것이 아니었다.

이제 시작이나 다름없었다.

쉬익! 쉬쉬쉬쉭!

두진양이 바닥을 나뒹구는 것과 동시였다. 보종을 계속 괴롭혔던 마령귀사의 마시가 또다시 날아들었다. 이번엔 무려 십여 발이 넘는 숫자였다.

덕분에 보종은 바닥을 박박 기고 있는 두진양의 목숨 줄을 확실히 끊을 기회를 놓쳤다. 그의 마곤이 맹렬하게 회전을 일으켰다. 일시 일종의 곤막(棍幕)을 형성시켜 기습적으로 연사된 마시를 모조리 튕겨내 버렸다.

광풍(狂風).

마곤의 회전과 함께 천지사방이 맹렬한 회오리바람에 휘말렸다. 마시 정도를 튕겨내는 건 대수로울 것이 없는 일이었음에 분명하다.

그런데 이게 어찌 된 일인가!

문득 광풍과 같은 곤막을 형성시켰던 보종이 흠칫 놀란 기색이 되었다.

대지와 맞닿아 있는 용천혈(湧泉穴).

저릿거려 온다.

섬뜩한 기운이 튀어 올라와 뇌전같이 후두부를 향해 달려왔다.

'토둔술?'

보종은 두 번 생각할 것도 없이 마곤으로 대지를 찍으며 신형을 공중으로 띄워 올렸다. 그동안 무수히 많이 치렀던 실전을 통해 얻은 생존 본능이 지시 내린 바를 곧바로 수행에 옮긴 것이다.

슈슉!

그 순간 대지를 가르며 튀어 오른 칠흑의 검날!

간발의 차로 보종의 철판을 덧댄 신발을 스치고 지나간다. 그 정도로 빠르고 날카로운 살수였다.

빙글!

보종이 공중에서 신형을 회전시켰다. 수중의 마곤으로 땅거죽을 뚫고 튀어나온 칠흑의 검날을 찍듯이 눌러간 거다.

콰드드득!

마곤이 단숨에 땅거죽을 꿰뚫고 들어갔다. 보종의 전신 기력에 더해 몸무게까지 더해진 터라 일순 마곤의 길이가 삼분지 이까지 줄어들었다.

그러나 이미 칠흑의 검날은 깨끗이 자취를 감춰 버렸다. 최초의 일격이 실패로 돌아간 것과 동시에 벌어진 일이었다. 살수지왕이라 불리는 마령귀사다운 빠른 판단이었다.

'…대단한 살수로다! 화살을 연사하는 것으로 방심을 유도한 후 암습을 가해오다니!'

보종이 내심 탄성을 터뜨리곤 재빨리 마곤을 뽑아냈다. 어느새 하반신이 피투성이가 된 두진양과 수라쌍마가 그를 포위하듯 에워싸고 있었기 때문이다.

슥!

보종의 마곤이 향하자 두진양이 흠칫 놀란 기색을 보이더니 이를 갈며 소리쳤다.

"통성명이나 하자! 나는 음혼마군 두진양이라 한다!"

수라쌍마 역시 동시에 입을 열었다.

"우리는 수라쌍마다!"

"우리는 수라쌍마다!"

보종이 수라쌍마를 냉오하게 일견한 후 두진양을 향해 이를 슬쩍 드러내며 웃어 보였다.

"누군가 했더니, 찢어죽일 색마로군. 아니, 이젠 고자라고 해야 하려나?"

"크악! 이 녀석이 누굴 고자라고……."

보종의 도발에 발작적으로 소리치던 두진양의 입에서 피화살이 터져 나왔다.

첫 번째 마곤의 움직임.

거리를 재기 위함이었다. 당연히 도발 후의 두 번째 움직임이 아무런 의미가 없을 리 만무하다.

두진양이 미처 자랑하던 음혼무형장을 펼칠 기회조차 잡지 못하고 바닥에 주저앉았다. 이번에도 하반신을 얻어맞았다. 가까스로 남았던 물건의 나머지가 완전히 터져 버렸음은 물론이다.

그 순간 수라쌍마가 움직였다.

수라천지합멸공이 가미된 잔월쌍극의 합벽진!

곤왕 유대유와 맞섰을 때 사용했던 그들의 성명절기가 여지없이 펼쳐졌다. 부상당한 두진양을 완전무결한 고자로 만든 후 도주하려던 보종을 앞뒤로 공격해서 발걸음을 봉쇄해버린 거다.

'허! 빈틈을 주지 않는 합벽진이로군!'

보종이 내심 탄성을 터뜨렸다. 수라쌍마의 합벽진에 완벽하게 발걸음이 막혔다. 또다시 도주를 못하게 되어버린 거다.

문제다.

하단전의 통증.

냉고성과 여일패를 동시에 상대한 후 생긴 내상이 두진양을 박살내며 다시 도졌다. 게다가 마령귀사의 칠흑의 검날이 훑고 지나간 용천혈 쪽의 따끔거림도 심상치 않았다. 칠마를 연달아 상대하며 쌓인 상처가 일제히 고개를 들기 시작한 거다.

그러나 수라쌍마를 바라보는 보종의 시선은 여전히 오만했다.

누가 뭐라 해도 자신보다 약한 자들이다. 특별히 긴장할 필요는 없었다.

근데 그가 막 다시 마곤을 휘둘러 수라쌍마를 공격하려 할 때였다.

쉬잇!

또다시 땅거죽을 뚫고 칠흑의 검날이 튀어나왔다. 이번 목표는 사타구니 사이였다. 천지를 양단하듯 그의 몸을 두 조각 내려 했다.

더불어 움직인 수라쌍마!

마치 연수합공에 나선 것처럼 쌍둥이 마인들은 마령귀사의 암습에 보조를 맞췄다. 언제 수세에 몰렸었냐는 듯 보종을 잔월쌍극으로 천참만륙하려 했다.

꿈틀.

보종의 입매가 다시 오만한 미소를 만들어냈다. 무수히 많이 경험한 실전 중 대부분을 절대적인 다수와 경험한 바 있었다. 칠마의 이 같은 연수합공을 만났다 하여 평정심이 깨질 이유는 없다.

스슥!

막 마령귀사의 칠흑의 검날이 사타구니 사이를 가르려는 찰나, 보종의 신형이 두 개로 갈라졌다. 첫 번째 마시를 피해낼 때 펼쳤던 신기가 다시 펼쳐진 거다.

더불어 그의 마곤이 다시 허공을 가로질렀다.

부와아아앙!

일순 수중의 잔월쌍극과 함께 뒤로 물러서는 수라쌍마. 그들의 입가로 어느새 흐릿한 핏줄기가 보인다. 그 정도의 위력이 마곤의 일격에 담겨져 있었던 거다.

그 짧은 틈을 보종이 놓칠 리 만무하다.

그가 순간적으로 수라쌍마의 사이를 파고들었다. 그들의 자존심이나 다름없는 수라천지합멸공의 합벽진 사이를 꿰뚫고 지나가 버린 거다.

“크아아!”

“크아아!”

수라쌍마가 동시에 괴성을 터뜨렸다. 평생 지켜왔던 자존심이 보종에 의해 산산조각 나버린 때문이다.

그러나 그것으로 끝이 아니었다.

수라쌍마를 뒤로하고 단숨에 십여 장 이상을 앞으로 짓쳐 가던 보종의 배후를 노리는 금빛 광채가 있었다.

금륜(金輪)!

다름 아닌 칠마의 실질적인 우두머리로 알려진 홍의마불의 독문 병기인 광금불륜(光金佛輪)이 도주하는 보종을 노린 거다. 당연히 그 속에 담긴 기운은 존신마불강의 폭발적인 역도(力道)였다.

‘이런!’

보종으로서도 홍의마불은 쉽사리 상대할 수 없는 상대다. 만약 제대로 대결을 벌인다 해도 백초식 이상은 나눠야만 승부를 가릴 수 있을 터였다.

당연히 함부로 광금불륜을 상대할 수 있을 리 만무하다.

역근내경(易筋內勁).

일시 육단공에 이른 역근경의 내공을 일으킨 보종이 수중의 마곤을 뒤로 강하게 내쳤다. 존신마불강이 담긴 광금불륜을 정면으로 맞상대한 거다.

쩌쩡!

귓전을 울리는 쇳소리.

더불어 광금불륜이 공중으로 숫구쳐 올라갔다. 마곤에 되튕겨져 버린 거다.

그러나 놀랍게도 보종은 한차례 신형을 흔들거렸을 뿐, 다시 쏜살같은 빠르기로 신형을 날려갔다. 전혀 존신마불강의 영향을 받지 않은 듯 말이다.

빙그르르!

까마득히 높은 천공으로 숫구쳐 올랐던 광금불륜이 한차례 원운동을 보이더니, 어느새 살이 토실토실 올라 있는 손안에 잡혔다.

출렁!

더불어 물결처럼 흔들리는 뱃살.

홍의마불의 실눈이 문득 두 배쯤 크게 커졌다. 광금불륜에 담겨진 채 돌아온 보종의 역근내경에 내심 놀란 거다.

'불문의 내공이로구나! 그렇다는 건 역시 소림사의 제자가 틀림없다는 뜻일 터!'

새외제일의 불문이 포달랍궁이라면 중원제일은 소림사다.

적어도 지난 수백 년간은 분명 그러했다.

당연히 홍의마불로선 보종의 출신에 지극한 관심이 집중되지 않을 수 없었다. 그가 이번에 칠마를 규합해 중원에 온 건 곤왕 유대유와 소림사를 상대하기 위함이었기 때문이다.

잠시 고심에 빠져 있는 홍의마불에게 능여옥이 다가들었다. 그녀의 붉은 입술을 뚫고 재촉의 말이 흘러나온다.

"존불께서는 무얼 망설이시는 건가요? 어서 저 소림사의 괴인을 쫓아가야 하지 않겠어요?"

"능 소저, 물론 그리할 것이오. 어차피 그의 뒤를 마령귀사가 뒤쫓고 있을 테니, 우리는 잔혹마군과 대력신마를 기다려 다시 추격에 나서도 문제될 것은 없을 것이오."

"그 괴인은 곤왕이 아니에요!"

"물론 아니오. 하지만 본래 산중 대호는 토끼 한 마리를 잡을 때도 최선을 다한다고 했소이다. 그러니……."

"헛소리!"

능여옥이 창백한 안색에 붉은 기운을 담은 채 냉갈했다. 홍의마불을 겁쟁이로 몰아붙인 것이다.

홍의마불의 기분이 좋을 리 없다. 그가 발끈하여 능여옥에게 한마디 경고를 하려 할 때였다.

문득 그들의 앞에 여전히 진면목을 완벽하게 가리고 있는 마령귀사가 모습을 드러냈다. 모두의 예상을 깨고 스스로 보종에 대한 추격을 포기한 거다.

"곤왕에게 문제가 생긴 것 같소."

능여옥이 눈에서 기묘한 한광이 번뜩였다.

"마령귀사, 곤왕에게 문제가 생기다니, 그게 무슨 소리죠?"

"말 그대로. 이곳에서 얼마 떨어지지 않은 장소에서 대지가 거대한 진동을 일으키고 있소. 아마 상당한 숫자의 병마(兵馬)가 움직이고 있다는 뜻일 것이오."

홍의마불의 실눈이 도로 가늘어졌다.

"상당한 숫자의 병마? 곤왕이 대군을 움직여서 우리를 상대하기로 마음먹었다는 뜻인가? 그는 무림을 횡행하는 동안 어떤 상황에서도 단독으로 싸움에 나서는 것으로 유명한데……."

"그는 이미 무림인이 아니오. 만약 난(亂)이 일어나기라도 했다면, 자신의 명성에 연연하진 않을 거라 생각되오."

"난?"

"근래 절강성(浙江省)의 주산군도(舟山群島) 부근에서 부상국(일본) 해적들의 출몰이 잦아졌다고 들었소. 이번에 곤왕이 소주에 들른 것도 양가신창보에 군마와 무사들을 보충받기 위함이란 얘기도 있었고 말이오."

"고작해야 해적들 따위 때문에 곤왕이 직접 움직인다는 건가?"

"부상국의 해적들은 일반적인 하류배들이 아니오. 그들은 오랜 막부 간의 싸움에서 패배한 자들로 무수히 많은 고수들이 포함되어 있소. 게다가 이번에 주산군도에 출몰한 해적들의 우두머리는 부상국제일이라 불리는 유성검문(流星劍門)의 야규 세이쥬로라는 소문이오.”

“야… 규 세이쥬로?”

“검성(劍聖)이라 불리는 야규 가의 당대제일고수라고 알려진 자요. 아마 지닌바 무위로만 따진다면 우리 칠마와 어깨를 나란히 할 수 있는 자일 것이오.”

“호오? 그런 자가 부상국에 존재했단 말인가?”

“포섭할 생각은 마시오. 부상국의 무사들은 자존심이 강해서 주군으로 섬기는 자 외엔 결코 고개를 숙이지 않으니 말이오.”

“그런가?”

“그렇소.”

마령귀사의 대답이 떨어진 것과 동시였다. 저 멀리서 냉고성과 여일패가 모습을 드러냈다.

아니다.

칠마 중 가장 걸음이 느린 여일패를 뒤로하고 단숨에 냉고성이 다가들었다. 그리고 특유의 냉소적인 표정으로 말한다.

“제기랄! 다 틀렸소, 다 틀렸어! 곤왕은 방금 전에 대병에 둘러싸여 소주를 떠났소이다. 절강성 연안에 십수 일 전 부상국의 해적들이 몰려들어서 수천 명이나 되는 양민을 학살했다고 합디다.”

"그럼 사자림 쪽에는 이미……."

"신창군자 양문경과 양가신창보의 무사들이 우르르 몰려들어 있소이다. 수천 명은 족히 넘는 병사들과 함께 말이오."

"허어!"

홍의마불이 나직이 혀를 찼다. 마령귀사의 예상이 모조리 들어맞은 까닭이다.

결국 그가 칠마 모두를 불러 모은 후 말했다.

"목표로 했던 곤왕이 이미 대병과 함께 절강성으로 향했으니 일단 소주를 떠나도록 하세!"

능여옥이 발끈한 표정으로 말했다.

"그럼 곤왕을 죽이는 걸 포기하겠다는 건가요?"

홍의마불이 고개를 가로저었다.

"그럴 리가 있겠는가? 곤왕의 주살을 명하신 건 위대하신 대법대불왕 좌하님이시라네. 어찌 본불이 그 숭고하신 명을 거역할 수 있겠는가?"

"그럼 어찌하겠다는 거죠?"

"시세가 여의치 않으니 일단 소주에서 물러나잔 말일세. 어차피 전쟁은 시작이 있으면 끝이 있게 마련이지 않은가? 잠시만 기다리고 있으면 다시 곤왕이 대병과 헤어져 홀로 있을 때가 올 것일세."

"……."

능여옥이 대답없이 아랫입술을 피가 나도록 깨물었다. 가슴속에서 들끓어오르는 불길은 여전하나 홍의마불의 정론을 거역할 순 없었다. 그의 말이 옳다는 것을 알고 있었기 때문이다.

'유대유 이 못된 놈! 명이 진정 길기도 하구나! 하지만 나는 다시 너를 찾아올 것이다!'

능여옥이 내심 이를 갈며 소리 질렀다.

*　　　*　　　*

다각! 다각!

몸 전체로 검은 윤기가 자르르 흘러내리는 준마의 위.

양가신창보에 모습을 드러냈을 때와는 달리 전갑을 걸치고 한 손에 장창을 든 유대유가 앉아 있었다.

봉황안.

보는 이를 숙연하게 만드는 깊은 눈빛 속에 깊은 시름이 내려앉아 있었다.

전장으로 떠나는 행로.

천하무적의 무인이라 해도 마음이 편치 않음인가!

그렇지 않았다. 지금 유대유의 심기를 불편하게 만들고 있는 건 오랫동안 그의 골치를 아프게 했던 주산군도의 해적 토벌 따위가 아니었다.

'자건이라고 했던가? 운정이를 대신해 잡혀간 그 아이에게

역근주해(易筋註解) 199

진정 미안하구나! 제자로 삼은 아호에게도 면목이 없고.'

그의 말 부근.

한 대의 큼지막한 수레가 따르고 있었다. 아직 제대로 부상을 치료하지 못한 척호를 위해 특별히 마련한 거다.

배움에는 다 때가 있는 법.

비록 전장으로 향하는 때이긴 하나 유대유는 새로 맞아들인 제자를 곁에서 떼어놓을 생각이 없었다. 과거 소림사에서 데려왔던 종경과 보종처럼 함께 동고동락(同苦同樂)하며 무공의 진수를 전수할 작정이었다.

그래서인가?

수레 위에 누운 척호의 얼굴엔 만감이 교차한 표정이 가득했다. 생사를 모르는 엽자건에 대한 미안함과 항상 꿈꿔왔던 대장군으로 향하는 길 사이에서 어찌해야 할 바를 모르고 있는 것이다.

'자건, 괜찮은 거겠지? 너는 서소문의 광견이니까 말야! 나, 일단은 그렇게 믿고 있으련다! 다시 만날 때까지 말야!'

척호의 굵직한 입매가 억지로 미소를 만들어냈다. 곤산장의 이름난 무생에서 한 사람의 당당한 무인으로 다시 태어나는 순간을 홀로 자축하기 위함이었다.

주룩!

그래도 어찌할 수 없이 흐르는 건 한줄기 눈물이다. 문득 커다란 두 눈에서 흘러넘친 물기를 척호가 얼른 손으로 닦아냈다. 어려서 곤산장에 입문한 후 늘 그래 왔듯이.

＊　　　＊　　　＊

"우웩! 우웨에에엑!"

엽자건은 바닥에 얼굴을 묻고서 연신 토악질을 해댔다.

일반적인 토악질이 아니다.

시뻘건 핏덩이가 뭉클거리며 쏟아져 나오고 있었다. 당장 죽지 않는 게 용할 정도의 출혈이다. 몸속의 오장육부가 몽땅 박살이라도 난 것 같다.

그러나 그 모습을 물끄러미 바라보고 있는 보종의 안색 역시 과히 좋지는 않았다.

본래 흑청색이던 안색이 더욱 시커멓게 변색되었고, 입가에는 검붉은 선혈이 비춰 보인다. 엽자건을 구하며 칠마와 벌인 혈전의 대가가 고스란히 몸속에 누적되어 버린 까닭이다.

게다가 문제는 또 있다.

살수지왕이라 불리는 마령귀사의 칠흑의 검날에 베인 발바닥이다.

무쇠가 덧대어진 신발창.

예리한 실금이 그어져 있다. 그 사이를 뚫고 칠흑의 검날이 살짝 용천혈 부근을 훑고 지나갔다. 칠흑의 검에 발라져 있던 정체불명의 극독이 보종의 몸속으로 침투해 들어왔음은 물론이다.

중독 증상은 금세 눈치챌 수 있었다.

그 정도로 지독한 독이었기 때문이다. 그러나 보종은 곧바로 대처할 수 없었다. 연속된 나머지 칠마의 공격을 방어하느라 그럴 기회를 놓쳐 버렸다.

그 결과는 생각보다 컸다.

소림사가 자랑하는 절세의 내공 심법이라 불리는 역근경 십이단 중 육단공을 이룬 보종이 완전히 독에 중독되어 버렸다. 연속해서 얻은 내상을 감안한다 해도 안 좋은 쪽으로 예상을 월등히 상회하는 상황에 빠져버린 거다.

당연히 현재 보종의 몸 상태는 최악이었다. 억지로 칠마를 떼어놓고 탈출에 성공했으니, 당장 가부좌를 틀고 앉아서 운기조식에 들어가야만 했다. 그렇게 한다 해도 몸 상태를 전날과 같이 완전무결한 상태로 되돌릴 수 있을지는 장담할 수 없는 상황인 것이다.

'곤란하게 되었구나. 내가 이대로 운기조식에 들어간다면 그사이 저 아이는 반드시 죽고 말 터인즉……'

보종의 고심은 여기에 있었다.

자신의 내상과 중독 증상 역시 치료가 급했으나 엽자건보다 더 급하다곤 볼 수 없었다. 그냥 옆에서 지켜보는 것만으로도 당장 죽지 않는 게 신기할 정도인 까닭이다.

소림사의 파문제자.

그렇다 하나 보종은 어디까지나 불문의 제자였다. 비록 곤왕 유대유에 대한 강렬한 투쟁심에 휩싸여 사문인 소림사조차 저버렸으나 본연의 불심(佛心)조차 사라졌을 리 만무했다.

한 명의 인명을 구하는 것.

천 개의 불탑을 쌓는 것보다 낫다 했다.

하물며 그는 칠마로부터 탈출하던 마지막 순간을 똑똑히 기억하고 있었다. 기이막측한 반탄력으로 자신의 탄지신통을 튕겨내고 놀랍게도 홍의마불의 광금불륜에 실린 존신마불강조차 흐뜨려 버린 일을 말이다.

그렇다.

당시 보종은 홍의마불이 내던진 광금불륜을 막아낼 만한 여력이 남아 있지 않았다. 억지로 마곤을 들어서 방어에 나섰지만, 내심 헛바람을 들이키고 있었다.

그런데 놀랍게도 마곤에 부딪친 광금불륜은 별다른 위력을 발휘하지 못하고 튕겨져 날아갔다. 마곤에 직격하기 전에 느껴졌던 거창한 위세를 생각한다면 이해가 가지 않는 결과였다.

보종은 곧 깨달았다.

그게 바로 마곤의 보호 아래 있던 엽자건 덕분임을. 마곤을 통해 전달된 존신마불강을 엽자건의 불가해한 몸이 완벽하게 흡수해 버린 것이다.

어떻게 이런 일이 벌어진 것일까?

보종은 알지 못했다. 일생을 무학에 바친 그로서도 엽자건의 몸속에 칠마의 칠종진기가 깃들어 균형을 이루고 있다는 사실을 짐작하기란 불가능한 일이었다.

'어찌 됐든 나는 이 어린 녀석의 도움을 받은 셈이다. 이대로 죽는 걸 지켜보고만 있을 순 없어.'

잠시의 고심 끝에 결론이 내려졌다.

그렇다면 더 이상 시간을 끌 까닭이 없다.

보종이 얼른 엽자건에게 손을 뻗어갔다. 운기조식으로 자신의 몸을 돌보는 걸 포기하고 엽자건의 목숨을 구하기로 마음먹은 거였다.

뚜둑! 뚜두두두둑!

바닥에 머리를 박고 있던 엽자건을 잡아끌어 억지로 가부좌를 틀고 앉게 한 보종의 두 눈에서 신광이 어렸다. 내상과 독의 전이를 막는 데만 주력하고 있던 역근내공을 일제히 엽자건에게 집중시킨 까닭이었다.

"헉!"

엽자건의 입이 벌어졌다가 보종에 의해 억지로 닫혀졌다.

현재.

한 점의 진기도 아깝다. 결코 밖으로 새어나가게 놔둘 순 없었다.

"아미타불! 아니, 그런 건 그리 중요한 건 아니고. 어린아이야, 절대로 중간에 정신을 잃어선 안 되느니라! 아무리 고통스럽더라도 말이다!"

'크와아아악! 아파! 아프다구! 그런 말을 하는 건 어디의 무슨 주둥이냐아!'

"그것 한 가지만 기억하고 있거라! 그리하면 절대로 네가 죽도록 놔두진 않을 것이다! 아니다! 이는 나 보종이 하는 약속이니 믿어도 좋을 것이다!"

'그러니까 지금 무진장 아프다니까! 약속이든 뭐든지 간에……'

칠종진기의 불완전한 대치.

그 사이를 파고든 보종의 역근내공에 일시 지옥 불에 바짝 태워지는 듯한 꼴이 된 엽자건이 두 눈을 부릅떴다. 다시 눈꼬리가 찢어져서 피눈물이 질질 흘러내렸다.

그러나 내심 버럭 소리 지른 것과는 달리 입은 굳게 다물고 있었다. 묘하게도 뇌리 깊숙한 곳으로 파고든 보종이 한 말을 어찌 됐든 이해할 수 있었기 때문이다.

더불어 점차 검어져 가기 시작한 보종의 안색.

엽자건의 단전과 명문혈에 양손을 댄 채 역근내공을 집중시키는 동안 그의 몸 전체가 독에 중독되었다. 애초에 예상했던 것보다 월등히 빠른 속도로 말이다.

그래도 보종은 엽자건에게 역근내공을 주입하는 걸 중단하지 않았다.

불완전한 칠종진기의 대치!

마곤을 후려친 광금불륜에 담겨 있던 존신마불강으로 인해 깨졌다. 자칫 지금 엽자건에게서 역근내공을 거둔다면 당장 칠공에서 피를 뿜으며 즉사할 수도 있었다. 보종으로선 결코 받아들일 수 없는 결과였다.

우우우우웅!

보종이 엽자건의 몸속에 쏟아붓는 역근내공의 양이 더욱 늘어났다. 칠종진기가 서로 간의 대치를 풀고 자신들을 공격해 오는 역근내공에 공동 대처를 하기 시작한 까닭이었다.

'이런 괴물 같은 녀석들 같으니라구!'

문득 보종이 이를 갈았다. 엽자건의 몸속에 깃든 칠종진기의 연합에 일종의 호승심을 느낀 것이다. 자신의 중독이나 내상이 갈수록 심화되어 가고 있다는 것조차 잠시 잊어버릴 정도로 말이다.

승부!

보종의 두 눈에 깃든 신광이 더욱 거세졌다. 그 같은 결정이 그의 얼굴이 검어지는 속도를 급가속시켰음은 물론이었다.

얼마나 시간이 흐른 것일까?

엽자건은 대자로 바닥에 누운 채로 정신을 차렸다.

깜빡! 깜빡!

정신을 잃고 있던 중 두 눈에 피딱지가 형성되었다. 몇 차례 깜빡거림으로도 쉬이 떨어지질 않는다.

슥슥! 슥슥슥!

엽자건은 손으로 얼굴을 비볐다. 피딱지들이 우수수 떨어져 내린다. 그리고 한 손으로 바닥을 짚으니 어느새 몸을 일으켜 세우고 있다.

어질!

일순 가벼운 현기증을 느꼈다. 그러나 이 정도는 괜찮다. 잠시 신형을 휘청거렸을 뿐 곧 바로 설 수 있었다. 칠마에게 칠종진기를 억지로 주입당한 후 처음 있는 일이었다. 온전히 자신의 두 발로 몸을 일으켜 세운 것 말이다.

그때 주변을 두리번거리고 있던 엽자건의 귓전으로 묵직한 목소리가 흘러들어 왔다.

"무공을 연마하고 있었더냐?"

"무공?"

엽자건이 고개를 돌려 목소리의 주인인 보종을 바라봤다.

누더기나 다름없는 황토색 장삼.

흑청색에 가까운 얼굴.

낯이 익다. 사자림에서 자신을 구해 탈출한 괴물같이 강하던 장발괴인의 얼굴을 엽자건은 알아볼 수 있었다.

그런데 한 가지 달라진 게 있다.

그의 양 손목과 발목에 매달려 있던 철환의 개수였다. 본래

네 개였던 것이 지금은 세 개밖엔 남아 있지 않았다. 한쪽 다리와 함께 말이다.

엽자건이 그 같은 사실을 깨닫고 자신도 모르게 말을 더듬거렸다.

"타, 탈출하다 다치신 겁니까?"

보종의 입가에 씁쓸한 기색이 번져 나왔다.

"지독한 독에 당해 버렸어. 치료할 때를 놓쳐서 이미 괴사하기 시작한 다리에 독을 몰아넣고 잘라 버릴 수밖에 없었다."

"설마 저 때문에 그리되신 겁니까?"

"네 녀석과는 관계가 없는 일이다. 내가 이리 된 건 단지 무공을 제대로 연마하지 않은 때문이야. 그러니 네가 신경 쓸 일은 아니다."

'시, 신경이 쓰이는데…….'

"그것보다 다시 질문하겠다. 너는 본래 무공을 연마하고 있었던 것이더냐? 네 몸에는 새외칠마가 주입한 걸로 보이는 일곱 가지 이종의 진기 외에 미약하긴 하나 순수한 기운이 있더구나. 만약 그 기운이 심맥과 하단전에 미리 선점하고 있지 않았다면 너는 필시 죽음을 면치 못했을 것이다."

'용현진결!'

엽자건의 뇌리로 척호를 졸라서 익힌 곤산일문의 비전 내공 심법이 떠올랐다. 보종의 말대로라면 본래 몸을 건강하게

만들고 노래에 힘을 싣는 용도 정도로 익힌 용현진결이 이번
에 그의 생명을 구한 일등공신이 된 셈이었다.

그렇다 해도 그게 제대로 된 무공을 연마한 게 되진 않는
다. 엽자건이 고개를 살래살래 흔들어 보였다.

"어르신, 저는 본래 소주 곤산장에 속한 잡극의 배우입니
다. 십팔반 병기술을 조금 배우고, 본 장에 전수되는 호흡법
을 익혔을 뿐 무공을 연마한 적은 없습니다."

"잡극의 배우?"

"이런 겁니다."

엽자건이 얼른 여인같이 교태로운 자세를 취해 보이며 부
드러운 목소리로 노래했다.

그동안의 고초로 목소리가 쉬고 복장이나 얼굴이 잔뜩 지
저분해졌으나 본바탕이 어디 가지 않는다. 일순 엽자건은 다
시 소주의 천금공자로 돌아갔다.

그 모습을 묵묵히 지켜보던 보종이 미미하게 고개를 끄덕
여 보였다. 엽자건을 죽음 직전에서 구한 후 내내 마음에 걸
렸던 부분이 해소된 까닭이다.

"됐다! 네가 본래 잡극이란 것의 배우라는 건 이제 충분히
알았으니, 그만 내 앞에 앉아보거라."

"예!"

엽자건이 대답과 함께 곧바로 보종의 앞에 꿇어 엎드렸다.
처음 봤을 때와는 비교조차 되지 않게 순종적이고 유순한 태

도였다.

보종이 말했다.

"내 법명은 보종, 본래 하남성(河南省) 등봉현(登封縣)에 위치한 숭산(嵩山) 소림사의 제자이니라."

"아, 소림사!"

"네가 소림사에 대해 알고 있더냐?"

"세상에 어찌 소림사에 대해 모르는 자가 있겠습니까? 곤법과 권법의 천하무적이요, 외가 무공의 조종(祖宗)이 바로 소림사가 아닙니까?"

"누가 그러더냐?"

"무술 좀 배웠다는 무관의 제자들이요. 그놈들은 하나같이 삼류에 건달 같은 녀석들이었지만, 소림사에 대한 얘기를 할 때는 얼굴에 항상 공경 어린 표정을 지어 보이곤 하더군요. 그래서 저도 알게 되었습니다. 참! 그리고 제 이름은 엽자건입니다. 어르신, 아니, 대사님께서는 앞으로 편하게 자건이라 불러주십시오!"

"엽… 자건, 좋은 이름이로구나. 그러나 너는 날 대사님이라 불러선 안 되느니라. 나는 현재 소림사에서 파문된 처지이니까 말이다."

"아! 그래서 다른 대사님들처럼 머리를 박박 깎지 않으신 거로군요? 그럼 다시 어르신이라 하겠습니다."

"그것도 안 된다."

"저기, 그럼 어떻게……."

"너는 지금부터 날 사부님이라 불러야만 하느니라. 소림사의 파문제자인 나, 보종의 제자가 되어서 앞으로 군소리없이 수발을 들고 모진 고통을 이겨내며 무공 수련을 해야만 한다는 뜻이다."

"……."

정신을 차린 후 처음으로 엽자건이 입을 다물었다. 보종이 한 말의 의미를 파악하지 못해서가 아니다. 오히려 너무 정확하게 그 본질을 꿰뚫어 본 탓에 할 말을 잃어버렸다.

'날 제자로 받아들이겠다고? 사내놈이 계집애처럼 생겼다고 놀려먹고, 여자 역할이나 한다고 멸시하는 게 아니고?'

잘생긴 얼굴.

그보다 엽자건의 외모는 더욱 우월했다. 태도나 행동 또한 어려서부터 연마한 배우로서의 수련으로 인해 범인과는 전혀 다른 근사한 풍채를 자아냈다.

당연히 그를 접한 사내들―특히 무공을 연마한 자나 저잣거리의 왈패들―의 반응은 항상 좋지 않았다. 툭하면 괜스레 트집 잡고 시비 거는 걸 주저치 않았다. 마치 어떻게든 자신들의 앞에서 엽자건을 치워 버려야만 직성이 풀리는 것처럼 말이다.

곤산장에서의 생활도 그리 다르지 않았다.

노사인 관흠은 처음부터 여자 역할인 단역을 억지로 수

런시켰고, 사형제들 역시 제대로 된 사내로 취급하지 않았다. 오직 대사형 척호만이 다른 태도를 취해 보였을 뿐이다.

그런 엽자건을 보종은 엄청난 무위로 칠마로부터 구출해 줬을 뿐만 아니라 먼저 사제지간을 맺자고 제안까지 했다. 어찌 엽자건의 마음이 떨리지 않을 수 있겠는가.

그러나 본래 엽자건은 신중한 성격이다.

게다가 어려서부터 꽤나 많은 풍파를 겪은 탓에 다소 의심이 많은 편이기도 했다. 보종의 제안이 너무 좋아서 오히려 주저하는 마음이 들었다.

그러자 보종이 재촉하듯 말했다.

"어째서 대답이 없는 것이냐? 설마 내가 소림사의 파문제자라 사부로 삼기가 싫은 것이더냐? 그렇다면 내 제안은 없었던 것으로 하자꾸나."

"아니, 그런 것이 아니라 너무 갑작스런 말씀이라 잠시 생각할 시간이……."

"됐다! 진짜로 내가 파문제자라 싫다면 어찌 강요를 하겠느냐? 새외칠마로부터 널 구출해 낼 때 아주 많이 고생하긴 했으나 반드시 은혜를 갚으라 말하진 않으련다. 다만 한 가지 말해둘 게 있는데……."

"무슨?"

"네 몸속에 깃들어 있는 일곱 가지 이종의 진기는 완전히 제거된 게 아니니라. 내 역근내공에 짓눌려서 잠시 활동이 제한되었을 뿐이란 뜻이다."

"예? 그, 그럼……."

"언제든지 그 망할 녀석들이 네 몸속에서 다시 난동을 부릴지 알 수 없다는 뜻이니라. 그리고 그 정도로 고약한 진기들을 다스릴 수 있는 건 내 역근주해(易筋註解) 상의 내공법을 처음부터 차근차근 익히는 수밖엔 없고 말이다. 그래서 사람 하나 살리는 셈치고 널 제자로 받으려고 한 것인데, 싫다고 한다면야 어쩔 수 없는 일일 테지."

"사부님!"

엽자건이 언제 고민에 빠져 있었냐는 듯 있는 힘껏 소리친 후 바닥에 머리를 쿵쿵 찧어댔다. 전력을 다해 구배지례(九拜之禮)에 들어간 거다.

그제야 보종이 말을 멈췄다. 입가에는 특유의 오만한 미소가 얼핏 깃들어 있다. 애초부터 이 같은 결과를 짐작하고 있었음이 분명한 모습이다.

그런데 문득 보종이 아홉 번이 끝나고도 더 바닥에 머리를 박을 태세인 엽자건에게 손을 뻗어냈다.

일지선(一指線)?

동작은 비슷하나 그 속에 담긴 기운은 부드럽기가 솜털 같았다. 무작정 바닥으로 돌진하는 엽자건의 머리를 슬쩍 떠받치더니, 몸 전체를 둥실 띄워 올렸다. 최상승의 격공섭물(隔

空攝物)이 펼쳐진 것이었다.

그렇게 새색시처럼 얌전하게 엽자건이 바닥에 내려앉자 보종이 자세를 바로 했다. 표정 또한 여태까지와 달리 크게 엄숙해져 위엄을 더한다.

"자건아, 앞서 말했다시피 네 몸은 현재 완쾌된 것이 아니니라. 그러니 앞으로 날 따르는 동안 결코 제멋대로 몸을 굴려서는 안 될 것이다. 그리고 이제부터 이 사부가 네게 몇 가지 일러줄 말이 있으니 단단히 새겨듣도록 하거라."

"예? 예!"

"내가 사문인 소림사에서 파문을 당한 건 실전된 곤법 절학인 오호란을 되살리기 위함이었느니라. 이는 또한 전날 전장을 돌면서 스스로에게 했던 약속을 지키는 것이었기도 하다. 하지만 이제 내 몸이 이렇게 되었으니 오호란을 되살리는 일은 모두 자건 네 몫이 되어버렸구나."

"……."

쓸쓸한 여운이 남아 있는 뒷얘기.

부복한 엽자건으로선 아직 알 도리가 없는 것들이다. 그러나 그는 묵묵히 보종의 얘기에 귀 기울였다. 언제가 됐든 지금 듣고 있는 얘기를 이해할 수 있는 날이 올 것임을 믿어 의심치 않았기 때문이다.

곤산.

소주에서 삼백 리나 떨어진 적막한 산속에서 이렇게 하나의 사제지연이 맺어졌다. 인연(因緣)이란 불가해한 한마디 말에 의지한 채로 말이다.

*야규가:일본 전국시대가 실질적으로 끝난 시점인 도쿠가와 막부 시절부터 검성의 칭호를 갖게 된 최고의 검가. 막부의 주인인 쇼군의 검법 지도 역노릇을 한 가문이며 야규신카게류병법(柳生新陰流兵法)을 바탕으로 야규 쥬베이 등의 무수히 많은 검호를 낳은 것으로 유명하다.

*일지선:소림사를 대표하는 절기. 칠십이종절기 중에서도 상위에 속하는 무상 지법으로 일종의 선(禪)의 완성을 대표하기도 한다.

*격공섭물:허공을 격하고 물건을 취하는 상승의 허공 절기. 초절한 고수만이 흉내나마 낼 수 있는 경지로 묘사된다.

第七章

잠룡복호(潛龍伏虎)

少林棍王
소림곤왕

❀ 이가 없으면 잇몸이 대신하듯이 사부의 은원은
본래 제자가 대신할 수도 있는 법이다!

하남성.

성도는 정주(鄭州).

개봉(開封), 낙양(洛陽) 등의 고도와 숭산, 대별산(大別山),
동백산(桐栢山), 복우산(伏牛山), 북망산(北邙山) 등 유명한 산
이 있고, 황하(黃河)의 중하류 지역에 위치해 있다.

또한 황회평원(黃淮平原)의 서남부에 자리 잡고 있는데, 안
휘(安徽), 산동(山東), 하북(河北), 산서(山西), 섬서(陝西), 호북
성(湖北省)과 인접해 있기도 하다.

삐걱!

평범한 중소 도시인 허창에 터를 잡은 지 삼십 년째인 허창 객점(許昌客店)의 나무문이 열렸다. 저녁 식사 시간이 거진 다 되어갈 무렵이었다.

힐끔.

식당 한켠에 힘없이 늘어져 있던 십여 세가량의 점소이가 문 쪽으로 시선을 던지곤 금세 눈을 동그랗게 떴다. 막 객점 안으로 들어서고 있는 사람의 행색이 범상치 않았기 때문이다.

방립.

아무렇게나 늘어져 있는 장발과 함께 얼굴을 거진 절반가량 가리고 있다.

그리고 헐렁한 장포.

어찌나 낡았는지 본래의 색상을 구별할 수 없는데다 몇 번이나 기웠는지 짐작조차 되지 않는 누더기다. 더불어 양손과 양발에는 기이한 철환을 찼는데, 허리춤에 매달려 있는 세 개의 단봉과 함께 절대 평범한 민간인이 아님을 강하게 시사하고 있다.

‘무림인?’

허창은 소림사가 위치한 등봉현에서 이백여 리밖에 떨어지지 않았고, 근래 성세를 드날리고 있는 정주의 창룡검가(蒼龍劍家)와는 더욱 가깝다. 무림인이란 것만으로 점소이의 시선을 잡아끌기란 그리 쉽지 않다는 뜻이다.

당연히 장발방립인에겐 또 다른 특이점이 있었다.

그는 혼자가 아니었다.

등에 백발의 노인을 업고 있었다. 한눈에 보기에도 기력이 쇠잔한 게 느껴질 정도로 삐쩍 마르고, 한쪽 다리가 무릎 아래로부터 댕강 잘려져 있는 자를 데리고 객점 안에 들어선 것이다.

기인? 괴인?

점소이는 잠시 가늠할 수 없었다. 그때 장발방립인이 먼저 입을 열었다. 예상했던 것보다 목소리가 젊다.

"방이 있나?"

점소이가 얼른 허리를 굽실거리며 대답했다.

"며칠이나 유숙할 생각이십니까요?"

"하루. 내일 동이 트기 전에 출발할 생각이니 사흘 치 분량의 건량도 함께 만들어줬으면 하네."

"물론입지요. 그럼 역시 정주에 가실 작정이신가 보죠?"

"정주?"

"곧 정주의 창룡검가 가주님의 고희연(古稀宴)이 있지 않겠습니까요? 그래서 요 근래 허창을 통해서 정주로 향하는 무사님들을 이놈이 무진장 많이 보았습지요."

"그랬군."

장발방립인이 천천히 고개를 끄덕여 보였다. 이곳 허창으로 향하는 관도 상에서 심심찮게 볼 수 있었던 무림인들에 대한 의문이 풀린 까닭이다.

'창룡검가 가주의 고희연이라! 한몫을 단단히 잡을 만한 큰 건수지만 사부님의 상세가 근래 크게 악화되었으니 한시라도 빨리 소림사로 가야만 한다.'

내심 마음을 굳힌 장발방립인이 다시 입을 떼려 할 때였다. 문득 여태까지 죽은 듯 그의 등에 업혀 있던 백발노인이 입을 열었다.

"역시 정주에 들렀다 가야겠다."

"예? 하지만……."

"허창에서 정주는 그리 멀지 않아. 그곳에 들렀다 간다고 이 사부가 죽기라도 할 것 같더냐?"

"……."

장발방립인이 잠시 침묵하다 천천히 고개를 끄덕여 보였다. 근래 크게 쇠약해졌긴 하나 사부의 명은 절대적이었다. 제멋대로 거역할 순 없었다.

'헤에! 무림에는 기인이사들이 모래알처럼 많다는데, 역시 이 사람들도 그런 부류로구나!'

점소이는 내심 눈을 반짝이곤 다시 허리를 굽실거렸다.

"그럼 바로 방으로 안내하겠습니다요. 두 분이니 상방으로 모시고……."

"상방이 있다는 건 중방이나 하방도 있다는 건가?"

장발방립인의 제지에 점소이가 눈을 뎅그렇게 떴다. 보통

무림인들이 상방을 선택하지 않는 경우를 본 적이 없었기 때문이다.

"예? 그야 쾌적하고 안락한 상방이 있는 반면에 본 객점에는 일반적인 서민들이 머무는 객방도 있습지요. 하지만 그런 곳에는 빈대가 들끓고 침상도 하나뿐인지라 귀인들께서 잠을 청하시기가……."

"객방이면 족하네."

"그럼 저녁은 어떻게 하실 건지요?"

"위로 올려다 주게나. 소면 두 그릇이면 되니까 더 이상의 것은 필요없어."

"…예."

점소이가 인상이 구겨지는 걸 어찌하지 못하고 나직이 대답했다. 삽시간에 그의 뇌리 속에서 장발방립인과 사부란 백발노인이 무림의 기인이사에서 비루먹은 떨거지로 격하되는 순간이었다.

근데 이게 웬일인가!

갑자기 장발방립인이 품에서 동전 세 닢을 꺼내 점소이의 손에 쥐어줬다. 적지도 않고 많지도 않은 미묘한 값을 치른 것이다.

"이 동네의 돈 많은 취객이나 한량들이 주로 모이는 장소와 시간대를 말해주겠나?"

"돈 많은 취객이나 한량들이 자주 모이는 장소라면… 화선루(花仙樓)를 들 수 있겠고, 역시 그런 분들이야 초저녁이 훌쩍 지나야 한잔 꺾으러들 모여들지 않겠습니까요?"

"그렇군. 화선루란 곳이 이곳에서 가까운가?"

"예, 그리 멀지 않습니다요."

"알겠네."

미미하게 고개를 끄덕여 보이는 장발방립인의 두 눈에 서늘한 기운이 담겼다.

다소 추레한 복색과는 어울리지 않는 맑은 눈.

점소이가 잠시 홀린 기색이 되었다가 자신도 모르게 고개를 흔들어 보였다. 어느새 장발방립인이 고갯짓으로 안내를 종용하고 있었기 때문이다.

'내가 잘못 본 거겠지. 사내 눈빛 따위에 넋을 잃는다는 게 말이 되는 소리람……'

내심 중얼거리며 점소이가 몸을 돌려세웠다. 어느새 장발방립인에게 건네받은 동전 세 닢을 그의 품속 깊숙한 곳으로 찔러 넣고 있었음은 물론이다.

후룩! 후루루룩!

소면.

어느 지역을 가든 가장 싼 음식이다. 얇디얇은 면발 한 덩이에 정체불명의 고기 국물 한 국자가 덮어씌워진 게 전부인 까닭이다.

그래도 침상을 앞에 두고 앉은 두 사제.

보종과 엽자건은 입맛까지 다셔가며 군소리없이 국물까지 먹어치웠다. 누가 옆에서 본다면 천하의 진미를 먹어치우고 있는 것 같은 모습이다.

그렇게 짧고 조금 부족한 듯한 저녁 식사가 끝났다.

한참을 기다려 사부 보종의 그릇이 깨끗이 비워지는 걸 확인한 엽자건이 싱긋 웃어 보였다.

하얀 치열.

소주 천금공자 시절과는 비교가 되지 않을 정도로 검게 탄 얼굴에 대비되자 물씬 남성미를 풍겨낸다. 어린 시절의 곱상하던 얼굴이 살이 빠지며 묘한 야성미가 깃들게 된 거다.

변한 건 그것뿐이 아니다.

또래의 소년들과 비교해 다소 작은 편이던 엽자건의 신장 역시 훌쩍 성장했다. 여전히 전날의 척호와는 비교하기 어려우나 일반인보다는 확실히 장신이라 할 만했다.

게다가 장포 안에 담겨진 육체는 또 어떠한가!

다소 마른 듯한 몸매.

그러나 전신에서 강렬한 탄력이 느껴진다. 찰고무처럼 단단하게 응축되어진 근육이 몸 전체를 흡사 한 마리 용처럼 휘감고 있었다.

사 년.

길다면 길고 짧다면 짧은 기간이다.

외가 무학의 조종이라 일컬어지는 소림사 최강의 무인을
사부로 둔 엽자건의 경우는 전자에 속했다.

그는 자신 때문에 한 발을 잃고도 중독의 여파로 점차 기력
을 잃어가기 시작한 보종에 대한 속죄를 맹렬한 무공 수련으
로 대신했다. 그 외엔 할 수 있는 게 아무것도 없었기 때문이
다.

툭!

보종이 텅 빈 소면 그릇을 침상 귀퉁이에 내려놓으며 강퍅
한 입매를 슬쩍 일그러뜨렸다. 축 늘어진 눈꼬리 역시 평소보
다 다소 치켜 올라가 있다.

"인석아, 뭐가 그리 좋아서 웃는 게냐? 사부한테 고작 소면
한 그릇 먹여놓고서!"

엽자건이 얼른 입가에 매달린 미소를 거뒀다. 그리고 보종
에 못지않은 심통 맞은 대꾸가 뒤를 잇는다.

"돈이 없잖습니까, 돈이!"

"그런 녀석이 점소이한테 동전을 세 닢이나 쥐어준 게냐?"

"본래 작은 은 조각 하나 정도는 줘야 된다구요. 그래야 고
급 정보를 얻게 되는데……."

"고급 정보? 네 이놈! 또 저녁 수련을 때려치우고 밤거리를
헤매고 다닐 작정인 게냐?"

"돈 벌어야죠. 당장 숙박료도 없고, 사부님 약값도 대려면
빠듯하다구요."

"일없다! 내 아무리 파문되었다곤 해도 불제자였거늘 어찌 제자 놈이 취객들 등이나 쳐서 벌어온 돈으로 연명하겠느냐?"

"누가 취객 등을 친다는 겁니까? 저는 정당한 예술을 보여주고 값을 받을 뿐입니다. 그리고 정주에는 또 왜 가시겠다는 겁니까? 설마 창룡검가의 가주인가 하시는 분하고도 은원 같은 거 맺은 적이 있었던 겁니까?"

"은원은 무슨! 그냥 과거에 내가 그 남궁가의 난봉꾼 녀석을 살짝 손봐준 적이 있을 뿐이니라."

"그럼 이번에 정주에 가는 건……."

"그놈이 십 년 안에 복수하겠다고 했거든. 그런데 내 몸이 이리 되었으니 어쩌겠느냐? 제자인 너라도 약속을 지켜야지. 이가 없으면 잇몸이 대신하듯이 사부의 은원은 본래 제자가 대신할 수도 있는 법이니라."

"그러다 제가 지기라도 하면요? 그 창룡검가란 데가 요즘 하남성에서 제법 잘나가고 있는 것 같던데요."

"그건 걱정 말거라. 남궁가의 난봉꾼 녀석이 새카맣게 후배인 네놈한테 직접 나설 정도로 안면이 두꺼운 놈은 아니니까 말이다. 그리고 남궁가의 창룡육격참(蒼龍六擊斬)은 제법 괜찮은 위력을 가졌느니라. 만날 농땡이나 피고 무공 수련을 게을리 하는 네 녀석이 반드시 경험해 볼 만한 무공일 것이야."

“결국 진짜 목적은 그거였군요. 그렇게 제자 무공만 챙기다가 소림사는 안 가실 겁니까?”

“…….”

기세가 사뭇 등등하던 보종의 입이 한일자로 닫혔다. 고개 역시 슬그머니 옆으로 돌린다. 엽자건이 꺼내 든 전가의 보도가 오늘도 제대로 먹힌 것이다.

그 어색한 태도에 엽자건의 표정이 바뀌었다. 입가에 매달려 있던 한숨 역시 거둬들인다.

싱긋.

결국 다시 예의 부드러운 미소를 입가에 매단 그가 얼른 보종에게 다가가 곰살맞게 상의를 벗겨냈다. 돈 벌러 나가기 전에 이제 얼마 남지 않은 아주 비싼 ‘피독의 성약’ 이라 불리는 고약을 발라주기 위함이었다.

스슥! 스스스슥!

엽자건의 손이 능숙하게 스쳐 가는 보종의 깡마른 육신.

전날, 천하를 호령하던 파천마곤의 위용은 어디에도 남아 있지 않았다. 수없이 많은 격전을 감당해 냈던 강건한 육신은 군데군데 시커멓게 변색되어 있었고, 힘을 잃고 쭈글쭈글 늘어지고 있었다.

마령귀사의 칠흑의 검에 발라져 있던 독!

그동안 무수히 많이 찾아다녔던 의원들 중 어느 누구도 정확한 정체를 밝혀내지 못했다. 그냥 임시의 처방을 내주고 비싼 돈만 받아 챙겼을 뿐이다.

그나마 엽자건이 알아낸 게 하나 있었다.

사부 보종 정도의 내외공을 완성한 초고수가 이런 꼴이 된 건 제때에 운기조식을 취하지 못했기 때문이란 점이었다. 만약 재빨리 자신의 몸을 챙겼다면 다리를 잃지도 않았고, 체내에 침범한 독 역시 내공으로 어렵지 않게 배출할 수 있었을 터였다.

'하여간 쓸데없는 짓이나 하시고 말이야……'

내심 투덜거리며 보종의 몸에 고약을 바르고 붙이길 끝마친 엽자건이 언제나처럼 부드럽게 말했다.

"오늘은 좀 늦을지도 모릅니다. 그러니까 저 올 때까지 기다리지 마십시오."

"그냥 나가려고?"

"저 분장하는 거 보는 거 싫어하시잖아요. 게다가 이런 덜 떨어진 객점 같은 데 모습을 드러내면 값 떨어져요."

"알겠다. 저번처럼 민간인 패고 돌아다니진 말거라."

"저는 예술 하는 몸입니다. 제 몸에 손만 대지 않으면 누가 패겠습니까?"

"허허, 예술이라……"

보종이 나직한 웃음과 함께 뒷말을 흐렸다. 고개 역시 절레절레 흔들고 있다.

삐직!

엽자건이 내심 못마땅한 기색을 보이면서도 맞대응하지 않고 공연 도구를 묵묵히 챙겼다. 평생 전장과 강호를 떠돌며 살아온 보종과 예술 논쟁을 벌이는 것만큼 무용한 일은 없다는 판단이었다.

*   *   *

새벽.

휘영청 주변을 밝혀주고 있던 보름달의 기세가 슬슬 수그러들고 있었다.

그러나 여전히 썰렁한 저잣거리.

간간이 지나치게 부지런한 장닭의 울음소리와 개 짖는 소리만이 들려오고 있었다. 사람의 인적을 찾기란 그리 쉽지 않은 시간대들이기도 했다.

물론 언제나 그렇듯 예외도 존재한다.

사락! 사라라락!

얼마 전까지 근동 제일의 환락가라 불리는 장안로 사거리에 위치한 화선루를 열광의 도가니로 만들었던 예인(藝人).

바로 전날 소주의 천금공자로 군림하고 있던 엽자건이 여장을 풀지 않고 조심스레 새벽길을 걷고 있었다.

분칠한 하얀 얼굴.

얌전하게 틀어 올린 머리에는 봉황잠이 자리 잡고 있고, 티

끝 한 점 묻지 않은 백색 비단 궁장의는 바람에 하늘거린다.
새벽의 미명과 어우러져 웬만한 미녀 뺨치는 듯한 매혹적인
자태라 아니할 수 없다.

다소 흠이라면 일반 여성을 훌쩍 뛰어넘는 신장 정도랄까?

그것마저 궁장의로 강조된 늘씬한 몸매에 가려져 일시 큰
위력을 발휘하진 못할 듯싶다. 적어도 장안로의 새벽길은 엽
자건으로 인해 일시 환한 빛을 발하고 있었다.

그런데 다소 이상한 점이 있다.

엽자건이 여장을 벗지 않은 건 그렇다 쳐도 걸음이 묘하게
느리다. 뭔가 상당히 불편한 면이 있어 보인다. 허벅지 안쪽
에 챙겨 넣은 전낭의 무게가 그 원인이다.

'음하핫! 오늘도 대박이로세! 하긴 하남성 촌구석에 처박
혀 있던 것들이 어디 제대로 된 잡극을 구경인들 해봤겠으랴!
이 몸의 빼어난 예기에 그저 입을 벌린 채 넋을 잃을 뿐이지!'

아니다.

그런 이유만으로 촌구석 기루의 사내들이 넋을 잃었을 리
없다. 그들을 완전히 뒤집어놓은 건 여장을 한 엽자건의 교태
어린 몸집이었다. 웬만한 미녀를 뺨치는 그의 화장한 미모와
교염한 자태가 오늘 밤 화선루를 열광의 도가니로 만들어 버
렸다.

그렇게 번 돈이 지금 엽자건의 허벅지 사이에 차곡차곡 모
여 있었다. 가뜩이나 불편한 궁장의와 더불어 엽자건이 걷는

속도를 늦출 수밖에 없다. 치마를 걷어 올리면 되지만 아직 예인으로서의 정신 상태에서 빠져나오지 못했다. 그런 쪽팔린 짓은 할 수 없는 거다.

그때 갑자기 엽자건이 걸음을 멈춰 세웠다.

그럴 수밖에 없었다.

그의 앞과 주변.

어느새 대여섯 명의 사내가 에워싸고 있다. 그중 몇의 안면이 눈에 익다. 화선루에서 열광했던 사내들 중 하나임에 분명하다.

‘하아! 이놈의 인기란……’

엽자건이 이마를 손으로 댄 채 한탄했다. 이런 상황을 얼마나 많이 경험했는지 모른다. 특히 화장에 공을 들이고 옷차림이 좀 야시시할 때는 더욱 그렇다.

“돈 내놔!”

“……”

엽자건이 손으로 이마를 짚은 상태 그대로 굳어졌다. 예상했던 것과 조금 상황이 다르다. 아주 가끔 벌어지곤 하는 재수없는 상황과 맞닥뜨린 것이다.

“이년아! 아니, 놈아! 빨랑 돈 내놓으라… 커헉!”

빠악!

엽자건에게 강하게 을러대며 다가들던 정면의 인상 더럽던 뱀눈 녀석의 고개가 옆으로 홱 젖혀졌다. 이마를 짚고 있던 정권에 관자놀이 부근을 정타당한 까닭이다.

털썩!

단번에 뱀눈 녀석이 바닥에 쓰러졌다. 이미 무릎에 힘이 풀리고 입에 게거품이 범벅이다.

"이런 후레 잡년!"

"조져 버릴 년!"

"가랑이를 화악 찢어버릴 년!"

연달아 욕설이 터져 나왔다. 역시 제대로 된 문화를 접하지 못한 촌구석에서 굴러먹는 수준답다.

사락!

엽자건이 한숨과 함께 궁장의의 치마를 화악 치켜 올렸다. 그리고 진짜로 다리를 찢는다.

빠박!

빠바바바박!

새벽 댓바람에 훌렁 까진 치마 사이로 번개 같은 움직임이 일어났다.

항마연환신퇴(降魔連環神腿)!

소림사가 자랑하는 나한당에 입문하기 전에 반드시 통과해야만 한다는 나한동인관(羅漢銅人關)의 기본 각법이다. 전신을 철골동체로 만드는 걸 취지로 삼는 나한동인관의 뜻에 아주 제대로 부합한 무공임은 물론이다.

일시 엽자건을 에워쌌던 대여섯 명의 사내가 바닥에 대자로 뻗었다. 하나같이 제멋대로 놀려대던 주둥이가 완전히 피떡으로 변해 있었다. 촌각도 되기 전에 벌어진 일이었다.

"아미타불!"

"끄으!"

"끄어억!"

"꾸억! 꾸으으……."

엽자건이 거의 정신 줄을 절반 이상 놔버린 사내들을 향해 정중하게 일수합장해 보였다. 비록 예기조차 이해하지 못하는 미개인들이나 소림 무공을 배운 처지로 계도는 확실히 해야 한다는 판단이었다.

'응?

다시 천하절색의 예기 차림을 회복한 후 허창객점으로 향하던 엽자건의 눈에 이채가 어렸다.

근질거리는 뒤통수.

얼마 전 장안로 저잣거리에서 만났던 자들과는 비교가 되지 않는 기운이 후두부를 강타해 왔다. 노골적인 살기다. 그것도 급하다.

흔들.

엽자건의 신형이 미묘한 움직임을 보였다. 이젠 궁장의를 걸치긴 다소 넓어진 어깨가 기묘한 동선을 그리더니 밑으로 푸욱 주저앉았다.

찌익!

이번엔 치마를 걷어 올릴 틈이 없었음이다.

단숨에 궁보(弓步)의 자세가 된 엽자건의 궁장의 치맛단이 길게 찢어졌다.

더불어 신속하게 뒤집혀진 신형.

일시 엽자건의 몸이 뒤로 젖혀지며 봉황잠으로 단단하게 고정되어 있던 장발의 머리가 우수수 풀려졌다. 바닥으로 흘러내린 거다.

패앵!

그때 마치 기다렸다는 듯 맹렬한 기세의 암기가 엽자건의 뒤집혀진 몸 위를 스쳐 갔다. 그대로 공간을 단축하며 허창객점의 굳게 닫혀져 있는 나무문에 박혀들었다.

'동전?'

엽자건의 시선이 암기의 정체를 단숨에 간파해 냈다. 평상시 항상 돈에 굶주려 있던 터라 더욱 쉽사리 파악할 수 있었다.

뭐, 크게 중요한 건 아니다.

빙글.

엽자건이 풀어헤쳐진 머리를 흩날리며 다시 신형을 회전시켰다. 더불어 이미 수중에 들려져 있던 봉황잠을 내던진다. 암기화 된 동전이 날아온 방면이었다.

쉬악!

봉황잠이 날았다. 적어도 엽자건을 공격한 동전보다는 월등히 빠른 속도다.

"혁!"

기다렸다는 듯 놀란 목소리가 터져 나왔다. 설마 이런 식으로 반격을 당할 줄은 몰랐음이 분명하다.

그러나 엽자건은 만족하지 않았다.

'개새들! 다 죽었어! 이거 비단이라구, 비단! 게다가 맞춤복인데, 찢어먹게 만들다니!'

그렇게 따지자면 봉황잠 역시 값이 만만치 않다.

소주의 천금공자가 싸구려를 머리에 달고서 공연할 순 없는 노릇 아닌가!

스슥!

이어 엽자건이 발끝에 힘을 모아 벼락같이 앞으로 튀어나갔다. 봉황잠을 어깨에 꽂고서 피를 질질 흘리고 있는 청의무복 차림의 약관가량의 청년을 확실하게 박살내기 위함이었다.

"으헤엑!"

청의청년의 입에서 다급한 비명이 터져 나왔다. 거의 육칠 장가량의 거리를 가로질러 순식간에 코앞까지 파고든 엽자건의 노기등등한 모습에 대경한 것이다.

앞서 엽자건의 돈을 노리다가 박살난 사내들과 그닥 차이가 없어 보이는 모습이다. 여기까진 그랬다.

스아악!

다시 엽자건에게서 펼쳐진 항마연환신퇴가 호쾌하게 대기를 가로질렀다.

‘응?’

청의청년은 어깨에서 피를 질질 흘리면서도 바닥을 굴렀다. 뻔뻔스럽게도 나려타곤(懶驢陀滾)을 펼치길 주저치 않은 거다. 그만큼 엽자건의 일각이 무시무시했다는 반증이기도 하다.

하지만 나려타곤의 효과는 단지 한 번뿐이다.

수치를 무릅쓴 것치고는 박하다.

특히 전장에 참전해 수없이 많은 개싸움을 경험한 바 있는 보종의 수제자인 엽자건에겐 더욱 통하지 않는다. 이런 싸움에 더할 나위 없이 익숙하기 때문이다.

“허허, 이 시주가 날 웃기려고 하네?”

“……”

사부 보종의 말투를 흉내 내며 엽자건이 바닥을 엉금거리며 기는 청의청년을 덮쳐 갔다. 물론 강철같이 단련한 팔꿈치를 바짝 곧추세운 채였다.

“으아악! 신애야! 오라비 죽는다아아아!”

‘신애?’

엽자건의 귀가 쫑긋 세워졌다. 싸움 중에 항상 활짝 열어놓게 훈련받은 오감 중 하나가 작동을 보인 거다. 기다렸다는 듯 감지된 또 다른 움직임이 있었다.

휘릭!

대응은 금세 이뤄졌다.

막 청의청년의 가슴팍을 박살내기 직전이던 엽자건의 팔꿈치가 동작을 바꿨다.

몸의 균형 역시 마찬가지다.

극히 짧은 순간 몸 전체의 움직임에 완벽한 변화를 준 것이다.

팟! 파파파팟!

대기를 가르는 소리보다 먼저 섬뜩한 기운이 파고들어 왔다. 정확하게 청의청년을 노리던 엽자건의 전신을 한꺼번에 공략해 들어왔다.

검기(劍氣)!

검명음보다 월등히 높은 경지다. 검이 닿기도 전에 상대방을 제압하고 위력을 더해 죽이기까지 할 수 있는 살초식이기도 하다.

싱긋.

엽자건의 입가에 특유의 미소가 떠올랐다.

이런 느낌.

그리 나쁘지 않다. 사부 보종을 따르면서 아주 익숙해졌고, 이젠 완전히 즐기는 지경에 이르렀다. 완전 천성이다.

카캉!

다시 항마연환신퇴가 펼쳐졌다. 보종의 강권에 의해 아주 단단한 백련정강의 강철을 덧대어놓은 신발의 밑창이 검기를 막아낸 거다.

그것만으로 끝일 리 없다.

스슥!

다시 엽자건이 청의청년을 나뒹굴게 만든 번개 같은 움직임을 보였다. 더불어 소림 사자후(獅子吼)를 흉내 내 버럭 소리까지 지른다.

"신애얏!"

"……."

막 엽자건의 품속으로 파고들어 재차 검기를 날리려던 자의 무복 차림의 여인이 흠칫 놀란 기색이 되었다. 살벌한 검기를 머금고 있던 수중의 자색 검날의 장검 역시 바르르 떨린다. 일시 너무 놀라서 내기가 흔들려 버린 까닭이다.

기회를 놓친다면 싸울 줄 모르는 자다.

스스스슥!

어쩔 수 없이 발끝으로 지축을 차고 신형을 뒤로 뽑아 올리던 자의 여인을 엽자건이 곧장 덮쳐 갔다. 역시 신형을 공중으로 띄운 채로 그녀의 발목을 손으로 잡아버린 거다.

금룡십이해(金龍十二解).

소림사의 무수히 많은 무공 절학 중 대표적인 칠십이종에 들어가 있는 금나수(擒拿手)이다.

그 위력은 극강!

만약 제대로 연마만 했다면 그 한 가지만으로도 천하무쌍의 절학이 된다. 웬만한 무림 유수의 신공절학과 견준다 해도 결코 뒤떨어지지 않는 위력이 있다는 뜻이다. 사부 보종이 분명 그리 말했다.

"악!"

자의여인의 입에서 비명이 터져 나왔다. 금룡십이해에 발목이 사정없이 붙잡혔다. 검기를 일으킬 정도의 내공으로도 틀어막을 도리가 없다.

홀러덩!

결국 자의여인까지 바닥에 내동댕이쳐졌다. 마지막 순간에 금룡십이해를 풀었기에 청의청년처럼 심각할 정도로 애처로운 꼴은 되지 않았다는 걸로 위안을 삼아야 하려나?

자의여인은 그리 생각하지 않는 것 같았다.

"으득!"

바닥을 한 손으로 짚고서 바로 신형을 일으켜 세운 그녀의 검끝이 가벼운 공명을 일으켰다.

검명음(劍鳴音).

그다음은 보지 않아도 알겠다. 다시 검기를 일으켜 엽자건의 몸에 구멍을 숭숭 뚫어줄 작정일 게 분명하다.

그런데 그때 엽자건이 갑자기 고개를 가로저어 보였다. 또한 손가락까지 하나를 펴서 좌우로 흔들어 보인다.

“신애야, 신애야! 그러면 안 된다.”

“누가 네 신애얏!”

“어? 진짜 이름이 신애였어?”

“……”

본능적으로 대꾸를 한 자의여인이 입을 굳게 다물자 엽자건이 다시 고개를 가로저어 보였다. 잠시 멈췄던 훈계가 뒤이어진다.

“어디의 어떤 문파의 제자인지는 모르겠다만, 너 제법 칼질 좀 하드라. 하지만 방금 전에 너는 나한테 완전히 당했어. 이미 죽은 목숨이란 말야. 그런데 다시 나한테 칼을 들이대겠다고? 그러다 네 고운 얼굴에 뻘건 줄 그려진다. 그것도 손가락 굵기로 말야.”

“흡!”

엽자건의 상냥한 협박에 자의여인이 헛바람을 들이켰다. 언제 검명음을 일으켰냐는 듯 바짝 긴장한 기색을 한 채 뒤로 몇 걸음 물러서기까지 한다.

또한 얼른 검으로 얼굴을 가리는 것이 엽자건이 장난스레 취해 보인 금룡십이해 동작이 꽤나 마음에 들지 않는 것 같다. 분명히 그렇다.

‘어라, 그러고 보니 제법……’

싸움이 끝났다.

자의여인은 소강상태라 주장하고 싶을지 모르나 엽자건은

그렇게 결정 내렸다. 비로소 눈앞의 자의여인을 찬찬히 조망해 보던 엽자건의 눈매가 살짝 가늘어졌다.

하늘거리는 자의 무복.

필시 최고급의 비단이 사용됐음이 분명하다. 무복 주제에 적당히 몸매를 가려주면서도 활동이 꽤나 편하게 만들어진 것도 눈에 띄는 부분이다. 비싸겠다.

게다가 검.

역시 평범치가 않다. 특이한 자색 검날은 둘째 치고 살짝 한쪽으로 휘어져 있는 게 쾌검류에 적합한 모양새다. 역시 매우 비쌀 것 같다.

그럼 용모는?

자색 검날로 가려진 얼굴은 갸름한 계란형이고, 콧대는 오뚝하다. 주사빛 도톰한 입술과 어우러지니 상당한 미모라 할 수 있겠다. 적어도 화선루에서 봤던 기녀들보다는 몇 단계 위의 우월한 외모라 아니 할 수 없다.

그러나 엽자건의 관심을 끌 정도의 미모는 아니다.

사실 보종을 따르던 지난 사 년여간 무수히 많은 기녀, 가기(歌妓)들을 봤어도 마음이 흔들려 본 적이 없다. 이제 와서 대뜸 검을 들이댄 여인의 미모가 눈에 들어올 리 만무하다.

으쓱!

한차례 어깨를 추어 보인 엽자건이 자의여인 쪽으로 건들거리며 다가갔다. 그리고 불쑥 내밀어 보인 손.

“신애야, 돈 내놔라!”

“뭐? 뭐!”

“나는 원래 비싼 몸이야. 이런 촌 동네에서 쉽사리 볼 수 없는 명품의 예인이라구. 그런데 신애 너하고 오라비란 저 작자가 기습을 가했잖아. 그래서 옷도 찢어지고 봉황잠도 망가졌어. 그러니까 돈 내놔야지. 아주 많이.”

“……”

자의여인의 검끝이 가볍게 흔들렸다. 엽자건의 천연덕스런 요구가 너무 기가 막혔기 때문이다.

그때 갑자기 상황이 바뀌었다.

자의여인을 협박하길 주저치 않던 엽자건이 태도를 달리해 그녀에게서 얼른 몇 걸음 떨어지더니 한숨 섞인 표정으로 손까지 흔들어 보였다.

“신애야, 됐다! 돈은 됐으니까 얼른 가라! 저기 널브러져 있는 니 오빠랑 같이. 봉황잠은 놔두고. 망설이면 내 마음이 다시 변할 수도 있어. 그러니까 얼른 가!”

“어, 어째서……”

“변덕이야. 내가 좀 변덕이 심한 성격이거든. 그러니까 빨랑 가라! 훠이! 훠이!”

“……”

엽자건이 다시 금룡십이해 모양을 한 손을 들어 올렸다.

흠칫!

이미 된통 혼이 난 자의여인으로선 놀라지 않을 수 없다. 잠시 몇 차례 싸움으로 화장이 떡칠이 된 엽자건을 쏘아본 그녀가 얼른 청의청년을 부축한 채 떠나갔다. 어깨에 박혀 있던 봉황잠을 뽑아서 바닥에 내동댕이치는 걸 잊지 않고서 말이다.

"못된 년! 못생긴 년!"

엽자건은 바닥에 나뒹굴고 있는 봉황잠을 집어 들며 인상을 박박 긁어 보였다. 어느새 절반 이상 지워진 화장 사이로 구릿빛 얼굴이 꿈틀거리고 있다.

그때 그의 배후에서 익숙한 목소리가 들려왔다. 어느새 창문을 활짝 열고 사부 보종이 고개를 쑥 내밀고 있었다. 여느 때와 마찬가지로 운기조식을 끝마치며 내뱉은 몇 차례 기침 소리가 끝난 지 얼마 되지 않았을 때였다.

"자건, 네 이놈! 내 그렇게 사람 패고 다니지 말라고 했건만!"

"그런 적 없는데요?"

"발뺌을 하려는 것이냐? 내 심안으로 모조리 다 봤느니라! 어서 들어오지 못할까?"

'쳇! 그놈의 심안은 신통광대하기도 하지……'

내심 투덜거리면서도 엽자건이 얼른 공손히 대답한 후 창문 쪽으로 훌쩍 뛰어올랐다.

새벽의 미명 속.

쭈욱 찢어진 백색 궁장의의 치맛단이 화려한 흩날림을 보였다. 쩔렁거리는 전낭의 기분 좋은 소음과 함께 말이다.

*   *   *

정주로 향하는 관도 위.

새벽이 조금 지났을 때 허창객점을 빠져나온 엽자건이 평상시처럼 보종을 업은 채 걸음을 옮기고 있었다.

터벅! 터벅! 터벅!

걸음 소리가 사뭇 경쾌하다. 전날 허창객점을 찾았을 때와 다름없는 행색을 회복했으나 먼지만 날리던 전낭이 가득해졌다. 일부러 허창에 들른 보람이 있었다.

보종이 퉁명스레 면박을 줬다.

"그리 좋으냐? 아주 입이 귀에 걸렸구나?"

"정주는 대도니까 명의(名醫)나 약재도 제법 많겠지요?"

"아직도 포기하지 않은 게냐? 세상천지의 어떤 명의가 있기에 독이 완전히 좀먹은 내 몸을 구할 수 있겠느냐? 아마 대라신선이 온다 해도 예전 몸으로 돌려놓을 순 없을 게다."

"그건 모르는 일입니다."

"놈! 고집은……."

보종이 나직이 끌탕을 치면서도 더 이상 말하진 않았다. 엽자건의 고집이 황소 가죽보다 훨씬 질기다는 걸 알고 있었기 때문이다.

문득 보종이 화제를 바꿨다.

"그런데 자건아, 너 싸울 때 여자라고 봐주고 그러면 안 된다."

"설마요?"

"그럼 어째서 새벽에 그렇게 몇 차례나 손을 쓴 게냐? 사자후는 왜 내질렀고?"

"그야……."

엽자건이 말끝을 슬쩍 흐리자 보종의 얼굴에 장난스런 기색이 떠올랐다. 오랜만에 건수를 잡았다는 생각이다.

"허허, 예뻤구나! 예뻤어!"

"…별로."

"그런데 어째서 손을 쓰길 주저한 것이더냐? 싸울 때는 야차나 다름없는 녀석이?"

'그야 돈 냄새가 제법 심하게 났으니까…….'

엽자건은 본심을 속으로만 중얼거리고 말았다. 사부 보종에게 그냥 몇 차례 놀림을 당하고 마는 편이 낫다는 판단이었다. 또다시 돈 귀신 얘기와 무인으로서의 자각에 대해 한차례 설교를 듣는 것보다는 말이다.

그런데 문득 그의 눈매가 슬쩍 가늘어졌다.

관도의 앞.

남녀가 혼재된 일단의 무리가 서성거리고 있었다. 중요한 점은 그중 몇의 인상이 사뭇 깊숙이 엽자건의 뇌리 속에 박혀 져 있다는 거다.

'제길! 요즘 어쩌다가 내 인기가 이렇게 높아졌담? 돈이 안 되는 쪽으로다가. 저 계집애, 날 보자마자 살기를 풀풀 날리 고 있는 걸 보니 제대로 알아본 모양인데……'

엽자건의 투덜거림 대로다.

새벽녘 허창에서완 아예 딴판인 모습을 한 엽자건을 신애 란 이름을 한 자의여인과 그녀의 오빠인 청의청년은 대번에 알아봤다. 필시 이곳에 오기 전 허창객점에 들러서 투숙객에 대한 정보를 파악했음이 분명하다.

일행 중 자의여인이 검병에 손을 가져다 댄 채 엽자건을 향 해 냉큼 뛰쳐나왔다. 앙칼진 목소리가 뒤를 잇는다.

"이놈, 멈춰라!"

"그러지."

엽자건이 대답과 함께 걸음을 멈췄다. 그러자 자의여인의 얼굴에 당황한 기색이 떠올랐다. 설마 엽자건이 이렇게 자신 의 말을 잘 들을 거라곤 생각지 않았기 때문이다.

엽자건이 그 틈을 놓치지 않았다.

툭!

대뜸 크게 한 걸음을 내딛어 자의여인에게 쇄도한 그의 손이 번개같이 움직였다. 그녀가 손을 가져다 대고 있던 검병을 쳐서 검 자체를 공중으로 띄워 올린 거다.

"아!"

자의여인이 입을 벌렸다. 설마 이런 식으로 공수탈검을 당하리라곤 상상조차 못했다.

그러거나 말거나 어느새 엽자건은 뒤로 물러서 있었다. 자의여인의 애검을 탈취하고서였다.

한 호흡!

아니다. 그 절반도 지나기 전에 벌어진 일이었다.

뒤늦게 자의여인이 자신에게 벌어진 상황을 인지했다. 기가 막힌 기색과 함께 발이 마구 동동거려진다. 열이 화악 뻗쳐서 하얗던 얼굴까지 붉게 달아올라 버렸다.

"이 도둑놈! 내 검을 내놔라! 그 검은……."

"신애야, 내 미리 경고했잖아. 내가 본래 변덕이 심하다고. 그러게 왜 내 앞에 다시 모습을 드러낸 게냐? 그나저나 이거 돈 좀 되려나?"

"…이!"

자의여인이 기가 막혀 어찌할 바를 모를 때였다. 문득 그녀의 검을 이리저리 살펴보고 있던 엽자건에게로 한 쌍의 남녀가 다가들었다.

한줄기 바람이 무색할 정도의 속도다.

스으!

쇄애애애액!

표홀하면서도 변화 심한 움직임과 무거우면서도 등골을 서늘하게 만드는 패도가 실린 일격 역시 뒤를 따른다.

하나의 검과 도.

검은 삼 척이 넘는 길이에 끝이 세모꼴로 뾰족한 협봉검이고, 도는 도배가 두텁고 끝이 뭉툭한 사각도다. 하나는 빠르고 다른 하나는 우직하고 맹렬하다.

'괜찮은 협공! 협봉검보다는 사각도 쪽이 조금 더 아프려나?'

판단!

늦어선 안 된다.

더불어 재빠른 움직임 역시 필수다.

엽자건이 수중의 검을 공중으로 쑥 집어 던지곤 신형을 빠르게 분신시켰다.

대지를 딛고 있던 양발의 축.

순간적인 변화와 함께 횡으로 흘러내린다. 그렇게 함으로써 협봉검의 좁은 검날은 간발의 차로 피해내고, 사각도의 압박에는 정면으로 맞서갔다. 양팔에 족쇄처럼 자리 잡고 있던 철환 역시 활용을 잊지 않는다.

카캉!

사각도에서 불꽃이 튀었다. 맹렬한 기세가 담겨져 있던 일격이 철환에 부딪쳐서 무위로 돌아간 것과 동시에 벌어진 일이다.

그것만으로 끝일 리 없다.

이어 다른 철환이 움직임을 보였다.

가각! 가가가각!

철환과의 충돌의 여파로 미끄러지는 사각도의 넓은 도신을 향해 엽자건의 신형이 회전을 일으키며 파고들어 갔다. 더불어 다른 손에 자리 잡고 있던 철환에 기력을 담는 것도 잊지 않는다.

쩌쩡!

사각도의 두툼한 도배로 철환이 떨어져 내렸다. 도병까지 진동시키는 강력한 일격!

"으윽!"

짤막한 신음과 함께 사각도의 주인인 흑의 무복 차림의 여인이 풀쩍 뒤로 물러섰다.

어느새 찢어진 호구.

용케도 사각도를 떨어뜨리지 않았다.

"허허, 좋구나!"

엽자건이 외친 게 아니다. 싸움이 벌어진 후 평소보다 훨씬 더 바짝 그의 등 뒤에 달라붙어 몸을 웅크리고 있던 보종이 내뱉은 칭찬이었다.

그때 엽자건이 최초에 기이한 보법으로 흘려보낸 녹의 무복 청년의 협봉검이 재차 파고들어 왔다.

흑의여인을 상대하느라 훤히 드러난 배후.

등에 업혀 있는 보종이 협봉검의 목표다. 어쩌다 보니 그리 되었다.

"뒈질라구!"

"살살 해라!"

엽자건이 욕설을 내뱉었고, 보종은 얼른 타일렀다. 그러나 이미 엽자건은 인상을 긁은 채 다시 예의 보법을 펼치고 있었다.

양발의 미묘한 움직임.

어느새 엽자건의 신형이 배후를 노린 녹의청년의 협봉검을 피해냈을 뿐 아니라 그의 배후로 돌아 들어가기까지 한다. 눈으로 직접 보고서도 믿기가 쉽지 않은 광경이다.

회심의 일격을 날렸던 녹의청년으로선 더욱 그렇다.

"억!"

놀라 눈을 휘둥그레 뜬 순간 뻐억 소리와 함께 녹의청년의 하체가 무너졌다. 어느새 위치 역전을 이룬 엽자건에게 고관절을 차인 거다.

역시 철환이 차여져 있는 발.

평범한 일각이라 해도 담겨져 있는 위력이 다르다. 굳이 내공을 담지 않았다 해도 그러하다.

"끄으!"

나직한 비명과 함께 녹의청년이 수중의 협봉검을 뒤로 휘

둘렀다. 여태까지의 엄정한 절도가 담겨져 있던 검법 초식이
아니다. 그냥 막무가내 식이고 임기응변이다.

당연히 엽자건에겐 이도 들어가지 않는다. 그는 한차례 어
깨의 동선을 옆으로 제치는 것만으로 협봉검을 피해내곤 다
시 일각을 먹였다.

항마연환신퇴!

거목의 밑동을 한 방에 박살내 버릴 정도의 위력이 담긴 일
각이 녹의청년의 텅 빈 옆구리로 파고들었다. 침투경(浸透勁)
이나 다름없는 기운이 그대로 갈비뼈를 투과해 장부까지 파
고들었음은 물론이다.

"우와악!"

두 번째 비명과 함께 녹의청년의 몸이 결국 바닥에 주저앉
고 말았다. 무공을 익힌 자답지 않게 완전히 항거 불능 상태
가 되어버렸다.

까닥!

엽자건이 방립을 쓴 자세 그대로 고개를 옆으로 치커 올려
보였다. 여전히 사각도를 든 채 자신을 노려보고 있는 흑의여
인에게 시선을 고정시킨 채 도발을 건 거다.

"으!"

여인답지 않은 장신에 시원스런 이목구비가 돋보이는 흑
의여인이 신음과 함께 아랫입술을 깨물었다. 수중의 사각도
가 가볍게 떨리고 있는 게 어떻게든 다시 엽자건에게 달려들

려고 기력을 모으고 있는 게 훤히 보인다.

그러나 그녀는 결국 다시 엽자건에게 달려들지 못했다. 문
득 일행 중 유일하게 나서지 않고 있던 화복 차림의 아담하
고 화사한 미모를 지닌 미소녀가 제지를 하고 나선 까닭이
다.

"예연 언니, 이미 부상이 적지 않으니 무리하지 마세요. 신
애 언니의 자하검(紫霞劍)이 이미 패한데다, 언니의 폭호도(暴
虎刀)와 대경 오라버니의 질풍검 역시 꺾였어요. 여기서 다시
떼를 쓴다는 건 우리 육우(六友)의 이름을 깎는 일이 될 거예
요."

"그럼 이대로 물러나는 건 육우의 이름을 깎는 게 아니고?
저런 무명의 인물한테 육우 전체가 패했다는 소문이 강호에
돌기라도 하면 너나 나나 무슨 낯으로 사문과 가문에 돌아갈
수 있겠니?"

"지나친 걱정이세요. 그런 일은 벌어지지 않을 테니 염려
놓으세요."

"그럼 설마 교 소매가 직접 나서겠다는 거야?"

"……."

교 소매라 불린 화복 미소녀가 대답 대신 입가에 담담한 미
소를 매달았다.

'육우?

방립 사이로 엽자건의 눈이 빛을 발했다. 화복 미소녀의 입

에서 흘러나온 육우에 대해 익히 들어본 바 있었기 때문이다.
항차 강북무림의 미래를 짊어질 잠룡복호(潛龍伏虎)란 거창한
평판과 함께 말이다.

주(註)

*예인:악사, 화가, 배우, 무희, 광대 등 현대의 예술인, 혹은 예능인을 총
칭하는 말.

*나려타곤:게으른 당나귀가 땅을 구른다는 뜻. 무림인들이 매우 수치스
러워하는 신법이다. 바탁을 굴육적으로 굴러서 공격을 피하는 수법이기 때
문.

*침투경:기(氣)를 이용하는 경력(勁力)의 고급 기술로, 육합(六合:上盤,
中盤, 下盤, 心, 意, 氣)의 합일로써 이루어낸 경력을 물체의 깊숙이[深] 스
며들 듯 파고들게 하는 경력을 말한다.

第八章

창룡검가(蒼龍劍家)

少林棍王
소림곤왕

육우.

삼 년 전 강북무림에 등장한 잘나가는 가문과 사문을 배경으로 둔 여섯 명의 남녀 후기지수를 일컫는 호칭이다.

그 면면을 보면 이렇다.

호북성(湖北省) 무당파(武當派)의 속가제일의 고수인 대로검자(大路劍者) 유백온, 섬서성(陝西省) 북궁세가의 삼녀인 폭호도 북궁예연, 하북성(河北省) 비천검문(飛天劍門)의 자하검 우신애, 하남성 낙일검가(落日劍家)의 대제자인 질풍검(疾風劍) 성대경과 낙일검(落日劍) 성인경 형제, 마지막으로 사천성(四川省) 당가의 차녀인 독미인(毒美人) 당소교까지……

육우에 속한 여섯은 어느 한 명 뒷배경과 무공, 평판 등에서 뒤떨어지는 게 없는 최고의 후기지수였다. 적어도 강북무림에서는 그러했다.

잠룡과 복호!

후기지수에 대한 최고의 칭호를 육우는 독차지하고 있었다.

당연히 강남을 떠나 강북에 들어선 지난 사 년여간 엽자건 또한 육우에 대한 소문은 익히 들어 알고 있었다. 비슷한 또래이니만치 관심 역시 적지 않았다.

'흠! 저 덜떨어진 녀석들이 육우? 본래 세상의 소문이 부풀려지게 마련이라곤 하지만 이건 좀 심한걸.'

엽자건은 자신이 연패시킨 자하검 우신애와 폭호도 북궁예연, 질풍검 성대경 등을 눈으로 살피며 내심 고개를 가로저었다. 예상 밖으로 육우의 무위가 떨어지는 것에 다소 실망감이 든 까닭이다.

딱!

갑자기 등에 찰싹 달라붙어 있던 보종이 엽자건의 뒤통수를 후려쳤다. 아직까진 적지 않은 기력이 남아 있는 주먹으로 있는 힘껏 군밤을 때렸다.

지난 사 년간,

독기로 인해 썩어가는 육신마저 도외시한 채 키운 제자 엽자건이다. 그의 미묘한 얼굴 표정이나 근육의 움직임만으로도 무슨 생각을 하고 있는지 알 수 있다.

"놈! 직접 몸으로 부딪쳐 보기도 전에 상대를 미리 재단하는 못된 버릇은 어디에서 배운 것이더냐?"

"…죄송합니다."

엽자건이 곧바로 자신의 잘못을 시인했다.

육우.

그중 엽자건이 손속을 겨룬 건 고작해야 눈앞의 세 명에 불과했다. 그들 중 무공으로 가장 명성이 드높은 대로검자 유백온이 저들 중에 포함되지 않았다는 건 어렵지 않게 짐작할 수 있었다.

'게다가 육우가 유명한 건 무공만은 아니야. 그들의 뒷배경이 되는 문파나 가문은 무림에서의 세력도 크고 돈도 무척 많으니까 결코 허투루 대할 순 없다는 뜻이지. 잘만 하면 상당히 뽑아먹을 게 많을지도 모르니까 말야.'

엽자건이 내심 자기반성에 집중하고 있을 때였다. 문득 폭호도 북궁예연을 제지한 화복 미소녀 독미인 당소교가 슬쩍 신형을 움직였다.

슥!

복색과 어우러진 절묘한 신법.

흡사 한 떨기 아름다운 꽃잎이 하늘에서 흩날리는 것 같다. 그런 신법으로 당소교는 북궁예연과 엽자건의 중간쯤에 우아하게 떨어져 내렸다.

단연 빼어난 자태!

앞서 엽자건에게 덤벼들었던 육우에 속한 여인들 중 가장 우월한 모습이라 아니할 수 없었다. 신법이나 미모 면에서 그러하다는 뜻이다.

게다가 당소교에겐 또 다른 특징이 있었다.

기묘하게도 움직임이 무학을 연마한 사람처럼 보이지 않는다는 점이다. 마치 법도가 지엄한 춤을 추듯 그녀는 엽자건의 앞에 자신을 드러냈다.

아니다.

엽자건은 내심 냉정하게 고개를 가로저었다.

'외형은 그럴듯해 보이지만 동작에 운율이 부족해. 고작해야 저급한 자들의 눈이나 홀릴 삼류의 동작이야.'

평가에 가차가 없다.

누가 봐도 빼어난 미모를 자랑하는 당소교의 화려한 신법을 엽자건은 단숨에 깎아내렸다. 무학을 연마한 무인이 아니라 예인의 시선으로 그리했다.

그때 잠시 엽자건의 외형을 찬찬히 살핀 당소교가 우아하게 고개를 숙여 보였다.

"무례를 용서해 주시길! 소녀는 육우 중 한 명인 당소교라 합니다."

"말로만?"

"예?"

"말로만 무례를 용서해 달라는 거냐고 묻고 있는 거야. 본래 세상의 이치란 게 그렇잖아. 뭔가 잘못하거나 피해를 입힌 게 있으면 그에 상응하는 값을 치르는 게 마땅한 일이잖느냐는 거야."

"……."

당소교가 커다랗고 매혹적인 두 눈에 이채를 담았다. 사천의 당가를 떠나 무림에 발을 들여놓은 후 엽자건 같은 사람은 처음 봤다. 비록 육우 중 가장 빼어난 두뇌를 자랑하는 그녀라 할지라도 잠시 사고가 마비되는 걸 느끼지 않을 수 없다.

그때다.

다시 강하게 뭐라 타박함으로써 심리적인 우위를 점하려던 엽자건의 귓불을 보종이 손가락으로 잡아당겼다.

"아야!"

"엄살은!"

한마디 통박과 함께 보종이 엽자건의 등에서 슬그머니 내려섰다. 한 발이 불편함에도 전혀 몸의 균형에 흐트러짐이 보이지 않는다. 이미 이런 불편한 몸에 익숙해진 까닭이다.

"당가의 자손이라고? 독존(毒尊)께서는 별래무양하신가?"

"조부님께서는 칠 년 전 폐관 수련에 들어가신 후 아직 대공을 이루지 못하셨습니다. 혹시 선배님께서는 조부님과 어찌 되시는지 소녀에게 말씀해 주실 수 있으신지요?"

"왕년에 내가 잠시 사천에 간 일이 있는데, 당시 독존과 절차탁마(切磋琢磨)를 한 인연이 있을 뿐일세. 그런데 벌써 그리 세월이 흘렀구나!"

"……."

독존 당무양!

전대의 사천제일고수였던 혈천작(血天爵) 당무결과 더불어 이백 년 내 당가를 대표하는 인물이다.

당소교는 바로 그 당무양의 손녀이니, 보종의 말에 눈이 커지지 않을 수 없었다. 우연찮게 관심을 가진 엽자건이 생각 밖으로 범상치 않은 신분을 지녔다는 생각이 들었기 때문이다.

'이분이 조부님과 무공을 절차탁마하셨다면 분명 무림의 대선배라 할 수 있다. 제자의 무공이 상상 이상으로 고강한 것도 크게 납득 못할 바는 아니고. 여전히 이해할 수 없는 일이 몇 가지 남았지만……'

본래 육우 중 당소교를 비롯한 사 인과 비천검문의 수제자인 우일비는 정주의 창룡검가로 향하는 중이었다. 그곳의 가주인 승천검군(昇天劍君) 남궁황의 고희연에 참석하기 위함이었다.

그러던 중 비천검문의 수제자임에도 여동생인 우신애와 달리 변변한 무림명조차 얻지 못한 우일비가 한 가지 제안을 내놨다. 육우 중 넷과 자신이 하남성에 모였으니, 이 기회에

무림을 떠들썩하게 할 위업 한 가지쯤은 세워서 창룡검가에
가야 한다는 주장이었다.

속이 빤히 보이는 얘기다.

그러나 당소교 등은 우신애의 체면을 보지 않을 수 없었다.
그래서 결국 즉흥적으로 근래 하남성 일대를 소란스럽게 하
고 있는 복우산 마적 떼의 소탕이 결정되었다.

육우 중 사 인과 우일비.

다섯 명의 빼어난 후기지수가 모였다. 복우산 마적 떼의 운
명은 이미 끝장이 난 것이나 다름없었다. 그렇게 정해 버렸
다.

그런데 복우산에 도착해 보니, 사정이 완전히 달랐다. 복우
산이 예상보다 크고 험준한데다 마적 떼의 행사가 신출귀몰
해서 종적조차 쉽사리 찾기가 어려웠던 거다.

사서 고생한다는 말이 있다.

이번 경우가 딱 그랬다.

그 후 당소교 일행은 죽도록 고생한 끝에 가까스로 마적 떼
의 소굴을 찾았고, 다시 황당한 일을 경험하게 되었다. 그들
보다 먼저 복우산을 찾아와 마적 떼 소탕을 깨끗이 끝낸 자가
있었던 것이다.

허탈! 좌절!

그 뒤에 찾아온 건 분노와 집착이었다.

우일비는 다시 주장하고 나섰다. 자신들보다 먼저 복우산

마적 떼를 소탕한 자의 뒤를 쫓자고. 그래서 이번 일에 대한 사죄를 받아내자고.

어처구니없는 주장이다.

만약 다른 때 같았다면 절대 받아들여지지 않았을 터였다. 일행 전체가 거진 보름이 넘도록 복우산 일대를 샅샅이 뒤져 가며 생고생을 한 끝이 아니었다면 말이다.

몇 차례의 설왕설래 끝에 결국 다시 우일비의 주장이 관철되었다. 새로운 추적이 시작된 거다. 바로 오늘 새벽까지.

그런 일들을 거쳐 지금 당소교는 한 달 전 복우산 마적 떼를 혼자서 박살낸 엽자건과 그의 사부를 앞에 두고 있었다. 전혀 예상치 못했던 새로운 관계의 설정을 전해 듣고서 말이다.

문득 고심하는 기색이 된 당소교에게 보종이 위엄 어린 표정으로 질문했다.

"그런데 너희들은 어째서 수일 전부터 우리 사제의 뒤를 몰래 쫓아온 것이더냐? 대답 여하에 따라서 내 독존의 체면을 봐주지 못하게 될지도 모르느니라!"

"선배님, 그건 전적으로 저희 육우의 잘못이라 할 수 있습니다. 부디 용서해 주시기 바랍니다."

"무작정 용서를 빈다? 진짜 이유는 말해줄 수 없다는 뜻이렷다!"

"그렇습니다."

당소교가 대답과 함께 다시 고개를 숙여 보였다. 여전히 예의를 갖춘 태도이나 비굴함은 어디에도 보이지 않았다. 엽자건을 대할 때와 전혀 변함이 없었다.

'저게……'

보종이 나서자 얌전히 뒤로 물러서 있던 엽자건의 눈이 주욱 찢어졌다. 보종의 앞에서 건방을 떨고 있는 당소교의 태도가 영 못마땅한 거다.

그런데 이게 어찌 된 일인가!

잠시 당소교를 지그시 바라보고 있던 보종이 입가에 미소를 띤 채 천천히 고개를 끄덕여 보였다. 뭔가를 깨달았다는 표정이다.

"어찌 당가에서 풋내도 가시지 않은 여아를 세상에 내놨는가 했더니 다 그에 상응하는 이유가 있었구나! 당가의 십독(十毒)과 십암(十暗) 중 몇이나 완성했는고?"

"다섯과 셋입니다."

"충분하구나! 충분해!"

나직이 중얼거린 보종이 갑자기 풀쩍 뛰어서 부근에 시립해 있던 엽자건의 등에 올랐다. 더 이상 당소교에게 할 말이 남지 않았음이다.

"자건아, 오늘 싸움은 이것으로 끝이다. 우리는 그냥 가던 길이나 마저 가자꾸나!"

"아직 옷값도 제대로 변상 받지 못했는데요?"

“이미 그만한 값어치를 했느니라. 그렇지 않느냐?”

“그야…….”

엽자건이 불만스럽게 말끝을 흐렸다.

보종이 한 말의 의미를 대충 짐작할 수 있었기 때문이다.

‘하긴 오랜만에 역근내경을 삼 단계나 끌어올려 볼 수 있었으니 손해 본 장사가 아니긴 하지. 하지만 저 당가의 계집애는 그냥 보내선 안 되니까…….’

내심 염두를 굴린 엽자건이 갑자기 큰 걸음으로 당소교를 지나쳐 갔다. 그녀의 뒤에 잔뜩 긴장한 기색을 한 채 서 있는 두 여인, 우신애와 북궁예연에게 다가간 거다. 속셈이 없을 리 만무하다.

스륵!

거진 얼굴 전체를 가리고 있던 방립의 챙을 슬쩍 치켜든 엽자건이 구릿빛 얼굴을 드러낸 채 이를 드러내며 웃어 보였다. 자하검을 쥔 손에 잔뜩 힘이 들어가 있는 우신애의 행동이 웃겼기 때문이다.

“신애야, 검을 그렇게 꽉 쥐고서 어떻게 제대로 된 쾌검을 사용할 수 있겠어?”

“그걸 네가 왜 신경 써! 그리고 신애라고 부르지 말랬잖아!”

“그럼 뭐라고 불러야 하는데?”

“그, 그건…….”

"됐구! 내 옷값은 일단 달아두도록 하마. 다음에 만날 때 꼭 갚도록 해. 그리고 이것도 인연이니 다음에 만날 땐 서로 웃는 낯으로 보자."

"……."

우신애의 입이 일시 굳게 다물어졌다.

본래 그녀는 엽자건에게 화가 무척 많이 난 상황이었다. 오빠인 우일비의 멍청한 계획을 엉망진창으로 만들고 부상까지 입힌 당사자였기 때문이다.

그러나 그녀는 지금 머릿속이 하얗게 변해 아무 생각도 나지 않았다. 엽자건의 본색을 처음으로 확인하고 일시 정신이 아득해져 버렸다.

'잘생겼잖아…….'

멍청해진 건 우신애뿐은 아니었다. 그녀의 곁에 역시 사각도를 든 채 서 있던 북궁예연 역시 시원스런 눈매를 보통 때보다 크게 떴다.

'저렇게 근사한 사내였었나?'

우신애와 북궁예연.

두 사람은 눈이 상당히 높다. 육우가 된 후 명문 정파의 무수히 많은 후기지수들과 교류를 나눴기 때문이다.

당연히 그저 잘생긴 외모만으로 그녀들의 시선을 잡아끌 순 없다. 그녀들의 관심을 집중시킨 건 엽자건의 외모와 어우러진 기묘한 분위기였다. 무대 위에서 무수히 많은 공연을 성공리에 마친 예인의 강렬한 존재감이 먹힌 것이다.

그것도 잠시뿐.

보종의 채근에 응한 엽자건이 다시 방립으로 얼굴을 가린 채 신형을 돌려세웠다. 여전히 세 여인 중 가장 미모가 출중한 당소교에겐 시선조차 던지지 않은 채였다.

'안 그런 척하지만 자존심에 목숨을 거는 부류! 이렇게까지 무시를 당했으니 얼마 지나지 않아 내 뒤를 쫓아올 것이다! 내 예인으로서의 안목과 손모가지 하나를 걸고서 장담하지!'

엽자건이 다시 입가에 미소를 매단 채 걸음을 옮겼다.

당소교의 서늘한 눈빛.

묘한 끈적거림을 담고서 그의 뒤를 쫓고 있었다.

'쳇! 그런 되바라진 녀석들은 확실히 계도시켜야 제 맛인데……'

엽자건이 내심 투덜거리고 있을 때였다. 문득 그의 등에 얼굴을 묻고 있던 보종이 책망하듯 말했다.

"자건아, 너 그러지 말아라!"

"뭘요?"

"반반한 얼굴 믿고서 까불지 말라구. 특히 당가의 여아와는 앞으로 절대 얽히지 않는 편이 좋을 것이니라."

"왜요?"

"아까 다른 아해들이 그 아이가 나서니까 꿀 먹은 벙어리처럼 뒤로 물러서는 거 봤지? 아마 근자에 무당파에서 애지중지 키우고 있다는 대로검자 유백온이란 녀석을 제외하면 그 아이가 육우 중 제일일 거다."

"그렇게 세 보이진 않던데요?"

"인석아, 내 아까도 얘기하지 않았더냐! 몸으로 직접 부딪쳐 보기 전에 미리 상대를 예단하지 말라고!"

"예단하지 않았습니다. 다만 제 삼절마곤을 굳이 사용할 만한 자격은 없어 보인다고 여겼을 뿐입니다."

"당연히 그 여아는 삼절마곤을 사용할 만한 부류는 아니니라. 하지만 그래서 더 위험한 게야."

"…독 때문입니까?"

"당가가 자랑하는 십독의 용독지술 중 다섯을 익히고, 십암의 암기술 세 개를 완성했다고 하더구나. 그렇다면 사갈보다 더 멀리하는 것이 옳은 것이야."

"그럼 독에 대해서도 잘 알겠네요?"

"아서라! 당가에서 내 독을 해독할 수 있었다면 지난 사 년간 어찌 찾아가지 않았겠느냐? 전에도 얘기했다시피 내 몸은 대라신선이 온다 해도 고칠 수가 없느니라."

"……"

엽자건이 입을 다물었다. 보종의 단호한 얘기에 마음이 상한 것이다.

보종이 옆구리를 꾹꾹 찔러왔다.

"이 밴댕이 소갈딱지야! 또 삐쳤냐?"

"아닙니다. 피곤하실 테니 이젠 그만 낮잠이라도 주무세요. 정주까지는 아직도 꽤나 길이 머니까요."

"하암! 그렇지 않아도 네놈이 하도 날뛰어서 몸이 크게 피곤하던 참이니라. 내 조금만 눈을 붙일 터인즉, 금강부동보(金剛不動步) 연습이나 하거라."

"예."

엽자건이 대답과 함께 걸음의 속도를 절반 이하로 떨어뜨렸다.

금강부동보.

다른 말로는 금강부동신법이라 불리는 불세출의 보신경을 묵묵히 연습하기 시작한 거다. 소림사의 직전제자가 아니라면 절대 구별 못할 방법으로 말이다.

'당가의 계집애야! 얼른 뒤따라 와라! 내 매우 천천히 정주로 향해줄 테니 말야!'

엽자건의 이 같은 내심을 아는지 모르는지 보종은 어느새 고개를 떨어뜨린 채 깊은 잠에 빠져들고 있었다. 근래 들어 부쩍 기력이 쇠약해졌음을 단적으로 보여주는 모습이었다.

*　　　*　　　*

소면 두 그릇에 만두 다섯 개.

전날 허창에서와는 사정이 사뭇 달라졌다. 먼지만 남아 있던 전낭이 가득 채워진 거다.

그렇다 해도 엽자건과 보종 사제 간의 식사는 그다지 변한 것이 없었다. 고작해야 소면과 거의 어깨를 나란히 할 정도로 값싸기로 정평이 난 만두가 추가되었을 뿐이다.

"고기는?"

보종의 말에 엽자건이 냉혹하게 반응을 보인다.

"무슨 불제자가 고기를 탐합니까?"

"그럼 죽순이나 두부 요리라도 괜찮다만……."

"지금 밥투정하시는 겁니까?"

"…아니다."

보종이 결국 만두를 집어 들었다. 엽자건이 이렇게 나올 경우 결코 협상의 여지란 없다는 것을 잘 알고 있었기 때문이다.

엽자건이 소면을 입 안에 밀어 넣으며 말했다.

"후루룩! 조금만 참으세요. 곧 정주입니다. 창룡검가에서 큰 잔치가 벌어질 텐데 뭐 하러 이런 곳에서 돈 낭비를 합니까?"

"잔치에 참여하려면 붉은 종이로 된 초대장 같은 게 필요하지 않을까 생각된다만?"

"거기 주인하고 인연이 있으시잖아요. 소림사에 가는 것도 뒤로 미룰 정도로.”

“악연도 인연이라 할 수 있을까?”

“그래도 밥은 주겠죠. 승천검군 남궁황이라고 하면 하남성 뿐 아니라 강북무림 전체에서 세 손가락 안에 드는 대검호라고 하던데요.”

“근자에 창룡검가의 창룡육격참을 제대로 완성한 건 남궁황 그 늙은이 외에 없긴 하지. 하지만 그래 봤자 화산파(華山派)의 자하구벽검이나 무당파의 태극혜검(太極慧劍), 호남성(湖南省) 장사(長沙)에 있는 곽가보의 통천검법에 비할 바는 못 되느니라. 후우! 내 평생의 한이 있다면 그 천하 삼대검법의 완성자와 자웅을 결하지 못한 것이니…….”

“제가 대신하지요. 그러려고 절 키우신 거 아닙니까?”

“그건 힘들구나.”

“왜요? 절 믿지 못하시는 겁니까?”

“널 못 믿어서가 아니라 당대에 천하 삼대검법의 완성자가 존재하지 않기 때문이니라! 화산파의 자하구벽검은 승천비룡검제가 실종된 후 맥이 끊겼고, 무당파 역시 은인자중한 지 꽤나 오래되었어. 한때 북궁세가와 함께 천하를 호령했던 곽가보 역시 다른 사패와 마찬가지로 무적이란 명성이 퇴색해 버렸고 말이다.”

“헤에!”

사부 보종의 입에서 흘러나온 전대와 당대의 무림 비사를 엽자건은 열심히 귀담아들었다.

소림사 무학에 대한 자부심!

보종의 일생을 대변하는 절대적인 가치라 할 수 있었다. 오로지 당대 천하제일의 무인인 곤왕 유대유에게만 반 수가량 양보를 할 뿐이었다.

그런 그가 지금 타 문파의 절학에 찬사를 보내고 있었다. 의아함을 느끼는 것과 동시에 삼대검법에 대한 궁금증이 크게 증폭되지 않을 수 없었다.

그러나 그것도 잠시뿐.

'그러니까 결국 창룡검가가 자랑한다는 창룡육격참은 그 삼대검법만 못하단 거로구만?'

보종의 설명을 자기 편할 대로 해석한 엽자건이 얼른 만두 하나를 집어 들었다. 보종에 의해 어느새 만두의 숫자가 두 개밖엔 남지 않은 걸 보고 마음이 슬쩍 다급해진 거다.

그런데 그때 갑자기 객점의 문이 열리며 일단의 남녀가 모습을 드러냈다. 지난 사흘간 엽자건이 줄곧 기다리고 있었던 당소교 일행의 등장이었다.

"앗!"

제일 먼저 엽자건을 알아본 건 자하검 우신애였다.

삐뚜름한 방립!

얼굴의 상당 부분이 가려져 있긴 하나 양손에 채워져 있는 철환과 허리춤에 매달려 있는 세 개의 단봉이 무척 특징적이다. 부근에 얌전히 앉아 있는 보종의 존재를 제외하더라도 결코 못 알아볼 리 없는 모습인 거다.

그때 그녀의 곁에 서 있던 우일비와 질풍검 성대경이 역시 두 눈을 번뜩였다. 각자 안색이 매우 좋지 않은 것이 당장 뭔가 사고라도 칠 것만 같은 모습이다.

그러나 두 사람은 쉽사리 발작하지 못했다. 엽자건에게 당한 부상이 아직 회복되지 않은 상태였기 때문이다.

'으! 저 죽일 놈을 이런 곳에서 다시 만나게 될 줄이야!'

'당장 달려들어 생사결을 내야 마땅할 터이나, 자칫 교 소매의 뜻을 거스를까 두렵구나!'

거의 넋이 빠진 듯한 우일비와 달리 성대경은 은연중 뒤쪽으로 시선을 던졌다. 북궁예연과 함께 뒤처져 객점에 들어선 당소교의 눈치를 살핀 거다.

그때 역시 우신애를 알아본 엽자건이 슬쩍 손을 들어 보였다. 유쾌한 목소리로 부르기까지 한다.

"신애야!"

'또 내 이름을 부르다니! 그것도 이리 사람이 많은 장소에서……'

우신애가 낯을 붉혔다. 일제히 자신에게 향해진 객점 내부 사람들의 시선이 무척 불편했기 때문이다.

그때 북궁예연의 곁을 떠난 당소교가 특유의 꽃잎이 휘날리는 듯한 걸음으로 엽자건 앞에 다가섰다.

사륵!

여전히 화사함의 극치를 보여주는 화복의 치맛단을 추어올린 당소교가 보종을 향해 고개를 숙여 보였다. 도톰한 주사빛 입술이 달콤한 향기와 함께 나풀거린다.

"소녀, 선배님을 뵙습니다!"

"그리 반갑진 않구나. 창룡 남궁검가에 가는 중이렷다?"

"예, 그렇습니다."

"허허, 미리 짐작했어야만 하거늘……."

보종이 웃음을 띠어 보이면서도 슬그머니 시선을 엽자건에게 던졌다. 표정에 못마땅한 기색이 가득하다.

'어쩐지 걷는 게 느리다 했더니만…….'

그때 엽자건이 마지막 남은 만두를 입 안에 우겨넣더니 슥 자리에서 일어섰다. 전날과 다름없이 당소교에겐 시선조차 던지지 않는다.

"사부님, 식사 끝났으니 가시죠!"

"그래도 되겠냐?"

"우리는 창룡검가에 가서 후딱 해치울 일이 있잖습니까? 괜스레 중간에 거치적거릴 일을 만들 필요는 없다고 봅니다."

'허!'

보종이 나직이 혀를 찼다. 엽자건이 노골적으로 당소교를 도발하는 걸 대번에 눈치챈 까닭이다.

그러거나 말거나 엽자건은 냉큼 보종에게 등을 내밀어 보이더니 다시 우신애에게 소리쳤다.

"신애야, 여기 자리 비었다!"

"……."

우신애의 안색이 더욱 붉어졌다.

어느새 우일비와 성대경까지 그녀를 쳐다보고 있었다. 더불어 북궁예연의 눈에는 심상치 않은 기색까지 어려 있다. 우신애와 엽자건 사이에 모종의 관계가 있는 게 아닌지 의심하기 시작한 것이다.

'우아앙! 어째서 날 그런 눈으로 바라보는 거야! 나, 나는 저 이상한 자식하고 아무런 관계도 없단 말야!'

결국 우신애가 울상이 되어버렸다. 일시 어찌해야 할 바를 모르게 된 거다.

그러는 사이 엽자건은 보종을 업고 유유히 객점 밖으로 빠져나갔다. 여전히 당소교에겐 일별조차 주지 않고서였다.

문득 당소교가 입가에 미소를 매달았다.

예쁜 미소다.

그리고 여전히 내심을 파악키가 힘든 표정이 만면에 떠오른 순간, 이미 그녀는 움직이고 있었다. 엽자건이 내심 의도한 대로 결국 추격에 나서고 만 거다.

스스슥!

엽자건이 걸음을 멈췄다. 여전히 화려한 신법으로 자신의 앞을 가로막아 선 당소교가 원인이었다.

"잠시 대화를 나누고 싶군요. 시간을 내주실 수 있을까요?"

"나요, 사부님이요?"

"무슨?"

"누구와 잠시 대화란 걸 나누고 싶냐고 묻고 있는 거요. 여태까지 아예 날 없는 사람처럼 대했지 않소?"

"그렇게 느꼈다면 죄송하군요. 제가 지금 대화하고 싶은 건 소협이에요."

"그럼 먼저 지난번 일에 대한 구차한 변명이라도 늘어놓는 게 순서일 것 같소만?"

"그건 곤란하군요. 전날 존사(尊師)께 말씀드렸다시피……."

일순 당소교의 안색이 변했다. 그리고 재빨리 옆으로 상반신을 뒤틀어 보인다. 느닷없이 그녀의 상반신을 뒤덮는 금룡의 모양에 황급히 반응을 보인 것이다.

더불어 맹렬히 위로 올려차지는 일각!

엽자건의 금룡십이해에 대한 완벽한 대응이다. 적어도 양패구상(兩敗俱傷)은 할 수 있는 수법이기도 했다.

그러나 그 순간 당소교의 완맥을 노리던 엽자건의 금룡십이해가 갑자기 자취를 감췄다. 예상 밖으로 뛰어난 당소교의 대응에 수법을 바꾼 거다.

휘릭!

당소교의 일각이 수포로 돌아갔다. 더불어 그녀의 하얀 손끝이 미미한 떨림을 보이기 직전이었다.

찰싹!

막 독공을 전개하기 직전이던 당소교의 손등이 발갛게 물들었다. 일시 엽자건에게 얻어맞은 거다.

더불어 산발이 된 당소교의 긴 머리카락!

순간적으로 손등을 때린 엽자건의 수장이 그녀의 뺨까지 스치고 지나갔다. 독공을 막으려고 황급히 초수를 바꾸다가 저지른 실수였다.

'이런!'

엽자건이 내심 탄식을 터뜨릴 때였다.

하독을 저지당하고 뺨을 얻어맞은 치욕으로 인해 당소교의 안색이 붉게 달아올랐다. 엽자건의 무위를 다소 가볍게 본 대가치고는 너무 큰 자존심의 상처를 당했다.

"죽일 놈!"

"개자식!"

황급히 당소교의 뒤를 쫓아 나온 우일비와 성대경의 입에서 폭갈이 터져 나왔다.

그것만으로 끝일 리 없다.

두 사람은 누가 먼저랄 것 없이 대노한 표정으로 엽자건을 향해 신형을 날려 왔다.

청뢰검(淸雷劍).

우신애가 가지고 있는 자하검과 한 쌍인 비천검문의 보검에서 줄기줄기 시퍼런 검기가 쏟아져 나왔다. 우신애와 비교하자면 조금 처지긴 하나 살기만은 훨씬 드높다.

성대경의 협봉검 역시 마찬가지다.

처음 봤을 때보다 더욱 날카로워진 송곳 같은 검기가 일시 엽자건의 상반신 전체를 노렸다.

전날 호되게 당한 경험을 바탕으로 처음부터 전력을 집중했다. 검기가 닿기도 전에 찌릿찌릿한 느낌이 먼저 도달할 지경이었다.

그런데 이게 어찌 된 일인가!

쏜살같이 엽자건을 목표로 파고들던 청뢰검과 협봉검의 검기가 일순 사라졌다. 검초의 궤적 역시 바뀌었다. 뒤를 이어 터져 나온 금속성!

쩡! 쩡!

우일비가 수중의 청뢰검과 함께 낭패한 기색으로 물러섰고, 성대경의 미간 사이는 크게 좁아져 있었다. 일순 그들의 검기로 보호된 검신을 때린 기괴무쌍한 기운에 기혈이 크게 들끓어오른 까닭이다.

'크으윽! 도, 도대체 뭐가 내 청뢰검의 검로(劍路)를 방해한 거지?

'암기? 그렇다면 교 소매가 손을 쓴 것인가?'

우일비와 성대경이 의혹과 당황감에 빠진 순간, 당소교의 하얀 손으로 나비 한 쌍이 돌아왔다. 사천당가가 자랑하는 십대암기 중 하나인 비접(飛蝶)이 모습을 드러낸 것이다.

'거 신기한 암기일세? 저렇게 정교하게 나비 모양으로 세공을 하려면 무척 공이 많이 들 텐데……'

엽자건의 예인 본능이 다시 발동했다.

일시 우일비와 성대경의 공격을 무위로 돌린 암기술!

사부 보종이 경계한 것처럼 당소교는 보통이 아니었다. 화사한 외모 외에도 분명 특별한 점이 있었다. 숨겨놓은 재주는 더욱 대단할 터이다.

그러나 엽자건의 시선은 오로지 그녀의 수중에 내려앉은 비접에만 꽂혀 있었다. 할 수만 있다면 직접 손으로 만져서 재질과 감촉, 용도를 파악해 보고 싶었다.

그런 엽자건의 태도가 당소교의 얼굴을 더욱 어둡게 만들었다.

'역시 바로 다시 하독(下毒)해 버릴 걸 그랬나?'

당장 폭발할 듯 격탕된 마음.

당소교는 놀라운 인내력을 발휘해 마음속에 인 파문을 가라앉혔다. 언제 안색을 붉혔냐는 듯 다시 본래의 내심을 추측키 힘든 표정을 회복한 것이다.

"이걸로 빚은 갚은 셈이 되는 건가요?"

'호오?'

엽자건의 시선이 처음으로 당소교를 똑바로 향했다.

하얀 얼굴.

여전히 산발된 머리 밖으로 옅은 손바닥 자국이 은은히 머물러 있다.

본색을 회복했어도 수치의 증거는 남았다. 그런데도 곧바로 마음의 평정을 찾았으니, 깊은 감명을 받을 만하다. 적어도 다른 육우와는 다른 차원이라 할 수 있겠다.

"구차한 변명 대신 그냥 한 대 맞아줬으니 앞서 일어났던 일은 깨끗이 잊고 없었던 것으로 하자는 거요?"

"그래요."

"다른 사람들은?"

엽자건이 여전히 자신을 죽일 듯 노려보고 있는 우일비와 성대경을 눈짓해 보였다. 아무래도 육우에 대한 계도를 이런 식으로 끝낸다는 건 통쾌하지 않아서다.

당소교는 고개를 저어 보였다.

더불어 마치 엽자건의 내심을 읽기라도 한 듯 우일비와 성대경에게 주의를 주는 걸 잊지 않는다.

"두 분 오라버니, 앞서 말했듯 이번 일은 전적으로 우리가 잘못한 일입니다. 그러니 소매의 뜻을 따라주셨으면 해요. 그래 주시겠지요?"

“그, 그야⋯⋯.”

“교 소매가 그렇게까지 말한다면야⋯⋯.”

우일비와 성대경이 자신들을 향하고 있는 당소교의 추수 같은 눈빛에 풀 죽은 기색을 보였다. 언제 엽자건을 죽이겠다고 살기를 풀풀 풍겼는가 싶다.

‘대단하군!’

결국 당소교를 인정하지 않을 수 없게 된 엽자건이 방립을 슬쩍 추어올렸다. 입가에는 어느새 공연에 나섰을 때와 같은 사교적인 미소가 머물러 있다.

“나도 뺨을 때린 건 사과하겠소. 소저의 무공이 생각보다 높은데다 당가의 여식이라 다소 심하게 손을 쓴 점을 용서해 주시오.”

“그 사과, 받아들이지요.”

“하하, 그럼 모두 잘 해결된 게로군. 비가 온 후에 땅이 더 굳어진다고, 우린 한차례 싸움을 한 후 화해를 했으니 친구가 된 거나 다름없군. 그렇지 않소, 교 소매?”

“제 이름은 당소교예요. 그리고 우린 아직 큰 친분을 나눈 바 없으니, 당 소저라 불러주시면 고맙겠네요.”

“그러지.”

간단한 대답과 함께 다시 방립을 고쳐 쓴 엽자건이 자연스레 화제를 바꿨다.

“그럼 당 소저, 이제 본론으로 들어갑시다.”

“본론?”

“내 뒤를 어째서 쫓아온 것이오? 전날의 복수를 하기 위함이 아니란 건 방금 전에 증명해 보였고.”

“저희는 앞서 존사께 말씀드렸다시피 소협의 뒤를 쫓아온 게 아니라 창룡검가에 볼일이 있어 정주에 왔을 뿐이에요.”

“그럼 승천검군 남궁황 선배의 고희연 초대장도 가지고 있겠군?”

“물론이에요.”

“그거 잘됐군. 나와 사부님도 마침 창룡검가로 향하는 중이니 동행하는 게 어떻겠소?”

“그야 상관은 없지만…….”

“그럼 결정된 거요! 나는 엽자건. 앞으로 엽 소협이나 엽 공자라 부르면 될 거요.”

“…….”

일사천리(一瀉千里)라 했던가!

언제 싸움을 벌였냐는 듯 창룡검가로의 동행을 결정지어 버린 엽자건을 당소교가 묘한 표정으로 바라봤다. 태도가 확확 바뀌는 엽자건의 진정한 속셈이 뭔지를 간파해 내기가 쉽지 않았기 때문이다.

‘뭐, 이만하면 괜찮아. 계획했던 대로 창룡검가까지 동행하게 되었으니, 차차 이 괴이한 사제 간의 내력은 밝혀낼 기

회가 있을 거야.'

당소교는 자신이 있었다.

'초대장이 없어서 곤란했는데 잘됐다! 커다란 돈벌이 기회를 놓치게 된 건 아까운 일이지만, 이번만큼은 사부님의 체면도 세워 드려야 할 테니까!'

엽자건은 승천검군 남궁황이 완성했다는 창룡육격참을 떠올렸다. 승천검군 남궁황의 후손과 사부를 대신해 한차례 비무를 가장한 싸움을 벌일 것을 이미 기정사실화하고 있는 거다.

그때 엽자건의 등에 업힌 채 꾸벅거리며 졸고 있던 보종이 늘어지는 하품과 함께 입을 열었다.

"자건아, 다 끝났으면 가자!"

"예."

엽자건이 대답과 함께 당소교에게 고개를 한차례 까닥여 보였다. 멀찍이 떨어져서 서성거리고 있는 다른 일행을 이만 불러들이란 의미였다.

*　　　*　　　*

창룡검가.

정식 명칭은 창룡 남궁검가이다.

본래 삼십 년 전까지만 해도 중원 팔대세가의 하나인 남궁세가였으나 근자에 창룡이란 이름이 덧붙여졌다. 세인들의 중원 삼대검객 중 일좌를 차지하고 있는 승천검군 남궁황에 대한 존경심의 발로였다.

그 남궁황이 올해 고희가 되었다.

칼날 위를 걷는 삶.

무림인들의 인생을 이보다 더욱 잘 설명한 말은 없을 터였다. 당연히 몇몇 불세출의 인물들을 제외하면 범인보다 월등히 평균 수명이 짧았다. 툭하면 은원을 맺어서 죽기 살기로 싸우고, 명성을 탐하며, 강함을 내세우길 즐겨하는 것이야말로 무림에 몸담은 자들의 공통적인 특성이었기 때문이다.

그런 칼바람 속에서 남궁황은 범인보다 훨씬 오랜 삶을 영위하게 되었다. 어찌 천하의 무수히 많은 무림에 뜻을 둔 자들이 창룡검가로 몰려들지 않을 수 있겠는가.

웅성웅성!

왁자지껄!

보름 전부터 천하 각지에서 몰려온 손님들로 인해 창룡검가의 안팎은 극도로 소란스러웠다. 수백 명이나 되는 무사들이 일사불란하게 손님들을 맞고 있었으나 복잡하기가 이루 말로 형언하기 어려울 지경이었다.

당연히 창룡검가의 무사들은 철저할 정도로 사람을 가려서 받아들였다. 고희연에 정식으로 초대된 무림 명숙이나 명문 대파의 후기지수들과 아닌 자들을 노골적으로 차등 분류하는 데 주력하고 있는 것이었다.

물론 엽자건과 보종은 무사 통과였다.

전적으로 당소교 일행과 동행을 한 덕분이었다.

'선견지명(先見之明)! 선견지명!

엽자건은 사부 보종과 함께 창룡검가에서 귀빈들에게만 내주는 내당의 별채 중 하나를 차지하곤 내심 미소 지었다. 자신의 예상대로 모든 일이 착착 진행되어 가는 것에 지극한 만족감을 느낀 거다.

그때 침상에 축 늘어져서 낮잠을 자고 있던 보종이 문득 정신을 차리곤 하품 섞인 목소리로 말했다.

"자건아, 너무 무리한 거 아니냐? 방이 너무 좋구나!"

"여기 창룡검가입니다."

"엥?"

놀란 목소리와 함께 보종이 눈곱이 더덕더덕 붙어 있는 눈을 끔뻑거리며 주변을 휘휘 둘러봤다. 새삼스레 방 안 내부를 빠짐없이 파악하려는 것 같다.

"허허, 천하의 호색한인 남궁 늙은이가 본래 이렇게 부자였구나!"

"사부님, 창룡검가에 처음 오신 겁니까?"

"처음 왔지."

"같은 하남성에 있었으면서도요?"

"나는 소림사를 나선 후 하남성보다 다른 지역에서 주로 활동했느니라. 햇수로만 따져도 아마 타향살이를 한 게 십 년은 족히 넘을 것이야."

"그럼 언제 남궁 가주와 은원을 맺은 겁니까? 아니, 사실은 그냥 평상시처럼 다짜고짜 무공의 우열을 가리자고 마곤을 휘두르며 싸우신 거 아닙니까?"

"싸웠지. 하지만 다짜고짜 마곤을 휘둘렀다는 말은 좀 심하게 어폐가 있구나. 나와 남궁 늙은이의 은원은 예기치 못한 운명의 장난으로 벌어진 일이었느니라. 겉으로 보이는 것이 항상 진실이 아닌 것처럼 말이다."

"예?"

"그런 게 있느니라. 나중에 남궁황 그 늙은이와 만나게 되면 알게 될 것이니라."

"……"

엽자건이 더 질문하려다 입을 다물었다. 보종의 눈꺼풀이 다시 천근같이 무겁게 내리감기고 있었기 때문이다. 종종 체내의 독이 극렬한 기세로 심맥을 공격할 때 보이는 현상이었다.

'한시바삐 이곳에서의 일을 끝내고 소림사로 가야겠다! 그나저나 당가 계집애를 어떻게 꼬셔서 사부님의 독증을 살피게 만들지?'

독미인 당소교.

엽자건이 생각했던 것보다 훨씬 만만치 않은 상대다. 나이도 어린 주제에 심기가 깊고, 자제력 역시 보통의 소녀와는 비교가 되지 않을 정도였다. 한마디로 강적이란 뜻이다.

당소교 공략법!

현재로선 아직 떠오르지 않는다. 하지만 반드시 찾아낼 터였다. 사부 보종의 독상을 치료할 수 있다면 지푸라기라도 잡고 싶은 심정이었기 때문이다.

주(註)

*절차탁마:옥이나 돌 따위를 갈고닦아서 빛을 낸다는 뜻으로, 부지런히 학문과 덕행을 닦음을 이르는 말이다. 시경의 위풍(衛風) 기오편(淇澳篇)과 논어의 학이편(學而篇)에 나오는 말이다.

*하독:독공의 고수가 손끝이나 소매, 입 등을 통해서 목표로 한 자를 중독시키는 다양한 수법의 총칭이다.

第九章
백의검후(白衣劍后)

少林棍王

소림곤왕

새벽.

언제나와 같이 첫 번째 수련을 끝낸 엽자건이 반라의 몸으로 전신 근육을 한차례 풀어 보였다.

벗어둔 건 상의만이 아니다.

공연할 때를 제외하곤 항상 머리에 머물러 있던 방립과 수족의 철환까지 한컌에 내려놨다. 구릿빛으로 단련된 몸과 함께 시원한 외모가 더할 나위 없이 잘 어우러져 보인다.

뚜둑!

우두두두둑!

극한에 이르는 수련으로 강철과 다름없어진 전신 근육이다.

폭발적인 힘이 담겨진 흉포한 몸의 이곳저곳을 하나하나 검사하듯 풀기를 끝낸 엽자건이 가볍게 호흡을 가다듬었다. 언제나와 마찬가지로 역근주해경의 호흡법으로 수련의 뒷마무리를 매듭지은 것이다.

"후욱!"

가벼운 호흡.

그와 함께 얼굴의 절반가량을 자연스레 가리고 있는 장발 사이로 얼핏 내비친 눈매가 사뭇 날카롭다. 상승 무공의 기본인 안공(眼功)을 부단히 연마한 탓에 어린 시절보다 더욱 눈빛이 강렬해졌다.

그때 갑자기 별채 밖에서 조심스런 목소리가 들려왔다.

"저기… 잠시 실례하겠습니다!"

"실례하시오!"

"예?"

"하하, 그냥 들어오란 말이오!"

엽자건이 웃음과 함께 상의를 대충 걸치고서 문을 활짝 열었다.

그러자 문 안으로 밀려들어온 새벽의 뽀얀 대기!

그 중심에 간소한 청의 경장 차림을 한 십오 세가량의 소녀가 두 눈을 동그랗게 떠 보이고 서 있었다. 깨끗한 얼굴에 귀여운 인상이다.

'무, 무슨 사내가……'

엽자건이 날카로운 눈빛을 거두고 소녀에게 싱긋 웃어 보였다. 전날 당소교 등을 대할 때와는 비교가 되지 않게 부드러운 표정이다.

"작은 소저, 새벽부터 이곳엔 어떻게 오게 된 거요?"

"아!"

비로소 잠시 외출했던 넋을 찾아온 소녀가 사르르 안색을 붉힌 채 고개를 주억여 보였다. 그리고 몸가짐 역시 공손하게 가다듬는다.

"저, 저는 이곳 운중별거에 배속된 시비인 단옥입니다!"

"시비?"

"예."

단옥의 얌전한 대답을 들은 엽자건의 눈이 다시 빛을 발했다.

아주 어릴 때부터 곤산장에서 냄새 나는 사내들과 지내왔고, 이후엔 사부 보종과 사제지간이 되어 꼬질꼬질한 무공 수행과 여행을 병행해 왔다.

시비?

귀족이나 부호들처럼 누군가에게 수발을 맡기는 일은 상상조차 해본 적이 없다. 지금까지는.

슥!

엽자건이 대뜸 손을 뻗어 단옥의 작은 몸을 문 안쪽으로 끌어당겨왔다. 활기찬 목소리가 얼른 그 뒤를 따른다.

"어서 들어오시오!"

"아, 고, 공자님, 갑자기 이러시면 곤란합니다! 저는 그런 여자가 아니에요!"

"곤란해? 뭐가?"

"아니, 그게 그러니까……."

엽자건의 대담하고 단도직입적인 행동에 크게 놀라 말까지 더듬거리던 단옥이 일시 멍청한 표정이 되었다. 어느새 엽자건이 낚아챘던 그녀의 손목을 놔준 채로 몇 걸음 떨어져 있음을 뒤늦게 깨달은 거다.

자연스레 눈에 들어온 운중별거의 내부.

하루 사이 많이 어질러졌다.

본래 화병만이 놓여 있던 탁자 위에는 낡은 보퉁이와 방립, 철환 같은 게 널브러져 있고, 침실 쪽엔 한 명의 노인이 곤히 잠들어 있었다. 어느 모로 보든 엽자건이 음탕한 마음을 품고 그녀를 방 안으로 끌어들인 건 아니란 생각이 들었다.

'휴우! 내가 너무 앞서갔구나! 무림 중에는 호색한이 많아서 예쁜 여자라면 어떻게든 덮치고 본다던 언니들의 말을 너무 믿었어. 하지만 이 공자님이라면 괜찮을지도… 어멋! 내가 무슨 망측한 생각을 하고 있는 거람!'

단옥이 안도와 아쉬움이 교차하는 표정을 지어 보이다 화들짝 놀란 표정이 되었다.

이제 방년 십육 세의 나이.

아직 순진한 게 당연하다.

세상 물정을 잘 모를뿐더러, 창룡검가 내부의 사람들 외의 손님을 맞는 것도 이번이 처음이다. 느닷없이 처음 만난 사내에게 연심을 품는 것은 말도 안 되는 일이라 할 수 있었다.

'후후, 순진한 아가씨로군. 속마음이 그대로 얼굴에 드러나 보이고 있으니 말야……'

그랬다.

단옥은 짧은 순간 놀랐다가 얼굴을 붉혔다가를 반복하며 일시 혼자서 매우 다채로운 모습을 보여주고 있었다. 그런 그녀를 귀엽다는 듯 바라보던 엽자건이 질문을 던졌다.

"단옥 소매, 그런데 손에 든 건 뭐요?"

"다, 단옥 소매라니……."

"아! 단 소저라 불러야 하는 거요?"

"아, 아닙니다! 그냥 앞으로도 단옥 소매라 불러주세요! 반드시요!"

갑자기 목소리를 높이며 다가드는 단옥의 태도 변화에 엽자건이 다시 입가에 미소를 담았다. 진짜로 속마음을 읽기 편한 아가씨다.

"그러도록 하지, 단옥 소매!"

"아아!"

단옥이 더욱 부끄러운 표정이 되어 다시 한동안 어쩔 줄을 몰라 했다. 그러다 엽자건의 눈이 줄곧 자신의 대나무 바구니 쪽을 향하고 있는 걸 눈치챈 그녀가 화들짝 놀라 말했다.

"공자님, 이건 아침 식사예요. 근래 본가에 손님들이 너무 많이 몰려오신 바람에 식당마다 사람이 넘쳐서 귀빈들한테는 따로 식사를 준비하기로 한 거예요."

"잘됐군. 그렇지 않아도 배가 고팠는데. 그런데 오늘 아침 식사는 뭐지?"

"몇 가지 요리와 다과예요."

"사부님하고 나는 좀 먹보라서 이 인분으론 부족한데……."

"부족하시면 제가 더 준비해 오겠습니다. 후식으로 떡하고 차도 준비되어져 있거든요."

"단옥 소매, 고마워!"

"…아니에요."

단옥이 얼른 자신의 손에서 대나무 바구니를 빼앗듯 받아드는 엽자건의 시선을 피하며 사르르 낯을 붉혔다. 단 몇 마디의 대화만으로 엽자건과 눈조차 마주치기 힘든 처지가 되어버렸다.

그때 갑자기 침실 쪽에서 보종의 나직한 목소리가 들려왔다. 어느새 잠에서 깬 거다.

"자건아, 출출하구나! 매우 출출하구나!"

"사부님 기침하셨습니까!"

"오냐! 아침 공양은 아직 먼 것이냐?"

"우연찮게도 사부님께서 기침하시기 전에 준비되었습니다. 잠시만 기다리십시오."

엽자건이 얼른 바구니를 들고서 보종 곁으로 달려갔다. 단옥을 맞았을 때와 마찬가지로 행동이 무척 기민했다. 지난 며칠간 보종이 다른 때보다 더욱 기운이 없던 걸 알고 있었기 때문이다.

'공자님 이름이 자건이시구나……'

단옥이 내심 엽자건의 이름을 되뇌곤 얼른 종종걸음을 치며 그의 뒤를 따랐다.

시비의 가장 큰 임무!

언제 어느 때든 손님이 편하도록 최선을 다한 시중을 드는 것이었다. 벌써 침상 한켠에 탁자를 옮겨와 바구니 속의 음식을 꺼내놓고 있는 엽자건을 그냥 놔둬선 곤란했다.

"자건 공자님! 제가 할게요! 이건 제가 할 일이예요!"

"응? 이미 다 끝난 거 같은데……."

"아직 아니에요! 아니라구요!"

단옥의 목소리가 살짝 커졌다. 어느새 침상에서 몸을 일으키곤 음식 쪽으로 조용히 손을 뻗고 있던 보종이 흠칫 놀라 눈치를 살필 정도였다.

*   *   *

밤.

창룡검가에서의 두 번째 날이 서서히 저물어가고 있었다.

평소보다 조금 많은 음식을 섭취한 엽자건은 잠시 운중별 거 주변을 산책하고 있었다.

혼자 몸.

식사를 마친 보종이 요 며칠과 마찬가지로 곧장 침상으로 향한 때문이다.

'사부님, 도대체 무슨 꿍꿍이신 거지? 벌써 이틀 동안 아무 것도 하지 않고 주무시기만 하니…….'

보종의 몸 상태는 엽자건에겐 무공 수련과 함께 가장 큰 관심사였다. 조금만 평소와 다른 행동이나 태도를 보여도 제일 먼저 확인에 들어가곤 한다.

그런데 이번은 아니었다.

근래 보종의 몸 상태가 그리 나쁘지 않았음을 일찌감치 파악하고 있었기 때문이다. 만약 그런 기미가 조금이라도 보였다면 절대로 소림사보다 먼저 정주를 찾진 않았을 터였다.

그렇다면 답은 한 가지다!

보종은 뭔가를 꾸미고 있는 거다, 제자인 엽자건에게조차 알리지 못할 일을.

'역시 승천검군 남궁황 선배와 관계된 일이려나? 아닌가? 맞나?'

한참 동안 저만의 생각에 빠져 걸음을 옮기던 엽자건은 어느새 운중별거 주변을 벗어나고 있었다. 부근에 위치해 있는 다른 전각군의 영역에 들어서고 만 거다.

그 같은 사실을 깨달은 건 한참이 지나서였다.

엽자건은 문득 귓전을 파고든 다소 소란스런 여인들의 재잘거림에 번뜩 정신이 들었다. 개중에는 익숙한 목소리도 포함되어 있어 그를 빠르게 혼자만의 상념 속에서 빠져나오게 했다.

'이 목소리는 분명……'

엽자건이 눈을 번뜩이며 걸음을 멈췄다. 귀가 자연스레 삐뚜름하게 기울어지고 있다. 여인들의 재잘거림이 들려오고 있는 방향이었다.

그림같이 아름다운 별각!

울창한 정원수가 병풍처럼 둘러싸고 있다.

그 한켠에는 하나의 운치있는 정자가 있었는데, 지금 그곳에서는 무림에서 유명한 네 명의 여인이 모여 앉아 즐겁게 담소를 나누고 있었다.

"호호, 아수 언니, 피부가 더욱 아름다워졌잖아요? 도대체 어떻게 관리하신 거예요?"

"그러게 말예요! 진짜 피부가 백옥같이 빛나고 윤기가 흐르는 게 정말 부러워 죽겠어요!"

"신애하고 교 소매, 너희들은 아수 언니한테 부러운 게 단지 피부뿐인 거야? 나는 그 외에도 부러운 게 잔뜩인데!"

육우에 속한 세 여인.

당소교와 우신애, 북궁예연은 한 명의 백의미녀를 에워싼 채 앉아 있었다.

흡사 주종지간 같달까?

뿐만 아니라 강북제일의 후기지수라 불리는 여인들은 일제히 아부와 추앙의 말을 앞 다퉈 내뱉고 있었다. 백의미녀의 정체가 바로 이곳 창룡검가의 가주인 승천검군 남궁황의 손녀이자 후계자인 강북제일미(江北第一美) 백의검후(白衣劍后) 남궁수였기 때문이다.

올해 나이 스물.

육우와 비교해 결코 많지 않은 나이다.

그러나 세인들은 남궁수를 일반적인 후기지수에 포함시키지 않았다. 타고난 놀라운 미모를 뛰어넘는 무(武)의 재능을 육우보다 더욱 높게 평가한 까닭이다.

십대 후반에 이미 절정고수의 반열.

세간의 이 같은 평판이 쉽사리 받아들여질 리 없다.

남궁수가 백의검후란 빛나는 명성을 얻게 된 건 삼 년에 걸친 비무행(比武行) 동안 거둔 전승(全勝)의 위업에 기인했다.

그리고 작년 가을, 자타가 공인하는 강북제일의 후기지수인 육우의 대형 대로검자 유백온과의 비무가 벌어졌다.

일천 초가 넘는 승부!

거진 하루 밤낮이 넘도록 벌어진 비무는 유백온이 무당 칠성검(七星劍)을 늘어뜨린 채 패배를 자인하면서 끝이 났다. 반초 차이로 남궁수의 창룡육격참이 유백온의 양의건곤검(兩儀乾坤劍)을 파훼해 버린 거다.

결국 당시 패배의 충격으로 유백온은 모든 강호에서의 활동을 접고 무당파가 위치한 균현으로 돌아갔다. 육우로선 졸지에 커다란 그늘이 되어주던 대형을 잃어버리게 된 셈.

하나 세상의 인심이란 게 무섭다.

유백온이 무당산에 틀어박힌 지 일 년여 만에 육우의 남은 다섯은 남궁수와 크게 친해졌다. 거의 한 달에 한 번 꼴로 창룡검가를 드나들며 쉼없이 그녀의 주변을 맴돈 약발이 어느 정도 먹히게 됐다고 볼 수 있다.

그렇다곤 해도 남궁수는 본래 사교성이 아주 많이 떨어지는 여인이었다.

나이 셋에 검을 들고, 다섯에는 창룡검가의 무수히 많은 자제들을 제치고 조부인 남궁황의 눈에 띄었다. 그에게 손수 선택되어 무공을 익히게 된 거다.

당연히 그녀는 여태까지 인생의 대부분을 검에 바쳤다.

당대 창룡육격참의 계승자!

그것이 바로 조부인 남궁황이 그녀에게 내건 지상과제였다. 절세의 미모를 자랑하는 꽃다운 나이가 되었으나 사람 간의 관계에 극히 서툴 수밖에 없었다.

하물며 철이 들기 시작할 때부터 남궁수의 곁에는 또래의 여자애가 전혀 존재하지 않았다. 사교성이 떨어지는 건 둘째 치고, 아예 여자들 간의 대화 자체를 종종 이해하지 못했다.

지금 역시 그랬다.

'이 아이들은 어떻게 피부나 미용에 대해 이리 끝없는 얘기를 늘어놓을 수 있는 걸까? 정말 지치지도 않는 것 같구나.'

남궁수는 입가에 은은한 미소를 매단 채 슬슬 적당한 핑계를 대고 작별을 고하려 했다. 무공이 주제가 아닌 대화 속에서 이렇게 오랜 시간을 머무는 게 너무나 힘들었다.

마침 끊임없이 이어지던 대화의 맥이 잠시 끊겼다. 그 순간을 놓치지 않고 남궁수가 슬며시 자리에서 일어섰다.

"소매들, 밤 수련이 있어서 나는 이만 가보도록 할게."

"아! 아수 언니, 아직 초저녁인데 벌써 가시려고요?"

"교 소매, 미안해. 수련 시간에 늦는 걸 조부님은 결코 용납하지 않으셔."

"그렇다면야……."

남궁수의 바로 곁에 앉아 있던 당소교가 아쉬움이 가득한 얼굴로 말끝을 흐렸다.

보는 이의 죄의식을 불러일으키는 표정.

그러나 남궁수는 이런 부분에 있어 대단히 둔감한 여인이었다. 사실은 한시라도 빨리 여인들의 수다로부터 탈출하고 싶어서 당소교의 표정 변화 같은 건 신경조차 쓰지 못했다.

슥!

결국 남궁수가 당소교 등을 뒤로하고 정자를 벗어났다.

'남궁수! 여전히 비싸게 구는구나! 나의 백온 대가에게 씻을 수 없는 상처를 줬을 때처럼…….'

당소교.

언제 남궁수에게 온갖 애교를 부렸냐는 듯 차가운 눈빛을 하고 있다. 그녀의 옆에 있는 우신애나 북궁예연과는 완연히 차별되는 심사가 엿보이는 모습이다.

'허!'

엽자건은 커다란 정원수에 몸을 절반쯤 기댄 채 정자 쪽을 바라보다 나직이 혀를 찼다.

우연이었을까?

어쩌다 보니 그는 정자를 떠나는 남궁수를 바라보는 당소교의 차가운 표정을 발견했다. 왠지 등골이 서늘해지는 느낌을 받지 않을 수 없다.

그가 경험한 당소교는 나이답지 않게 무서운 심기를 가진 여인이었다.

예쁜 용모와 뒷배경이 되는 당가.

게다가 놀라운 독술과 암기술까지 지녔으며 자신을 값싸게 굴리지 않았다. 어떤 상황에서도 가장 화려하게 주목받는 위치를 차지하는 법을 기가 막힐 정도로 잘 알고 있기도 했다.

매우 훌륭한 예인의 자질!

엽자건은 그리 평가 내리고 있었다.

그런데 그런 그녀가 자신과 별 차이가 나지 않는 또래의 여인에게 거침없는 아부와 찬사를 늘어놨다. 또한 무서운 눈빛을 등 뒤에다 던지는 것도 잊지 않았다.

경쟁심?

그런 단순한 게 아니다.

한순간 엽자건은 당소교에게서 복잡한 감정의 편린을 읽을 수 있었다. 역시 그가 인정한 자질의 소유자답게 가슴속 깊숙한 곳에 아주 폭발적인 감정의 격류가 느껴졌다.

그러니 당소교에 대한 높은 평가만큼 엽자건의 시선은 남궁수를 향할 수밖에 없었다. 어떤 여인인지 관심이 갔다. 알아보고 싶어진 게다.

게다가 그의 관심을 집중시킨 또 한 가지!

바로 당소교가 주축이 된 여인들 간의 대화로 알게 된 남궁수의 정체였다.

백의검후 남궁수.

육우와는 또 다른 위치에 있는 존재다. 더불어 그녀는 창룡검가의 가주인 승천검군 남궁황이 지목한 창룡육격참의 당대 전수자이기도 했다.

'그녀의 뒤를 따라간다!'

엽자건은 한 올의 망설임도 없이 결정을 내렸다. 잘하면 오늘 밤 중으로 창룡검가에서의 일을 끝마칠 수 있을지도 모르는 기회다. 결코 놓칠 수 없었다.

*　　　*　　　*

운중별거.

저녁밥을 평상시보다 갑절로 먹은 보종은 침상에 얌전히 누워서 곤한 잠에 빠져 있었다.

세엑세엑거리는 숨소리.

규칙적으로 조금씩 들썩이고 있는 이불과 함께 아주 깊은 잠에 빠져들어 있음을 누구든 의심치 못할 만한 모습이다. 엽자건조차 그리 생각하고 밤 산책에 나섰다.

아니다.

그리 생각하지 않는 이가 한 명 있었다.

바로 어느샌가 달빛을 뒤로한 채 운중별거 안에 들어선 한 명의 노검객이 그러했다.

은색의 머리.

당장에라도 하늘로 승천할 것 같은 비룡(飛龍)이 수놓아진 영웅건으로 단단히 고정되어 있다.

또한 푸른색 장포와 바지를 받쳐 입었는데, 손에 든 백색의 고검을 휘두르는 데 방해가 되지 않도록 소매의 폭이 좁다. 한눈에 보기에도 부유해 보이는 인상과 차림이되 무인으로서의 실용성 역시 포기하지 않은 복장이다.

그리고 손.

광음여류(光陰如流)와 같은 세월을 전혀 느낄 수가 없다. 변변찮은 주름 하나 보이지 않는 섬세하고 기다란 손가락이 극도로 자연스레 백색 고검을 늘어뜨리고 있었다.

"세월이 얼마나 지났는가? 이제 어린 소년(少年)은 황혼을 바라보는 노인이 되어 지난날의 기억만을 붙잡은 채 살아가게 되었구나!"

"객쩍은 소리!"

노검객의 허허로운 중얼거림을 보종이 단 한마디로 일축해 버렸다.

잠이 든 것이 아니었던가?

언제 단잠에 빠져 있었냐는 듯 보종이 한 손으로 침상의 모서리를 짚고 몸을 일으켜 세웠다.

문득 노검객의 주름진 눈매가 가는 떨림을 보였다.

"어떤 자인가?"

"왜? 복수라도 해주려고?"

"현보 자네와 나는 사십 년 지기일세. 자네의 원수를 그냥 두고 볼 수 없음은 당연한 일이 아니겠는가!"

"말만이라도 고맙네. 하지만 그 지기란 말은 낯이 간지럽

구먼. 이 밤중에 검을 빼 들고 몰래 찾아든 주제에 말야!"

"허허, 그게 언짢으셨는가? 내 사과함세. 자네가 오늘도 날 찾아오지 않기에 조금 마음을 급하게 먹었네."

"혀에 기름을 바른 듯 매끄러운 언변은 여전하구만? 하긴, 그 대단한 언변으로 의동생의 약혼녀를 낚아채 갔었지."

꿈틀!

노검객이 이맛살을 슬쩍 찌푸려 보였다. 수중의 검 역시 일시 요사스런 기운을 발한다.

"현보, 우리 사이의 은원은 지금 이 순간부로 없어진 셈일세. 더 이상 과거의 추문을 입에 담지는 말기로 하세."

"허허, 정말 웃기는 시주로세! 제멋대로 남의 정혼녀를 가로채더니, 은원을 만들고 없애는 것도 자기 마음이 내키는 대로이니 말이야."

"……."

본래 출가하기 전 보종의 이름은 악현보로 명장인 악비의 후예였다.

약관이 되기 전 가전의 창술을 완성한 악현보는 일찌감치 단창신기(短槍神技)란 무림명을 얻었는데, 당시 막역지우(莫逆之友)가 된 사람이 바로 눈앞의 노검객 승천검군 남궁황이었다.

그러나 이게 어찌 된 운명의 장난이던가!

의형제까지 맺었던 두 사람의 우정은 한 명의 여인으로 인해 틀어지고 만다. 악현보와 태중 혼약한 정혼녀와 남궁황이 이십 세가 넘는 나이 차이에도 불구하고 깊은 사랑에 빠져버리고 만 까닭이다.

악현보는 배신감에 치를 떨었다.

가장 친한 친구이자 의형인 남궁황과 정혼녀한테 동시에 뒤통수를 얻어맞았다. 혈기 방장한 나이로 그냥 참아 넘길 수 있을 리 만무했다.

악현보는 남궁세가가 있는 정주로 사랑의 도피를 한 두 남녀를 찾아왔다.

손에 든 건 선조의 유훈이 새겨진 단창!

두 눈 가득 피눈물을 쏟으며 그는 남궁황에게 비무를 신청했다.

생과 사.

우정과 배신의 고리를 한차례 싸움으로 끝내려 한 거다.

천일창(千日槍), 만일검(萬日劍)이라 했다.

창을 제대로 다루는 데는 천 일이 걸리고 검은 만 일을 단련해야만 한다는 뜻이다.

게다가 악현보는 타고난 창술의 천재였다.

남궁황은 악현보보다 십수 년이나 높은 연배였음에도 백초를 나누기도 전에 패배하여 죽음을 목전에 두게 되었다. 만약 정혼녀가 달려나와 눈물로써 그의 목숨을 애걸하지 않았다면 당장 단창으로 목젖을 꿰뚫어 몸 안의 피를 모조리 쏟게 했을 터였다. 악현보가 생각했던 배신자의 최후였다.

하지만 이미 싸움은 악현보의 패배로 결정되어 있었던 게다.

언제나 아름답고 고귀했던 정혼녀의 눈물 젖은 두 눈이 분명 그렇게 말하고 있었다.

비분과 원통함!

결국 악현보는 선조의 유훈이 담긴 창을 꺾어버리고 정주를 떠나 불문에 귀의했다. 늦은 나이에 소림사의 제자 보종이 되어 새로운 삶을 살게 된 것이다.

잠시 무거운 침묵 속에 머물러 있던 남궁황이 다소 차가워진 목소리로 다시 질문했다.

"현보, 다시 묻겠네. 자네에게 죄를 지은 자가 누군지 말해주게나."

"나도 다시 말하지. 그런 것에 신경 쓸 필요 없으니, 그냥 우리의 묵은 은원이나 정리하기로 하세나."

"은원을 정리하자고?"

"그리하기로 약속한 게 아니었던가?"

보종이 대답과 함께 슬그머니 침상 한켠에 기대어놨던 마곤을 집어 들었다.

지난 사 년간 지팡이 대용으로 사용된 물건.

그러나 지금 다시 보종의 손에 들려지자 운중별거 내부의 대기를 삽시간에 들끓어오르게 만든다. 마령귀사의 칠흑의 검에 독상을 당한 후 처음으로 역근내경을 육단계까지 끌어

올린 까닭이었다.

'내가 현보를 얕봤구나!'

남궁황의 두 눈에서 한성과 같은 신광이 어렸다.

전날과는 비교조차 할 수 없을 정도로 볼품없어진 보종에게서 일어난 압도적인 내경에 긴장한 거다. 천하 삼대검호라 불리는 남궁황이 말이다.

보종이 입가에 흐릿한 미소를 매달았다.

"이 날을 위해 줄곧 기력을 모아왔다네. 남궁 늙은이, 다시 한차례 놀아봐야 하지 않겠는가?"

"놀자고?"

"그런 게지."

"홍! 사십 년 전과는 사정이 다를 것일세!"

무거운 일갈과 함께 남궁황이 내려뜨리고 있던 백색 고검을 천천히 들어 올렸다. 보종의 마곤에서 흘러나오고 있는 역근내경의 압력을 더 이상 맨몸으로만 받아내긴 곤란했기 때문이다.

*　　*　　*

남궁수가 걸음을 멈췄다.

여전히 은은하게 밤의 장막을 밀어내고 있는 달빛.

덕분에 팔괘(八卦)와 오행(五行)의 변화에 맞춰서 형성되어져 있는 전각과 전각 사이의 사잇길 역시 또렷하게 보였다.

이만한 밝기면 일류의 살수가 펼치는 살검이라 해도 그리 어렵지 않게 방비해 낼 수 있을 것 같다.

'자객이나 살수는 아니라는 뜻일 터! 하지만 정말 은밀하기 이를 데 없는 움직임이구나. 내 삼 장 안까지를 허용하고 말았으니 말이야.'

삼 장.

멀다면 멀고 가깝다면 가까운 거리다.

기억조차 나지 않는 어린 시절부터 계속 검과 함께해 왔던 남궁수에겐 지척이나 다름없었다.

생사가 갈리는 순간!

결국 간격(間隔)의 유무에 의해 결정된다.

완전무결한 검날의 움직임으로 자신의 삶을 구하고 적의 죽음을 결정짓는다. 조부 남궁황에게 처음으로 진검을 받아 들었을 때부터 그 같은 가르침을 가슴속 깊이 품고 잊어본 적이 없었다.

'이곳은 나와 검만이 존재해야만 할 공간! 더 다가들기 전에 벤다!'

남궁수의 손.

섬섬옥수(纖纖玉手)라 할 만한 그녀는 지금 빈손이다. 여느 때와 달리 애검 청류하(淸流霞)를 들고 있지 않았다. 당소교 등과 만나기 위해 가벼운 차림으로 처소를 나선 까닭이다.

그러나 검이란 본래 무엇을 뜻하는가?

남궁수는 단지 자신의 수족이 조금 늘어난 것이라 여기고 있었다, 십팔반병기를 연습하는 모든 사람들이 애초에 생각하는 것과 다름없이.

다만 그녀에겐 그 생각을 현실화시킬 힘이 있었다.

스팟!

남궁수의 손이 일순 푸른 섬광을 만들어냈다.

파옥수(破玉手)!

창룡검가가 남궁세가 시절부터 가지고 있었던 수공 절학이다. 그러나 남궁수처럼 유형의 강기를 검기처럼 제련해 펼쳐 낼 수 있는 사람은 그리 많지 않다.

'허공?'

남궁수의 고운 아미가 가벼운 이지러짐을 보였다.

삼 장의 거리.

순식간에 자신을 목표로 다가들었다. 두 번 생각할 것도 없이 파옥수를 펼쳐서 반격에 나설 수밖에 없었을 정도로 빨리.

그런데 허공이라니!

남궁수는 평생의 강적을 만났다고 여겼다.

그렇다면 그에 맞는 대접을 해줘야만 한다. 그게 무의 길을 걷는 자로서 당연히 취해야만 할 도리였다.

스슥!

남궁수의 신형이 공중으로 띄워 올려졌다. 파옥수의 일격이 수포로 돌아간 것과 동시에 벌어진 일이었다.

그리고 난무(亂舞).

흐드러질 정도로 아름다운 월광 속에 일시 자신의 몸을 감춘 남궁수의 전신에서 폭풍과 같은 권각이 쏟아져 나왔다. 파옥수와 함께 창룡검가의 절학 중 하나인 난풍회류각(亂風回流脚)이 대기를 무차별적으로 뒤흔든 거다.

'허!'

엽자건은 남궁수를 바라보며 내심 눈을 빛냈다.

삼 장.

남궁수가 그의 존재를 간파해 냈을 때와 전혀 변함이 없는 거리다.

그 정도의 간격을 유지한 채 그는 금강부동보를 펼쳤다. 남궁수와의 간격을 어디까지 좁힐 수 있을지를 가늠해 보기 위함이었다.

결과는 엽자건을 다소 놀라게 만들었다.

그는 소림사의 절학인 금강부동보를 펼치고도 남궁수와의 간격을 현저할 정도로 좁히는 데 실패했다. 제대로 정련된 검기보다 더욱 날카로운 파옥수에 베임을 당하고 곧 난풍회류각의 폭풍까지 뒤쫓아 몰려들었기 때문이다.

하지만 금강부동보가 달리 소림사를 대표하는 비전의 신법인 게 아니다.

남궁수의 파옥수와 난풍회류각 역시 전혀 엽자건에게 타

격을 입히지 못했다. 마치 한줄기 미풍처럼 그의 몸을 투과하거나 스쳐서 사방으로 흩어져 버렸다.

부동무상(不動無常)!

움직임이 없으며, 항상 존재하지 않는다.

바로 금강부동보의 핵심이라 할 수 있는 요결이다. 남궁수의 권각이 제대로 된 위력을 발휘하기 전에 엽자건은 신형을 뒤로 물렸다. 그녀와의 간격을 처음으로 되돌려 놓은 거다.

사락!

순간 공중으로 떠올랐던 남궁수의 신형이 한 점 꽃잎처럼 바닥에 떨어져 내렸다.

손과 발.

파옥수의 마지막 초식인 옥쇄(玉碎)를 취한 채고, 난풍회류각의 귀풍(歸風) 역시 끝나지 않았다.

여전히 당장 주변을 난장판으로 만들었던 촌각전의 광풍을 다시 만들어낼 것만 같다. 대기를 바짝 조여놓은 압력 역시 그대로 느껴져 온다.

눈은?

어느새 절반 이상 감겨져 있던 남궁수의 흑백 또렷한 눈이 삼 장 밖의 엽자건을 향하고 있었다.

백치미(白痴美).

그야말로 몽환적이란 말이 적당할 듯싶다. 그런 눈빛으로 남궁수는 엽자건을 바라보고 있었다. 어떠한 감정도 밖으로 내비치지 않고서 말이다.

문득 남궁수의 입에서 모호한 목소리가 흘러나왔다.

"어째서?"

"달려들지 않았냐고? 그야……."

"그렇다면 내가 갈 뿐!"

"…웃!"

엽자건의 입에서 나직한 신음이 터져 나왔다.

남궁수의 백치미를 풍겨내던 눈빛이 일순 요사스러운 빛을 발하더니, 한줄기 백색 검기가 시공간을 초월할 정도의 속도로 덮쳐 왔다.

요대(腰帶).

허리의 곡선을 돋보이기 위한 장식품이 아니었다.

애검 청류하를 피치 못하게 패용하지 못했을 때를 위한 대체제였다. 백련정강으로 된 두 자가량의 연검을 언제든 사용할 수 있게끔 하기 위한.

혼들.

엽자건의 몸이 일순 백색 검기에 사선으로 절단되었다. 반호흡도 지나기 전에 삼 장의 거리를 단축시킨 검기에 의해 그리되었다.

그러나 이게 어찌 된 일인가!

남궁수는 수중의 연검의 검봉을 재빨리 다른 손으로 붙잡더니 느닷없이 신형을 회전시켰다.

두 개의 축이 되는 발.

일시 대지를 와선 모양으로 헤집어놓는다. 그 정도의 힘을 일시에 발출한 거다.

이유가 없을 리 만무하다.

패앵!

일순 남궁수가 집게처럼 손가락으로 단단히 붙잡고 있던 연검을 놓으며 회전 방향을 바꿨다.

역풍(逆風).

그 속에는 일시 폭발적으로 배가된 백색 검기가 담겨져 있었다.

전사경(纏絲勁)과 같은 원리.

일시 대기가 맹렬하게 요동쳤다. 더불어 갈기갈기 찢겨서 천지사방으로 비산해 버린 장포 자락의 산화!

그 속에서 촌각 전 남궁수의 백색 검기에 두 토막이 되었던 엽자건의 신형이 공중으로 둥실 떠올랐다. 일시 배가된 검기의 역풍에 금강부동보가 깨져 버린 것이다.

그러나 아직 승부는 끝난 것이 아니었다.

휘리릭!

순간적으로 엽자건이 공중에서 신형을 회전시켰다. 목표는 역풍을 일으킨 남궁수의 천령개(天靈蓋)!

용권풍의 눈.

그곳으로 엽자건의 항마연환신퇴가 벼락같이 떨어져 내렸

다. 격한 호흡을 폭발시키면서.

쩡!

쇳소리가 일었다.

엽자건의 백련정강으로 된 쇠 밑창과 역시 백련정강으로 된 연검이 충돌하며 일어난 소리다.

당연히 그것만으로 끝일 리 없다.

따당!

따다다다당!

다시 연속적으로 쇳소리가 터져 나왔다. 한번 시작되면 서른여덟 번에 걸쳐서 동작이 연환되는 항마연환신퇴의 특징이 여지없이 발휘된 거다.

그러나 엽자건은 서른여덟 번의 공격이 끝나기도 전에 남궁수로부터 떨어졌다. 그녀의 연검이 일순 바짓단을 사정없이 가르며 아랫도리로 파고들어 온 까닭이다.

'징한 년!'

엽자건은 아랫도리로 느껴지는 시원한 바람에 미간 사이를 좁혀 보았다.

삼절마곤과 철환의 부재.

꽤나 오랜만에 가슴을 후벼 판다. 그만큼 남궁수의 연검이 매서웠다는 반증이기도 했다.

그때 낭창거리는 연검을 밑으로 늘어뜨린 채 반라의 엽자건을 바라보던 남궁수가 탄성을 발했다.

“멋지게 단련된 몸!”

“그렇다고 반해선 곤란해! 나는 서방한테 칼침이나 놓는 마누라를 얻을 생각은 없으니까.”

“그럴 가능성은 없어요. 나와 당신은 적이니까요.”

“적만 아니면 가능성이 있다는 건가?”

“그건…….”

남궁수가 문득 말끝을 흐렸다. 곧바로 부인하려다 잠시 딴 생각이 들었다.

“…당신은 무서울 정도로 빼어난 신법을 지녔을 뿐 그리 진실하진 않은 사람인 것 같군요. 자신의 무(武)에조차도.”

“내가 방금 전 전력을 발휘하지 않은 걸 욕하는 건가?”

“그럴 필요가 있을 것 같진 않군요.”

‘제기랄! 차라리 욕을 하던가…….’

엽자건이 내심 투덜거리면서도 남궁수를 바라보는 눈빛에 진지함을 담았다.

그의 눈앞에 서 있는 여인.

평생 처음으로 반했고, 지독한 고통을 안겨줬던 감요진을 무색케 할 정도의 절세미녀이다. 만약 어린 시절의 경험이 화인처럼 심장 어림에 남아 있지 않다면 분명 사랑을 느꼈을 터다. 그 정도의 가치를 지닌 여인이었다.

하지만 지금 그의 심장을 뛰게 만드는 건 사랑이 아니다.

투쟁심이다.

아주 오랜만에 그는 자신의 전력을 다해 쓰러뜨리고 싶은 사람을 만나게 된 거다.

뚜둑!

가볍게 풀려지는 전신의 근육.

그리고 일순 그의 전신에서 새벽의 수련이 끝난 후와 다름 없는 용근의 포효가 일어났다. 남궁수의 한마디에 마음가짐이 완전히 달라져 버렸음이다.

'흥! 그럴 필요가 있을 것 같진 않다고? 그렇게 원한다면 보여주지. 내 진짜 실력을!'

냉소와 함께 엽자건은 삼절마곤과 철환에 대한 아쉬움을 머릿속에서 깨끗이 지워 버렸다.

싸움이란 게 본래 그렇다.

항상 최상의 상태로 벌어지진 않는다. 그래서 평상시 준비를 철저히 하려 노력하지만 이렇게 예상치 못한 상황을 만나곤 한다.

그런데 막 엽자건이 다시 남궁수를 덮쳐 가려 할 때였다.

콰쾅!

느닷없이 천지를 뒤흔드는 폭발음이 엽자건의 귓전으로 파고들어 왔다.

운중별거가 있는 방향.

"사부님!"

"……"

엽자건이 대경한 외침과 함께 남궁수와의 대치를 풀어버렸다. 순식간에 물안개처럼 월광 속으로 사라져 버린 거다.

부동무상!

금강부동보의 극의를 비로소 확인한 남궁수의 눈빛이 가벼운 흔들림을 보였다. 자신이야말로 엽자건의 진정한 무(武)를 여태까지 제대로 간파하지 못했음을 깨달은 까닭이었다.

〈제1권 끝〉

주(註)

*안공:시력과 집중력을 단련시키는 방법. 일반적으로 상승의 무공을 연마할 때 반드시 거쳐야 하는 수련이다.

*악비:중국 북송 말기 남송 초기의 명장. 중국 민족의 영웅으로 추앙받고 있다.

*전사경:낮추는 자세와 함께 비틀어 공격하는 침신경(枕身勁)의 다른 표현. 실제로는 침선, 전사, 십자(十字)가 함께 존재하는데, 작용, 반작용의 탄성(彈性)을 최대한 이용하는 자세가 관건이라 할 수 있다.

共同傳人

공동전인

설경구 新무협 판타지 소설

마교를 재건하라.

혈마옥에 갇히며 마교 장로들의 공동전인이 된 사무진에게 주어진 과제.
역사상 가장 착한 마교의 교주.
하지만 역사상 가장 강한 마교의 교주가 되고 싶다.

고정관념을 버려요.

마교도라고 해서 꼭 나쁜 놈일 필요는 없잖아요.

지금까지와는 다른 마교.

이제 사무진이 만들어가는 새로운 마교가 모습을 드러낸다.

설봉 新무협 판타지 소설

환희밀공

무유칠덕(武有七德), 금폭(禁暴), 집병(戢兵), 보대(保大),
정공(定功), 안민(安民), 화중(和衆), 풍재(豐財), 자야(者也).
〈좌전(左傳), 선공 십이년(宣公 十二年)〉

무에는 일곱 가지 덕이 있다.
첫째, 난폭을 금지한다. 둘째, 무기를 거두어들인다. 셋째, 큰 나라를 보전한다.
넷째, 공적을 정한다. 다섯째, 백성을 편안하게 한다. 여섯째, 대중을 화합하게 한다.
일곱째, 물자를 풍부하게 한다.

섬서성(陝西省) 육반산(六盤山)에 신력(神力)을 바탕으로
패공(覇功)을 구사하는 가문(家門), 육반루가(六盤婁家).
세상에게 외면받고 멸시당하는 환희교(歡喜敎).
육반루가의 후손과 환희교 교주의 운명적인 만남.

"넌 환희교를 지키는 수문장(守門將)이 될 거야.
강하게, 아주 강하게 키워주마."
'아버지처럼 죽지 않을 거야. 아무도 날 죽일 수 없어.
세상에서 최고로 강한 사람이 될 거야.'

태룡전

김강현
新무협 판타지 소설

『마신』, 『뇌신』에 이은
작가 김강현의 또 하나의 대작!!
『태룡전』

내가 이곳 미고현에 위치한 천망칠십오대에
온 지도 벌써 두 달이 넘었거든.
그런데 아직도 이해하지 못한 일이 하나 있어.
그게 뭐냐고? 우리 대주 말이야.
우리 대주님이 가장 좋아하는 게 뭔지 아나?
바로 침상에서 좌우로 데굴데굴 굴러다니는 거야.
그다음으로 좋아하는 게 그렇게 뒹굴다 잠드는 거고…….
나려타곤(懶驢打滾)!
더도 덜도 아닌 딱 우리 대주님을 지칭하는 말일세.

천망칠십오대 대주 단유강!!
격동의 무림은 그에게 휴식을 허락하지 않는다.
단유강, 그의 일보가, 천하를 떨쳐 울린다!